So wie du bist

Dieses Buch ist auch als eBook erhältlich.

Wir schicken Ihnen gern unser kostenloses Gesamtverzeichnis:
Verlag Krug & Schadenberg, Hauptstr. 8, 10827 Berlin
Tel. (030) 61 62 57 52, info@krugschadenberg.de
www.krugschadenberg.de

Wenn Sie mögen, folgen Sie uns auf Facebook und Twitter.

Sara Lövestam

So wie du bist

Roman

Aus dem Schwedischen
von Julia Kielmann

Krug & Schadenberg

Die Locken sind das Problem. Sie braucht vier Haarspangen und ein enges Haargummi, um ihre Locken zu bändigen. Sie streicht die letzten Strähnen einzeln zurück, bis sie mit dem Ergebnis zufrieden ist. Atmet ein, betrachtet sich selbst und sucht nach ihrer inneren Stärke. Sie kann sie aufblitzen sehen, wenn ihr Haar eng an ihrem Kopf anliegt und sie ihrem Blick im Spiegel begegnet. Niemand kann ihr etwas anhaben.

Kapitel 1

Zum ersten Mal sah Martin Sander eine amputierte Frau, als er dreizehn Jahre alt war. Es war in einem Erlebnisbad in Södertälje, wo er kichernde Mädchen durch Saltos vom Fünfmeterbrett beeindruckt hatte. Er war auf dem Weg hinaus und wollte gerade die eine Hälfte der Schwingtür aufstoßen, als er sie durch die andere hereinkommen sah. Man bemerkte kaum, dass ihr das rechte Bein fehlte, weil ihre Hose die Leerstelle bedeckte und unten genau so ein Schuh saß, wie sie ihn am linken Fuß trug. Trotzdem war es für Martin offensichtlich, dass die Frau vom Knie abwärts einen Metallstab anstelle eines Beines hatte. Sie ging an Krücken, und Martin beeilte sich, ihr die Tür aufzuhalten. Er fühlte sich eigenartig erregt, als er auf ihre Waden schielte und sich vergewisserte, richtig gesehen zu haben. »Danke«, sagte die Frau und schenkte ihm ein strahlendes Lächeln. Widerwillig wandte er seinen Blick von dem aufregenden Hohlraum unterhalb ihres rechten Oberschenkels ab und lächelte zurück.

Als Martins Klassenkameraden ihren Spaß daran hatten, heimlich in die Umkleidekabine der Mädchen zu spähen, machte er mit, und er las auch die gleichen Pornohefte wie sie. Aber nichts erregte ihn so wie damals, als er begriff, dass der Frau im Schwimmbad der untere Teil ihres Beines fehlte. Der Gedanke an den Stumpf, die Leerstelle beschäftigte seine Fantasie, und er ließ seiner Kreativität freien Lauf, um die braungebrannten zweibeinigen Models im *Playboy* seiner persönlichen Vorliebe anzupassen. Achtzehn Jahre später kann er sich nicht mehr daran erinnern, ob die Frau im Schwimmbad blond oder dunkelhaarig, jung oder alt war, doch er erinnert sich noch immer an den Farbton ihrer grauen Hose. Achtzehn Jahre später lächelt er verlegen, wenn er an die manipulierten Pornobilder denkt, die er als Teenager in einem Geheimfach unter seiner Matratze versteckt hatte. Inzwischen muss er nicht länger Pornohefte zerschneiden und auch keinen Vorwand mehr finden, um sich während der medizinischen Wassergymnastik im Hallenbad aufzuhalten. Heute gibt es das Internet.

»Ich fülle den Weißwein im Laden auf.«

Martin zuckt zusammen. Er hat gar nicht gemerkt, dass die süße kleine Blondine in sein Büro gekommen ist und nun im Türrahmen lehnt.

»Okay.«

Camilla rührt sich nicht vom Fleck. »Die erste Palette Rotwein ist fertig eingeräumt. Ich habe Kent gebeten, die zweite zu übernehmen. Wenn du willst, räume ich auch die ein, aber ich würde mich lieber um den Weißwein kümmern.«

Martin nickt und gibt sich die Anweisung zu lächeln. »Super, Camilla, das ist toll. Super.«

Camillas Gesicht leuchtet auf und feuert ein perfektes Lächeln ab, bevor sie mit ihrem kleinen wohlgeformten Hintern wackelnd davongeht. Der sieht sogar in der stinknormalen Arbeitshose gut aus, wie Martin und alle männlichen Kunden des Spirituosengeschäfts in Huddinge wissen. Fest, rund, symmetrisch. Camilla schwingt ihre Hüften auf dem ganzen Weg bis zu dem Weißwein, der bereitsteht, um aus dem Lager in den Laden hinausgebracht zu werden. Sie wird niemals erfahren, dass Symmetrie ein Minus auf Martins Liste ist.

Am anderen Ende der Stadt erwacht Lelle. Snus, denkt sie. Ich brauche Snus.[1] Sie streckt die Hand zum Nachttisch aus, der rechts vom Bett stehen sollte. Statt ihrer Snusdose erwischt sie eine nackte Schulter. Verwirrt lässt sie ihre Hand darauf liegen und streichelt den fremden Arm, während sie in Gedanken den Freitagabend Revue passieren lässt. Allmählich legt sich ein Lächeln auf ihre Lippen, und sie öffnet die Augen.

»Guten Morgen«, sagt eine fröhliche Stimme.

Jemand schaut sie unter langen Wimpern hervor an. Sie heißt Lena. Lena oder Lina. Lelle dreht sich auf die Seite und zieht sie an sich. Sie will ihr einen richtigen Kuss geben, aber ihr Atem ist nicht in Bestform, deshalb küsst sie die andere nur leicht auf den Mund. Lena oder Lina drückt sich an sie und schiebt ihr Bein zwischen Lelles Schenkel. Lelle gibt den Gedanken an Snus widerwillig auf.

Es ist ein Unterschied, ob man fantasiert oder eine Fantasie auslebt. Nachdem Martin fünf Jahre lang von Beinstümpfen fantasiert hatte, bekam er endlich die Chance, seine Fantasie Realität werden zu lassen, als sein Schwimmverein nach einem Leiter für ein Trainingslager für Jugendliche mit körperlichem Handicap suchte. Damals war er achtzehn Jahre alt und hatte noch nie ein Mädchen geküsst. Mit zitternden Händen trug er seinen Namen auf der Liste ein. Der Schwimmtrainer klopfte ihm auf die Schulter und sagte, dass Jungen wie Martin toll seien, die anderen etwas zurückgeben wollten und nicht nur an sich selbst dachten. Martin

1 *Snus* ist eine in Schweden und Norwegen verbreitete Form von feuchtem Oraltabak, der unter die Ober- oder Unterlippe geschoben wird. Er ist entweder bereits fertig portioniert in kleinen Zellulosebeuteln oder in loser Form zur individuellen Dosierung erhältlich. Snus gibt es in verschiedenen Geschmacksrichtungen, darunter Lakritz und Minze. (Anm. der Übersetzerin)

war nicht besonders religiös erzogen worden, doch dieses eine Mal spürte er, wie Gottes langer Zeigefinger sich auf ihn richtete und ihn auf den Fliesenboden drückte. Vor der Abfahrt ins Trainingslager konnte er tagelang nicht schlafen. *Vielleicht gibt es da ein Mädchen, sechzehn, siebzehn Jahre alt, dem ein Bein fehlt. Eines oder beide. Vielleicht hat sie dunkle Haare und braune Augen, und vielleicht enden ihre Beine in einem Stumpf, direkt über dem Knie. Vielleicht darf ich ihn berühren, und sie sieht mich mit ihren braunen Augen an und lächelt.*

Im Trainingslager gab es Mirjam. Sie hatte rote Haare und grüne Augen und nur einen Arm und war wirklich das Schönste, was Martin je gesehen hatte. Am letzten Tag nahm er all seinen Mut zusammen und fragte sie, was sie vom Trainingslager halte. »Es ist okay«, sagte sie und lächelte verlegen, und er nickte so beeindruckt, als hätte sie ihm gerade den Sinn des Lebens verraten.

Danach unterhielten sie sich den ganzen Abend lang. Er erfuhr, dass sie auf ein Gymnasium mit künstlerischem Schwerpunkt ging und gerne mit Ton arbeitete; sie erfuhr, dass er fünf Kilometer schwimmen konnte, und als es elf wurde, küsste er sie mit zitternden Lippen. Vier Monate lang waren sie zusammen. Als er ihren Stumpf zum ersten Mal berührte, zuckte sie zusammen und erklärte, dass er ihn gar nicht beachten, ihn am besten gar nicht angucken solle. »Ich mag ihn«, erwiderte Martin. Er brauchte zwei Monate, um sie davon zu überzeugen, und nach zwei weiteren Monaten nervte diese Überzeugung sie so sehr, dass sie nicht länger mit ihm zusammensein wollte. Zum Valentinstag bekam er eine merkwürdige Skulptur. »Das ist ein Stumpf«, sagte Mirjam. »Du kannst ja stattdessen mit dem zusammen sein. Tschüss.«

Blipp, macht der Computer, nachdem alle Kassen abgerechnet sind. *Blipp, blipp*. Martin schaltet blitzschnell den Lautsprecher aus und öffnet eine Sekunde, bevor Camilla wieder ins Büro lugt, ein Buchführungsprogramm.

»Tobbe und ich gehen noch ein Bier trinken«, sagt sie.

Martin nickt. »Schön«, sagt er und versteht im selben Augenblick, dass Camillas Ansage eigentlich eine Frage war. »Ich bleibe noch ein bisschen. Muss noch ein paar Bestellungen abschicken und mir den Plan für Februar anschauen.«

Camilla lächelt ihr strahlendes enttäuschtes Lächeln. »Arbeite dich nicht tot«, sagt sie und zwinkert ihm zu, ehe sie verschwindet.

Kapitel 2

Drei kichernde Jungs in der hintersten Reihe stören die Arbeitsatmosphäre in der ganzen Klasse.

»Ali!«

Ali sieht zwei Sekunden lang auf und schaut dann wieder auf sein Handy, das er notdürftig unter dem Tisch verbirgt.

»Was guckst du dir denn da an? Darf ich mal sehen?« Lelle geht zu seinem Pult ganz hinten im Klassenzimmer, und Ali zeigt ihr mit einem schiefen Lächeln, was er auf seinem Bildschirm hat. Sie grinst und sieht ihm in die Augen.

»Beyoncé – jetzt komm schon. Da gibt es ja wohl interessantere Bräute, wenn man sich schon Musikvideos angucken muss, statt Grammatik zu lernen.«

Ali zuckt die Schultern und lächelt weiter sein schiefes Lächeln. Er wird sicher viele Herzen brechen, noch ehe er zwanzig ist.

»Zum Beispiel?«

»Pink. Ani DiFranco.«

»Annie wer?«

»Soll ich dir mal was über Grammatik verraten?«

»Nein.«

»Du kannst sie bereits.«

»Was?« Ali sieht sie misstrauisch an.

Das Gemurmel in der Klasse ist inzwischen fast verstummt, weil Ali bestimmt, ob es ruhig ist oder nicht. Das hat sie schon am ersten Tag gemerkt.

»Das ist wie beim Fußball«, erklärt Lelle und schlendert zurück zur Tafel. »Sagen wir mal, du bist total gut darin, so«, sie macht eine Kopfbewegung, »Tore zu schießen.«

»Mit einem Kopfball«, sagt einer der Jungs in der rechten Ecke.

»Oder so mit dem Ball zu laufen, dass deine Gegner ihn nicht kriegen.«

»Dribbeln.«

»Genau. Wenn du all diese Sachen beherrschst, dann kannst du sehr gut Fußballspielen, stimmt's? Aber wenn du nicht weißt, wie die Begriffe dafür heißen, ist es schwierig zu erklären, was du machst.«

Die halbe Klasse sitzt nun mit gerunzelter Stirn da. Das war wohl nicht der beste Vergleich der Welt. Lelle wendet sich kurz der Tafel zu, um ihren ratlosen Gesichtsausdruck zu verbergen, dann dreht sie sich wieder um und fährt fort.

»Ihr könnt sprechen, stimmt's? Alle hier in dieser Klasse sprechen – manche mehr als andere.« Letzteres sagt sie mit einem Grinsen und einem Blick auf Ali, der noch einmal von Beyoncé aufsieht und beschließt, eine Weile zuzuhören.

»Aber wenn ihr wissen wollt, was ihr macht, wenn ihr sprecht, dann müsst ihr ein paar Begriffe lernen. Beim Fußball ist es gut, Begriffe wie dribbeln, Kopfball, abseits und so weiter zu kennen. Mit der Sprache ist es das Gleiche. Ihr glaubt, dass ihr einfach sprecht, aber eigentlich wendet ihr Hunderte von Regeln an, die superkompliziert sind, die ihr aber alle beherrscht.«

Ali sitzt da und hört ihr fast konzentriert zu. Das ist eine Auszeichnung.

Im Lehrerzimmer trinkt sie Kaffee aus einer Tasse, auf der ihr Name steht. Dass sie einmal in einem Lehrerzimmer sitzen und Kaffee aus einer Tasse mit ihrem Namen trinken würde, ist nicht unbedingt das, was sie sich einst vorgestellt hat. Es ist auch nicht unbedingt das, was die Berufsberaterin vor sich sah, als Lelle beim »Zukunftsgespräch« zehn Jahre zuvor breitbeinig und mit grünen Haaren vor ihr saß.

»Sieh einer an, die kleine Lelle ist auch hier. Deine schönen Augen sehen müde aus.« Lelle blickt auf und seufzt. Die Hälfte dessen, was Yusef von sich gibt, könnte als sexuelle Belästigung angezeigt werden, aber weil er aus einer anderen Kultur kommt, ist man allgemein der Ansicht, ihm das durchgehen lassen zu müssen, um nicht selbst wegen ethnischer Diskriminierung drangekriegt zu werden.

»Meine schönen Augen sind tatsächlich ein bisschen müde. Am Freitag habe ich ein supersüßes Mädchen kennengelernt und dann das ganze Wochenende gevögelt. Von so viel horizontaler Betätigung wird die kleine Lelle schläfrig, weißt du. Und außerdem von einer ganzen Menge vertikaler Betätigung, wenn man's genau nimmt.« Die Bilder tanzen noch immer auf ihrer Netzhaut. Linas geschmeidiger Körper an den Küchenschrank gedrückt oder sich über ihr auf dem Sofa windend. Vierundzwanzig Jahre alt ist sie und verdammt hübsch.

»Ja, die Jugend«, sagt Yusef und setzt sich an den Tisch.

Lelle hatte gehofft, dass ihn die Beschreibung ihres Liebeslebens von ihrem Tisch verscheuchen würde. Sie holt ihr Handy heraus und widmet den Rest der Pause dem konzentrierten Verfassen einer SMS.

Paula. Martin schreibt den Namen mit seiner schönsten Schrift in den Kalender des Spirituosengeschäfts und kann minutenlang nicht den Blick von ihm lösen. *Fünfzehnter Januar (Namenstag: Laura und Lorentz), Paula 16 Uhr, Centralcafé.* Ihre Beschreibung hat er auf dem Drucker an seinem Arbeitsplatz ausgedruckt: *Du erkennst mich an meiner glatten jugendlichen Haut. Oder daran, dass ich nur null und ein halbes Bein habe und in einem Rollstuhl mit der Aufschrift »ad utrumque paratus« auf der Rückseite sitze, sowie daran, dass die eine Hälfte meines Gesichts zu hoch für die andere Hälfte sitzt.*

Die Frau mit null und einem halben Bein wollte sich anfangs überhaupt nicht mit ihm treffen. Zuerst meinte sie, sie habe sich nur aus Spaß in dem Internetforum angemeldet und verspüre absolut keine Lust, jemanden im wirklichen Leben kennenzulernen. Nach ein paar Wochen erklärte sie, dass sie ihn nicht treffen wolle, weil sie Angst habe, ihn zu enttäuschen. »Ich bin nicht besonders schön. Ich bin kein Model mit amputierten Beinen, das deinen Vorlieben entspricht. Mein Gesicht ist schief und eigenartig. Ich warne dich.« Schließlich gelang es ihm, sie davon zu überzeugen, dass schief und eigenartig in seiner Welt etwas Schönes ist und dass sie sich einfach als Freunde treffen könnten und sie sich keine Sorgen zu machen brauche. Nun denkt er darüber nach, was da Unglaubliches in seinem Kalender steht. Bei dem Gedanken, was sie mit null und einem halben Bein meinen könnte, wächst sein Begehren, aber er befiehlt sich, ihren Kontakt nicht durch Fantasien darüber zu zerstören, wie er sich entwickeln könnte. Plötzlich piept sein Handy, und das Herz schlägt ihm bis zum Hals – er hat ihr gerade seine Handynummer geschickt. Aber es ist bloß Lelle.

»Du weißt schon, dass Internetbräute meistens fette Männer mit Ekzem sind?« Lelle kippelt mit ihrem Caféstuhl und sieht ihn herausfordernd an. Er schlürft seine heiße Schokolade und grinst.

»Die so tun, als seien sie Doktorandinnen im Rollstuhl? Das Risiko gehe ich ein.«

»*I'm just saying*. Ich habe mich mal mit einer Braut getroffen, die sich SexyAnna21 nannte und sich als Pornofilmamateur mit Koteletten entpuppte. Er meinte, ich sei zu männlich, um in seinen Filmen mitspielen zu können, und wir trennten uns am Medborgerplatsen. ›Traumatisches Erlebnis‹ ist noch untertrieben. Wie heißt denn der Freak?«

»Hast du mal darüber nachgedacht, dass vielleicht wir die Freaks sind?«

»Jaja, Normativität, blabla. Wie heißt sie?«

»Paula.«

Sie kichert. »Paula«, wiederholt sie stichelnd. »Paula, Paula. Du kannst das weder sagen noch hören, ohne so verknallt auszusehen wie ein verdammter Teenager.«

»Apropos Teenager. Das letzte Mal, als *ich* einen Knutschfleck hatte, war ich vierzehn.«

»Es ist nicht meine Schuld, dass du zuletzt im zwanzigsten Jahrhundert flachgelegt worden bist. Wenn du Pornofilmamateur wärst, fändest du mich doch bestimmt nicht zu männlich, oder? Guck mal, ich kann sogar verführerisch mit den Wimpern klimpern!«

Er antwortet nicht, sondern schaut nur fasziniert zu, wie sie versucht, mit den Wimpern zu klimpern. Es sieht eher aus wie Muskelzucken. Sie beugt sich entschlossen vor und hebt eine Augenbraue.

»Hast du denn irgendwelche interessanten Fantasien über den Stumpf? Paulas Stumpf, der kleine sexy Stumpf ... Weißt du was, ich werde ein Lied über einen Stumpf für dich schreiben.«

Er muss lachen. Lelles energischer Redefluss kann jedem die Energie rauben, aber gleichzeitig wirkt er wie eine kleine Batterie.

»Also ehrlich gesagt hat sie zwei Stümpfe.«

»Jackpot? Obwohl – ein Jackpot wären vielleicht vier Stümpfe, keine Arme und keine Beine. Wie ein Teddy.«

»O Mann!«

»Ach, komm schon, ich versuche doch nur, deine Perversionen nachzuvollziehen. Ich wünschte, das hätte damals jemand für mich getan. Jetzt sag doch mal, was hat sie für Stümpfe? Das interessiert mich. Fehlen ihr ein Bein und ein Arm? Ein Ohr und ein Finger? Ein Arm und eine Titte? Obwohl, eine Titte zählt vielleicht an sich schon als Stumpf, die ist ja nicht so lang. Wenn es keine Hängetitte ist. Hat sie Hängetitten?«

Er starrt sie schweigend an.

»Also, die Frage war, was sie für Stümpfe hat.«

»Die Beine. Das eine Bein geht bis zum Knie und das andere fehlt ganz.«

»Perfekt für dich, oder?«

Diesmal sieht sie ihn ernst an. Deshalb hat er ihr damals davon erzählen können.

»Ja, allerdings.«

Sie nickt. »Viel Glück. Ich hoffe, sie ist all das, wovon du immer geträumt hast.«

Lelle schlenkert mit den Armen, während sie unter den Straßenlaternen nach Hause schlendert. Er ist so normal und angepasst. Alter, das ist nur ein Fetisch, würde sie ihm gern sagen und ihm klarmachen, dass das so absonderlich nicht ist. Wenn sie genauer darüber nachdenkt, hat sie ihm das bestimmt schon drei-, viermal gesagt, aber er versteht es dennoch nicht. Vielleicht ist es leichter, wenn man bereits offen lesbisch ist, denkt sie, während sie den Code ihrer Haustür eingibt. Vielleicht ist der Schritt schwieriger, wenn man zunächst als erstklassiger Normalmann dasteht und dann plötzlich erzählt, dass einen nur verstümmelte Frauen erregen. Wenn sie selbst sich als Amputationsfetischistin outen würde, wäre das bloß eine weitere Abnormität auf ihrer Liste.

Im Treppenhaus klingelt ihr Handy. Die Nummer sagt ihr nichts.

»Hallo, hier ist Lina. Von letztem Freitag …«

Lelle lächelt. Sie erkennt die Stimme, hauptsächlich weil sie sich in jeder Ecke ihrer Wohnung heiser gestöhnt hat.

»Und von Samstag und Sonntag?«

»Was machst du gerade?«

»Ich komme gerade nach Hause.«

»Warst du aus und hast Frauen aufgerissen?« Linas Stimme ist sanft und neckisch. Lelle grinst und schließt die Wohnungstür auf. »Ich war mit meinem Heterokumpel Kaffee trinken. Was machst du?«

»Masturbieren.«

Im Flur stehen zwei volle Tüten für den Altpapiercontainer. Es ist, als hätten sich die Reklameverteiler des Bezirks kollektiv darauf geeinigt, sie für ihren »Bitte keine Werbung«-Aufkleber zu bestrafen und so lange die doppelte Menge Werbung bei ihr einzuwerfen, bis sie einsieht, dass sie ihnen nicht entrinnen kann.

»Das glaube ich dir nicht.«

Lina lacht. »Aber ich könnte es tun. Wenn ich nicht so wund wäre.«

Lelle lächelt breit und stellt sich vor den Flurspiegel. Wenn sie den Ausschnitt ihres T-Shirts herunterzieht, kann sie den Knutschfleck sehen, an dem Martin seine helle Freude hatte. Die Erinnerung an Linas grazilen Körper ist plötzlich sehr greifbar. »Also ... was machst du diese Woche so? Morgen zum Beispiel?«

Kapitel 3

Hemd oder Pullover? Was könnte der geheimnisvollen Paula gefallen? Jeans oder Bügelfaltenhose? Er ist sich nicht sicher, was eine Doktorandin macht, wo sie sich in der akademischen Hierarchie befindet und wie hoch ihre Ansprüche hinsichtlich ordentlicher Kleidung sind. Schließlich entscheidet er sich für ein Paar Jeans ohne Löcher und ein gestreiftes Hemd. Er massiert Wachs in sein blondes Haar, nicht zu viel und nicht zu wenig, stellt fest, dass er zum Friseur hätte gehen sollen, aber jetzt ist es dafür zu spät. Ihm fällt ein, dass er vergessen hat, sie nach ihrem Alter zu fragen. Sie könnte sowohl eine achtzigjährige Oma als auch eine Dreiundzwanzigjährige sein, die erst kürzlich ihr Studium abgeschlossen hat. Aber welche achtzigjährige Oma würde sich mit den Worten »glatte jugendliche Haut« beschreiben, und welche Dreiundzwanzigjährige hätte die Worte »zu allem bereit« auf Lateinisch auf ihrem Rollstuhl? Er lächelt angesichts seiner Spekulationen und nimmt die Krawatte zum vierten Mal wieder ab. Mit Krawatte – ordentlich und erwachsen. Ohne Krawatte – offen und anspruchslos. Schließlich steckt er die Krawatte in die Hosentasche, wobei ihm natürlich bewusst ist, wie unlogisch das ist, weil er sie wohl kaum während des Kaffeetrinkens herausholen und sich umbinden kann, ohne dass es komisch wirken würde. Aber mit der Krawatte in der Hosentasche kann er es sich auf dem Weg immer noch anders überlegen.

Lelle lehnt ihren Kopf an das Behindertenschild in der U-Bahn und legt das eine Bein über das andere – nicht auf die verklemmte Ich-will-meine-Muschi-nicht-zeigen-Weise, sondern auf die bequeme Art, den rechten Knöchel auf dem linken Knie ruhend. Ihr gegenüber sitzt ein Mann in Anzug und Krawatte und tippt mit zusammengekniffenen Lippen auf einem Laptop herum. Heimlich schwul, denkt sie. So heimlich, dass nicht einmal er selbst es kapiert. Er unterdrückt sein Begehren sowohl nach außen als auch sich selbst gegenüber und fragt sich, warum es sich so anfühlt, als würde er gleich explodieren. »Nicht alle sind insgeheim schwul«, sagt Martin in ihren Gedanken und lächelt sein breites Bubi-Lächeln. »Es gibt tatsächlich auch heterosexuelle Menschen.« »Ja, das wird behauptet«, denkt Lelle als Antwort, »aber wenn alle immer davon ausgehen, dass jeder heterosexuell ist, dann kann das ruhig mal jemand ausgleichen.«

Es fühlt sich an, als schlage sein Herz so stark, dass man es durch die Kleidung sehen kann. Derart nervös ist er nie, wenn er sich mit gewöhnlichen Frauen trifft. Nie. Er ist die Selbstsicherheit in Person, weiß genau, wann es an der Zeit ist, seine Mundwinkel zu dem charmanten Lächeln hochzuziehen, das besagt: »Du, Mädel, ich hab Spaß mit dir zusammen«, und wann er sich vorbeugen und sie in seine persönliche Sphäre lassen muss, damit sie sich entspannt. Das ist nichts, was er sich antrainiert hat. Er konnte es bereits, als er mit drei Jahren die Verkäuferin im Süßwarenladen zum Schmelzen brachte, so dass er Geleehimbeeren geschenkt bekam, sobald seine Mutter ihm den Rücken zuwandte – das geschah damals ziemlich oft. Aber jetzt … Er schluckt und spürt, dass sein Mund voller Speichel ist, den er versprühen wird, wenn er sie begrüßt. In der nächsten Sekunde merkt er, dass sein Mund eigentlich total trocken ist, fast schon so, dass er sich etwas zu trinken kaufen muss. Als er sich im Fenster des Regionalzugs spiegelt, sieht er von der Nervosität, die er innerlich verspürt, keine Spur. Das Haar sitzt perfekt. Es ist Viertel vor vier.

Er hat versucht, Lelle zu erklären, was er für das Schiefe, die Asymmetrie, das Einzigartige und Individuelle empfindet, das so konkret an einer Frau wird, die nicht die gleiche Form hat wie alle anderen, deren rechte Seite der linken überhaupt nicht gleicht. Lelle ist die Einzige, die das wissen darf. Er hat geglaubt, dass sie es verstehen würde, weil sie immer davon spricht, Normen zu brechen und das eigene Begehren auszuleben. Er weiß noch immer nicht, wie er ihre Reaktion, das verzückte Lachen und den Kommentar »Ich wusste, dass du irgendeinen obskuren Fetisch hast – ich hab's gewusst!« zu deuten hat. Gleichzeitig befreiend und bagatellisierend. Es ist mehr als nur ein Fetisch, denkt er, es ist die Überzeugung, dass die Frau in seinem Leben einzigartig sein wird und dass ihr Körper das deutlicher zeigen wird als alles andere. Das ist es, das und der Stumpf. Er lächelt amüsiert. Über sich selbst, über die breite Schlucht zwischen tiefsinnigen Analysen und fleischlicher Begierde und über den Gedanken an Paula, die die Frau sein könnte, nach der er gesucht hat.

Er ist nun am Hauptbahnhof. Mit langen konzentrierten Schritten geht er auf die Rolltreppen zu. Die junge Frau an der Kasse des Bahnhofskiosks verfolgt ihn mit ihren Blicken, und er hat eine Krawatte in der Hosentasche. Unten, am Ende der Treppe, direkt am Bahnhofscafé, steht ein Rollstuhl mit dem Rücken zu ihm.

Der Mann mit dem Laptop steigt am Odenplan aus. Lelle schielt auf ihr Spiegelbild im U-Bahnfenster und überlegt, wie sie einer Gruppe Sechzehnjähriger auf coole, interessante und spannende Weise das Prädikativ als das auf Subjekt oder Objekt bezogene Satzglied erklären könnte und wohin das mit Lina und ihr eigentlich führen soll. Die Braut ist allererste Sahne. Wenn sie will, kann sie in ihren Fingern noch spüren, wie es sich anfühlt, mit den Händen ihre Konturen entlang von der Taille aufwärts zu gleiten … oder abwärts. Aber jetzt ist da so eine anstrengende SMS auf ihrem Handy, die alles zerstört. *Ich mag dich wirklich … immer mehr … Sehen wir uns heute Abend?* Lelle hat noch nicht darauf geantwortet. Vielleicht antwortet sie, dass sie den ganzen Abend lang Klassenarbeiten korrigieren muss, oder aber sie lässt sich die Antwort von ihren Hormonen diktieren und wird die Arme um die heißeste Vierundzwanzigjährige der ganzen Stadt geschlungen einschlafen. Allererste Sahne, denkt sie noch einmal und greift nach der Snusdose in ihrer Gesäßtasche. Eine junge Frau mit blauen Augen und in Armeehose setzt sich ihr gegenüber auf den Platz des Anzugträgers. Lelle sieht ihr geradewegs in die Augen, bis die Frau ihrem Blick ausweicht und den einen Arm über die Rückenlehne des Sitzes neben sich legt, um ihren Freiraum zu markieren. Eine Sekunde später sieht sie Lelle herausfordernd an.

Paula bereut es, sich darauf eingelassen zu haben, sich mit dem schwimmenden Filialleiter aus Huddinge zu treffen. Er behauptet, dass er sie hübsch finden wird, und wie sie seine Reaktion auch analysiert, so muss sie schließlich doch die Worte von Groucho Marx paraphrasieren und sich eingestehen, dass sie für einen Mann, der sie attraktiv findet, gar nicht attraktiv sein will.[2] Du hast dich für dein Begehren nach Intimität verschlossen, stellte der Einzige ihrer Psychologen, der sich nicht auf all das Schöne konzentrierte, das man ohne einen Mann machen kann, einst fest. Sie wechselte ihren Psychologen umgehend – sie bevorzugt die positive, ermutigende Sorte. Obwohl sie allesamt nicht viel von ihrem Forschungsgebiet verstanden haben, waren es doch diese Psychologen, die ihre Gedanken von der Einsamkeit fortgelenkt und sie dazu gebracht haben, hinreichend an sich zu glauben, um eine akademische Karriere anzustreben. *Paula Alshammar, Doktorandin am Zentrum für Mehrsprachigkeitsforschung, zeigt in ihrer Arbeit, wie der Unterschied zwischen trennbaren und untrennbaren Partikelverben*[3] *zum einen von schwedischen Muttersprachlern und*

2 Der Komiker und Schauspieler Groucho Marx begründete seinen Austritt aus dem Friars Club mit den Worten »I don't care to belong to any club that will have me as a member.«, die seither so oder in leicht abgewandelter Form häufig als »Groucho-Marx-Paradoxon« zitiert werden. Siehe Arthur Sheekman: »Introduction«. In: *The Groucho Letters.* New York, Simon & Schuster 1967. S. 8.

zum anderen von Sprechern aufgefasst wird, deren Zweitsprache Schwedisch ist. Bestätigung, denkt sie. Manche suchen sie in sexuellen Beziehungen, sie selbst hingegen schreibt lange Forschungsaufsätze und hofft darauf, in den Arbeiten anderer zitiert zu werden. Sie trifft sich nicht mit großgewachsenen erfolgreichen Männern in Cafés.

»Paula?« Er schafft es gerade noch, seine feuchte Hand an der Jeans abzuwischen, ehe sie sich umdreht und ihn ansieht. In ihrem Blick liegt Skepsis.

»Martin«, sagt sie und lächelt steif.

Als er sie seinen Namen sagen hört, weiß er bereits, dass er verliebt ist. Genau so wie er weiß, dass er sich niemals für Camilla interessieren wird, weiß er, dass Paula die Frau ist, auf die er gewartet hat. »Ich glaube an Liebe auf den ersten Blick«, hat er einmal einer Frau erklärt, die attraktiv war wie ein Model und die er auf einer Weinreise in die Toscana kennengelernt hat. »Das klingt vielleicht naiv, aber ich glaube daran, dass so etwas geschehen kann.« Die Frau war wegen seiner Sensibilität und seiner romantischen Natur dahingeschmolzen, und erst als es bereits zu spät war, begriff er, dass sie glaubte, er spreche von ihr. Er schluckt und steckt seine Hände in die Hosentaschen, weil sie so feucht sind und er auch nicht weiß, was er sonst mit ihnen machen soll. In der einen Hosentasche ist die Krawatte verborgen. Zum Glück hat er sich dagegen entschieden, sie zu tragen, denn Paula hat sich nicht extra schick gemacht, und er braucht nicht auch noch einen Krawattenknoten zusätzlich

3 Als Partikelverben werden Verben bezeichnet, die sich aus einem nichtverbalen Bestandteil (wie zum Beispiel einer Präposition) und einem Verb zusammensetzen. Das nichtverbale Präfix ist dabei betont und trennt sich vom Verb, wenn das Partikelverb konjugiert wird, so z.B. das Partikelverb »anlächeln« – »Ich lächele sie an.« (Anm. der Übersetzerin)

zu dem Kloß, den er bereits im Hals hat. Sie sieht in an – fragend, herausfordernd, nervös oder vielleicht skeptisch? –, und er muss die Initiative ergreifen.

»Ja, also – wie schön, dich endlich zu treffen«, sagt er und lächelt das Lächeln, das ihn einst zum Filialleiter gemacht hat. »Wohin möchtest du gehen?« *Gehen* – darf man *gehen* zu einer Person sagen, die im Rollstuhl sitzt?

Der Mann, der sie aus unerklärlichen Gründen attraktiv findet, schwitzt an den Händen und lächelt so, dass sich mindestens drei süße normale Mädels nach ihm umdrehen und sich wünschen, sie hätten einen Anlass, ihn vor dem Freak im Rollstuhl zu retten. Das ist bestimmt ihr Betreuer, denken sie und ergänzen das Wort *fürsorglich* auf der Liste jener guten Eigenschaften, die sie ihm zuschreiben. Er fragt, wohin sie »gehen« wolle und beißt sich auf die Zunge. Das amüsiert sie. Sie könnte sagen: »Tja, es ist ja nun mal so, dass ich nicht gehen kann«, und ihm ein tonnenschweres schlechtes Gewissen machen, lässt ihn sich jedoch stattdessen von seiner eigenen Erkenntnis quälen. Das ist sowohl schonungsvoller als auch effektiver.

Er sitzt ihr gegenüber, nickt energisch und meint, dass sie superclever und ehrgeizig sein müsse, wo sie doch an einer Doktorarbeit schreibe. Er selbst habe nur einmal einen einzigen Kurs an der Universität belegt, »das ist eine Ewigkeit her – ich mag gar nicht darüber nachdenken, wie lange das schon her ist – man fängt verdammt noch mal an, alt zu werden, hahaha«, aber seitdem hat er zahlreiche Fortbildungen in der Spirituosenbranche besucht. Worüber schreibt sie ihre Doktorarbeit, und trinkt sie übrigens gerne Wein? Paula begegnet seinem leuchtenden Blick und analysiert, analysiert und analysiert. Es ist eine Sache, zuzusehen, wie

Männer Frauen hofieren, aber eine ganz andere, selbst das Objekt der Aufmerksamkeit, der Komplimente, der angestrengten Suche nach gemeinsamen Gesprächsthemen zu sein. Sie hat bereits durchschaut, dass er sich eingelesen und die Worte »Doktorandin«, »Hochschulabschluss« und »Dissertation« gegoogelt hat, um so interessiert und informiert zu klingen, wie er es nun tut. Sie beschließt, seine Mühe zu belohnen; er wirkt ziemlich harmlos und um Gottes Willen, was er für feuchte Hände hat.

»Wie ist es denn zu deiner Laufbahn gekommen?«, fragt sie und bemüht sich, locker und umgänglich zu klingen und nicht voller Misstrauen wie die Leiterin eines Verhörs.

Er entspannt sich vom Haaransatz bis zu den Zehen. »Ich habe mich immer schon für Wein interessiert. Na ja, vielleicht noch nicht, als ich klein war, haha. Damals war … Ich habe es tatsächlich immer langsam angehen lassen mit dem Alkohol. Wenn meine Freunde aus waren und sich die Köpfe vollgesoffen haben, hatte ich Schwimmtraining.«

Er sieht sie verstohlen an, um herauszufinden, ob er etwas Falsches gesagt hat. Vielleicht ist es nicht angebracht, mit einer Person, die nicht gehen kann, über hartes körperliches Training zu sprechen. Er wollte bloß betonen, dass er kein Suffkopp ist. Da sitzt sie, den Blick fest auf ihn gerichtet, aber ihre Gedanken in Dunkel gehüllt. Sie macht ihn nervös mit ihrem scharfen festen Blick und ihren Händen, die ruhig die Kaffeetasse umfassen. Sie hat dunkelbraunes schulterlanges Haar und trägt eine grüne Baskenmütze. Das eine Auge sitzt tiefer als das andere, und das Lid hängt etwas herunter. Das verleiht ihrem Gesicht Dynamik. Ihre Augen werden grün, wenn man auf die Baskenmütze schaut, und braun, wenn man ihr Haar ansieht. Sie trägt keine Prothesen, ihre Jeans ist ihrer Figur entsprechend umgenäht, und er bemüht sich, seinen Blick nicht auf das faszinierende Gebiet unterhalb ihrer Hüften sinken zu lassen. Das machen die Leute sicher oft genug.

»Ich mag italienische Weine am liebsten«, sagt er, um sich mit etwas abzulenken, womit er sich sicher fühlt. »Vor allem die richtig vollen. Verstehst du etwas ... Hast du Ahnung von Wein?«

Sie schüttelt den Kopf und lächelt. »Ich weiß, dass es roten und weißen gibt«, antwortet sie und zieht eine kleine Grimasse.

Er lacht, vielleicht ein bisschen zu herzlich. »Das ist ein guter Anfang. Welche Weine magst du denn besonders gerne?«

Sie zuckt mit den Schultern. »Rotwein.«

Er nickt und überlegt, das Gesprächsthema zu wechseln. Mit diesem läuft es nicht so gut.

»Keinen Gredos«, fügt sie hinzu, um ihm zu helfen.

Er grinst breit.

»*Castillo de Gredos*, nein, igitt. Da haben wir was gemeinsam.«

Er ist so übermäßig glücklich zu hören, dass sie keinen Gredos mag, dass sie wider Willen lächelt. Sie ist noch nie jemandem begegnet, dem derart viel an ihrer Zustimmung liegt, ohne dass er dafür bezahlt wird.

»Was Wein angeht, gibt es unheimlich viel zu entdecken«, erzählt er enthusiastisch. »Aromen und Bouquet, Kombinationsmöglichkeiten, Geschmackserlebnisse ... Wir haben ja ...«

Er blickt auf ihre Hände und schaut ihr dann wieder in die Augen.

»Wir haben ja jeden Freitag Weinprobe im Laden«, fährt er fort. »Aber ich finde, dass eine richtige Weinprobe in der richtigen Umgebung stattfinden muss, mit dem richtigen Essen und der richtigen Musik. In der richtigen Gesellschaft. Es geht um das Erlebnis.«

Sie nickt und schwenkt ihre Kaffeetasse. Die Luft zwischen ihnen ist plötzlich aufgeladen mit unausgesprochenen Wünschen und Gefühlen, die ihr fremd sind und die sie mit dem erkaltenden Kaffee hinunterschlucken will.

»Hättest du Lust, das einmal auszuprobieren?«

Seine flehenden Augen sind voller Aufrichtigkeit.

»Das mit der Weinprobe«, verdeutlicht er. »Bei mir zu Hause zum Beispiel. Ich meine wirklich nichts anderes – ich würde dieses Erlebnis einfach gerne mit dir teilen.«

Sie nickt. »Okay.«

»Großartig.«

Auf dem Weg zurück zum Regionalzug schwebt er. Sie wollte nicht, dass er ihr noch irgendwohin hilft und meinte, sie müsse zurück an den Schreibtisch, aber in seinem Kalender ist ihr Name nur wenige Tage später eingetragen. *Weinprobe, Paula.* Er wird alles besorgen, vom sauteuren Gran Reserva bis zum lieblichsten Beaujolais, und wenn sie den Beaujolais mag, wird er keinen Mucks verlauten lassen, dass er ihn im Geschäft hinter den schützenden Regalen des Lagers als Fusel bezeichnet.

Kapitel 4

So langsam glaubt sie, dass Lina ihr nur deshalb Knutschflecken verpasst, damit sie nicht fremdgeht. Das ist nicht in Ordnung. Knutschflecken sollten nur dann entstehen, wenn dich die Leidenschaft überwältigt und du beißt, kratzt, kneifst und dich an der anderen festklammerst, weil du nicht anders kannst, weil etwas Primitives in dir sagt, dass nichts anderes existiert. Ein taktischer Knutschfleck ist ein unberechtigter Knutschfleck, denkt Lelle und überlegt, das in die Liste der Weisheiten aufzunehmen, die sie ihren Schülerinnen und Schülern heimlich beibringt. Dieses Mal ist der Knutschfleck zudem ungünstig platziert, so dass sie bei der Arbeit einen Rollkragenpullover tragen muss, was bei ihren Schülerinnen und Schülern, die ganz genau wissen, was ein Rollkragenpullover bedeutet, große Erheiterung hervorruft.

»Du bist gezeichnet, stimmt's?«, stichelt ein Halbwüchsiger namens Mick und schaut ihr dabei frech in die Augen.

»Haha«, antwortet Lelle. »Wir haben Februar und ich friere.«

»Du bist gezeichnet, stimmt's?«, wiederholt Mick und versucht, ihren Kragen herunterzuziehen, um seine Behauptung zu beweisen.

Sie hält seine Hand fest und sieht ihn ernst an. »Komm mal wieder runter«, sagt sie.

Mick sieht sie aufsässig an und schlendert zum Aufenthaltsraum. Lelle seufzt. Sie ist definitiv gezeichnet.

Lina Miettinen studiert Wirtschaftswissenschaften und ist im Begriff, sich viel zu sehr für eine anstrengende Frau mit eindeutig zu vielen Bewunderinnen zu interessieren. Man sollte meinen, dass die Menschen mit den Jahren gefestigter werden und dass ein etwas älteres Mädel nicht so verdammt süchtig nach Bestätigung und amourösen Abenteuern ist, aber Lelle merkt man nicht im Geringsten an, dass sie zwei Jahre älter ist als Lina. Wenn Lina schlau wäre, würde sie die Beine in die Hand nehmen und das Weite suchen – sie hat es nun lange genug mitangesehen, um das zu wissen. Wenn da nicht Lelles Anziehungskraft wäre. Die Blicke, die Hände, die selbstbewusste Körpersprache und das Grinsen, das besagt: »Ich weiß, dass du mich willst, also hör auf mit dem Theater.« Dem kann man nicht widerstehen. Fast widerwillig tippt Lina die zweite SMS an diesem Tag in ihr Handy. Es dauert eine ganze Stunde, ehe sie eine Antwort bekommt. *Das klingt verlockend, aber ich habe meinem Heterokumpel versprochen, bei seinem Date heute Abend die Anstandsdame zu spielen.* Lina verdreht die Augen. Warum hat sie es nicht einfach lassen können, Lelle zu schreiben und sie stattdessen zur Abwechslung einmal warten lassen?

Sie ist sich fast sicher, dass Lelle sich nur aus einem einzigen Grund mit ihr trifft: Sex. Sie haben angefangen, zusammen fernzusehen, aber allein Lina freut sich darüber, dass sie dieselben Sendungen mögen. Vielleicht braucht Lelle etwas mehr Zeit, sagt die positive Stimme in ihrem Kopf. Vielleicht muss sie nur merken, dass du nicht einfach verschwindest. Vielleicht wurde sie früher einmal verletzt – vielleicht muss sie spüren, dass sie dir vertrauen kann. Lina seufzt. Positives Denken hat sie ohne Ritznarben auf den Armen durchs Leben geführt, aber irgendwo gibt es Grenzen. Lelle will dich nicht, sieh es ein, sagt sie zu sich selbst und gesteht sich zu, das leere Gefühl in der Brust zu spüren. Sie atmet tief durch und schlägt das dicke Statistikbuch auf, dessen Inhalt in der Klausur nächste Woche abgefragt wird. Ihr Handy piept. *Mein Heterofreund hat mich gefragt, ob ich nicht jemanden mitbringen könnte. Magst du Rotwein?*

Es ist schon dunkel draußen, und Martin kontrolliert die Rampe an der Treppe, die zu seiner Eingangstür führt. Er weiß bereits, dass sie vorhanden und intakt ist und dass sie Platz genug für einen Zwillingskinderwagen bietet. Das war das Erste, das ihm aufgefallen war, als er sich das Reihenhaus vor drei Jahren ansah und einer der Gründe, warum er sich gerade für dieses Haus entschieden hat. Er weiß auch, dass der Schnee von der Rampe geschippt ist, dass selbst der Weg, der zu ihr führt, geräumt ist und dass ein Rollstuhl mit Leichtigkeit durch die Eingangstür passt. Aber es schadet ja nicht, alles noch einmal zu kontrollieren – es könnte ja tatsächlich sein, dass er ein Detail übersehen hat. Er versichert sich mit dem Fuß, dass die Rampe nicht glatt und vereist ist. Das ist sie nicht.

Er tischt doppelt so viele Schnittchen mit Rentierpastete auf, wie er ursprünglich geplant hatte. Es kann von Vorteil sein, Lelle dabeizuhaben, denkt er und versucht sich den Grund seiner Enttäuschung schönzureden. Als Paula meinte, dass sie sich wegen der Weinprobe unsicher sei und es ihr lieber wäre, wenn noch andere Personen dabeiwären, spürte er, wie seine Erwartungen in sich zusammenfielen und wie ihm das Herz wie ein schwerer Klumpen in die Magengrube plumpste. Aber Lelle ist gut, was soziale Interaktion anbetrifft. Sie weiß, worauf es ankommt, kann ein Gespräch am Laufen halten und hat außerdem versprochen, mit ihrer

Freundin eine »Entdeckungstour« durch sein Haus zu machen, damit er ein paar Minuten mit Paula allein verbringen kann. Darüber, was Entdeckungstour bedeutet, will er lieber nicht nachdenken.

»Das wird toll – wir kriegen superedlen Wein umsonst.«

Sie radeln zügig durch das Zentrum von Huddinge. Das Thermometer zeigt minus vierzehn Grad an. Lelle nimmt eine Hand vom Lenker und hakt sich bei Lina unter, um ein bisschen Wärme abzubekommen. »Nicht dass ich einen Unterschied schmecken würde«, lacht sie bibbernd, »aber wirken wird der Wein auf jeden Fall.«

»Ich dachte, man spuckt den Wein wieder aus, nachdem man ihn probiert hat?«

»Nee … oder doch, bei einer feinen Weinprobe macht man das bestimmt so. Aber hier geht es ja gerade darum, dicht zu werden.«

»Aha. Dann weiß ich ja, was von mir erwartet wird.«

»Dir ist doch wohl klar, dass ich dich nur abfüllen und ins Bett bekommen will?« Lelle wirft ihr einen neckischen Blick zu. Lina erwidert ihn, und Lelle spürt ein Prickeln im Bauch. Das wird bestimmt ein guter Abend. »Obwohl – es ist ja schließlich Martin, der für den Wein bezahlt hat. Wenn du ihm also eine Freude machen willst, tu so, als wärst du des Weines wegen da, schwenk das Glas, riech daran und sag, dass er nach unterschiedlichen Sachen duftet.«

»Wonach denn zum Beispiel?«

»Nach Eichenfass und Herbstlaub, das kommt immer gut an. Sobald der Wein teurer als hundert Kronen ist, sagt er, dass er nach Eichenfass riecht.«

Sie biegen in Martins Straße ein. Vor seinem Haus steht ein großer dunkelgrüner Kombi.

»Ach ja, ich hab vergessen zu erwähnen, dass die Braut, von der er was will, Invalidin ist. Wenn du also auf ein bisschen hanky-panky aus bist, wirst du wohl mich angraben müssen.«

Das Pärchen, mit dem sie den Wein verkosten, ist ein lesbisches Pärchen. Die beiden albern die ganze Zeit miteinander herum und können die Hände nicht voneinander lassen. Paula hat nichts gegen Lesben, aber Martin hätte schon etwas sagen können, dann wäre sie darauf vorbereitet gewesen. Es ist bereits anstrengend genug, nach außen hin entspannt zu wirken angesichts der Tatsache, bei jemandem zu Hause zu sein, der noch nie zuvor Rollstuhlbesuch gehabt hat. Die gut konstruierte Rampe hat sie positiv überrascht, sie fragt sich jedoch, wie es funktionieren soll, wenn sie auf die Toilette muss. Und das wird sie wohl müssen, wenn sie all den Wein trinken, der auf dem Tisch steht.

»Das hier ist ein Beaujolais Royal«, erklärt Martin und dreht die Flasche so, dass alle das Etikett sehen können.

Martin ist Stabilität und Wärme. Seine Stimme beruhigt sie etwas. Die Mädchen hingegen signalisieren Chaos und verunsichern sie. Mädchen oder Frauen – sie weiß nicht, wie sie sie nennen soll. Zunächst glaubte sie, es wären Teenager, aber mittlerweile ist sie sich nicht mehr sicher.

»Das ist der leichteste aller Weine.«

»Wenn man sich betrinken will, sollte man also die anderen trinken?«

Lelle kichert. Martin grinst zurück, schaut dann verstohlen zu Paula hinüber und wird wieder ernst. »Der lieblichste, sollte ich vielleicht eher sagen. Fülle und Kräftigkeit haben nichts mit dem Alkoholgehalt zu tun. Der Beaujolais ist also der Lieblichste, und dann stehen sie ihrer Fülle nach angeordnet. Ich habe verschiedene Häppchen vorbereitet, die wir mit dem Wein kombinieren können. Schnittchen mit Rentier, Käse, Ochsenfilet in Senfmarinade und noch ein paar andere Canapés.«

»Hast du vergessen, dass ich Vegetarierin bin?«

Lelle sieht ihn streng an und verdreht die Augen. Die ganze Zeit über fliegen Blicke stummen Einverständnisses wie unsichtbare Pfeile zwischen den beiden hin und her. Paula bereut, dass sie ihn gebeten hat, seine beste Freundin und ihre Begleitung einzuladen.

»Wie jetzt!«, ruft Lelle, entzückt über die Aufmerksamkeit. »Das bin ich wirklich! Hast du je von einer Lesbe gehört, die nicht Vegetarierin ist?«

»Tja, ich zum Beispiel«, sagt Lina.

»Komm schon«, bittet Martin.

Lelle zuckt mit den Schultern. »Na schön, dieses eine Mal. Ich bin Pragmatikerin.«

Martins Lachen sagt: »Du bist immer gerade dann Pragmatikerin, wenn ich Rentierschnittchen gemacht habe.«

Paula blickt unglücklich auf die auf dem Tisch aufgereihten Flaschen. Sie braucht ein Glas Wein.

Lelle hat noch nie erlebt, dass Martin sich dermaßen eigenartig benimmt. Dass er ein verklemmter junger Mann ist, war ihr klar, aber jetzt ist er noch dazu nervös. Ihre Witze kommen nur zur Hälfte an, ehe sie sie abtötet – die Braut im Rollstuhl. Obwohl Lelle über Martins sexuelle Präferenzen im Bilde ist, kann sie nicht verstehen, was er an Paula findet. Sie ist nicht gerade hübsch, das halbe Gesicht sieht aus, als sei es von dem Haken gefallen, an dem es aufgehängt war. Außerdem scheint sie noch zugeknöpfter zu sein als Martin. Vielleicht ist es das, was sie zueinander hinzieht, denkt sie versöhnlich und beißt in eines der verbotenen Rentierschnittchen. Unter dem Tisch spielen Linas Zehen mit ihren Füßen.

»Lecker«, sagt Paula.

Das ist das erste Wort aus ihrem Mund, seit sie sich einander vorgestellt haben. Martin beobachtet sie mit einem Lächeln.

»Das Ochsenfilet«, fährt sie fort. »Zusammen mit diesem Wein. Mit dem Käse war er überhaupt nicht gut.«

Martin spürt, wie sich Wärme in ihm ausbreitet. Das war genau das, was er wollte: ihr ein Geschmackserlebnis verschaffen und sie positiv überrascht sehen. Ihr Lächeln ist vorsichtig und zurückhaltend, aber es ist ein Lächeln, und Martins Nervosität fällt langsam von ihm ab. Das kann ein richtig schöner Abend werden.

»Nee, mit dem Käse mochte ich den Bosch – Boscho... diesen lieblichen Wein«, meint Lina.

Lelle lacht. »Wie süß du bist.«

Lina zieht eine Grimasse, wirkt jedoch ziemlich zufrieden. Martin sieht das Lächeln von Paulas Lippen verschwinden.

»Darf ich dich was über deine Beine fragen?«, erkundigt sich Lelle und sieht Paula direkt an.

Martin will im Boden versinken. Paula sagt nichts.

»Mir ist klar, dass viele danach fragen – wenn du also willst, kannst du mich danach was Lesbisches fragen: Wie macht ihr das im Bett, wer ist der Mann und wer die Frau in der Beziehung, wann ist dir klargeworden, dass du lesbisch bist ... Deal?«

Paula nickt langsam. Er sieht dieselbe Skepsis in ihren Augen wie bei ihrer ersten Begegnung. Wenn er könnte, würde er Lelles unsensiblen Vormarsch stoppen, aber er weiß, dass das unmöglich ist. Außerdem muss sie für das, was sie sagt, selbst die Verantwortung tragen.

»Also, ich frage mich, kannst du … oder zu allererst: Bist du so geboren?«

Paula nickt wieder.

»Ich frage mich also, kannst du spüren, wie es wäre, mit den Zehen zu wackeln?«

Paula sieht sie an und antwortet mit scharfer Stimme: »Kannst du spüren, wie es wäre, mit einem Stumpf zu wackeln?«

Lelle zieht eine Grimasse. »Okay, ich bin bescheuert, das hat sich bereits herumgesprochen. Ich bin Vegetarierin und futtere gerade ein armes Rentier und ich schmecke verdammt noch mal keinen Unterschied zwischen diesen Weinen hier. Aber ich dachte mir so … also ich hatte da einen Gedanken! Ich frage mich, ob es im Gehirn einprogrammiert ist, dass man mit der Standardausführung ausgestattet ist und dass alle potenziellen Sinneseindrücke bereits vorhanden sind, oder ob man nur das fühlen kann, was man schon mal erlebt hat. Wie soll ich das herausfinden, wenn ich nicht jemanden frage, der nicht mit der Standardausführung versehen ist?«

Es ist, als ob man sich einen Horrorfilm ansieht und den Blick nicht abwenden kann. Er will das hier nicht, er will Lelle wegzaubern und mit Paula allein sein und ihr sagen, wie schön sie ist. Er will das vorsichtige Lächeln auf ihren Lippen wiedersehen.

»Man kann wohl nur das spüren, was man vorher erlebt hat. Ich kann jedenfalls nicht spüren, wie es wäre, Füße und Zehen zu haben.«

»Aber glaubst du wirklich, man kann nur das nachempfinden, was man erlebt hat? Ich meine … ein Mensch, der noch nie verliebt war, zum Beispiel, kann wohl trotzdem spüren, wie es wäre?«

»Ich weiß nicht. Sie oder er weiß vielleicht bloß, wie es ist, sich vorzustellen, wie es wäre.«

Lelle nickt und versucht, Paulas Blick zu erhaschen. Paula sieht in ihr zweites Glas Wein, trinkt einen Schluck und wechselt das Gesprächsthema. »Woher kennt ihr euch denn – du und Martin?«

Es zeigt sich, dass sich Lelle und Martin durch Lelles Ex-Freundin kennen, die im selben Spirituosengeschäft gearbeitet hat wie er.

»Barbie«, berichtet Martin.

Lina zuckt zusammen, als sie den Namen der Ex-Freundin hört.

»Dabei hieß sie eigentlich Britta«, erklärt Lelle. »Und sie sah nicht gerade wie Barbie aus – der Spitzname war pure Ironie.«

Lina erzählt nicht, dass sie mit einer weiteren Ex von Barbie zusammen war. Diese Ex verglich sie ständig mit Barbie und kam zu dem Ergebnis, dass Barbie ein bisschen verrückter, ein bisschen leidenschaftlicher und ein bisschen lustiger war als sie. Jetzt muss sie sich auch noch deswegen Sorgen machen. Quatsch, du bist genau richtig, so wie du bist, versucht sie die Stimme in ihrem Kopf zu überzeugen, die Stimme, auf die zu hören sie beschlossen hat. Sie streckt ihr Bein aus und füßelt erneut mit Lelle. Lelle sieht sie mit diesem gefährlichen Lächeln an, auf das sie schon den ganzen Abend gewartet hat.

Es ist nicht mehr besonders viel Wein in den Flaschen, als Lelle und Lina aufbrechen. Kichernd ziehen sie sich selbst und einander Jacken und Schuhe an. Finger werden in einen Hosenbund geschoben, die eine leckt der anderen das Ohr und flüstert Sachen, die die andere dazu bringen, sich auf die Zunge zu beißen und mit glänzenden Augen aufzusehen.

Paula betrachtet die beiden mit einem Blick, aus dem Verachtung spricht.

»Kommst du mit zum Bahnhof?«, fragt Lina sie.

»Nee«, sagt Lelle mit einem vielsagenden Lächeln. »Sie bleibt natürlich hier!«

Sie blinzelt Paula zu, als sei es selbstverständlich, dass alle im Raum hormongesteuerte Teenager sind.

»Ich bin mit dem Auto da«, antwortet Paula. »Aber ich kann nicht mehr fahren, weil ich getrunken habe. Vielleicht kann ich also hier übernachten?«

Sie sieht Martin fragend an. Er nickt.

»Fährst du Auto?«, fragt Lelle sofort. »Wie ...«

»Es ist eine Spezialanfertigung.«

Liebe Lesben, fahrt nach Hause und habt euren verdammten Sex, anstatt hier herumzustehen, euch heimlich die BHs aufzumachen und darüber zu staunen, dass ich tatsächlich dazu in der Lage bin, Auto zu fahren.

»Das Auto muss ich sehen. Zeigst du es mir? Anschließend brechen wir dann aber gleich auf.«

So wichtig, wie sie tut, ist es ihr eigentlich nicht, sich Paulas Auto anzuschauen, aber sie kann jetzt noch nicht nach Hause aufbrechen. In ihrem Kopf dreht sich alles so schön. Paula ist ihre einzige Feindin auf der Welt – Paula mit ihren grünen Augen und dem durchdringenden Blick, mit dem sie ihr hasserfüllte kleine Botschaften schickt, die Lelle nicht versteht. Schließlich willigt Paula ein, ihr das Auto zu zeigen, obwohl Martin sagt, dass sie das nicht muss.

Draußen ist es eiskalt. Lina und Martin bleiben in der Küche und beobachten die beiden durch das Fenster. Paula führt vor, wie man die Rampe herunterfährt, um mit dem Rollstuhl ins Auto zu fahren und mit Hilfe der Arme auf den Fahrersitz zu gelangen. Lelle setzt sich auf den Beifahrersitz und schließt die Autotür.

»Aha. Ich habe gerade darüber nachgedacht, wie du wohl aufs Klo gehst.«

Paula sieht sie an, als würde sie jetzt definitiv bereuen, ihr das Auto gezeigt zu haben. Lelle seufzt und zieht eine Grimasse.

»Ich bin ganz schön voll, und die Worte blubbern einfach so aus mir heraus.«

»Das scheinen sie auch ohne den Einfluss von Alkohol zu tun.«

Lelle atmet tief ein und beschließt, dass der Rotwein, der in ihren Adern pulsiert, eine beruhigende Wirkung hat.

»Ich bin nicht besonders vornehm, wenn es das ist, was du meinst.«

Es ist eine Weile still. Lelle fummelt am Armaturenbrett und an den Hebeln herum, deren Funktion sie nicht kennt.

»Ist das ...«

»Wenn man ...«

»Du zuerst.«

Paula zögert, nimmt dann aber noch einmal Anlauf.

»Angenommen, jemand wird mit drei Beinen geboren, dann hat er oder sie wohl auch Gefühl in seinem dritten Bein. Daran scheitert deine Theorie, dass man nur mit Gefühlen für das ausgerüstet ist, was normal ist. Oder der Standardausführung entsprechend, wie du es ausdrückst.«

Lelle nickt und denkt über diese Logik nach. Es geht etwas

langsam, weil der Alkohol ihr Gehirn mit Watte und Vibratoren gefüllt hat, aber es geht.

»Oder wenn man mit einem Schwanz geboren wird«, sagt sie. »Es gibt ja noch eine hier, die nicht gerade standardmäßig ausgestattet ist. Zum einen bin ich lesbisch, und zum anderen kann ich meinen Zeigefinger total gestört weit nach hinten biegen – guck mal!«

Paula betrachtet Lelles total gestört biegsamen Zeigefinger. Am Küchenfenster fragen sich Martin und Lina, was die beiden da eigentlich treiben.

»Du hast übrigens noch immer deine Homofrage gut. Die hast du mir noch nicht gestellt.«

»Zwei.«

»Was?«

»Ich habe zwei Fragen gut. Du hast erst gefragt, ob ich spüren kann, wie es ist, mit den Zehen zu wackeln, und dann, wie ich auf die Toilette gehe.«

Paula lehnt ihren Kopf an die Nackenstütze, um sich an ihren Wortwechsel zurückzuerinnern und zu entscheiden, ob Lelles Überlegung in Sachen Toilette nun eine Frage war oder nicht. Schließlich öffnet sie den Mund, den Blick aus dem Fenster gerichtet.

»Es spielt keine Rolle, weil ich keine Fragen an dich habe.«

»Gar keine?«

»Nein.«

»Gibt es überhaupt nichts, was du dich zum Thema Lesben fragst? Wie es ist, wenn man merkt, dass man lesbisch ist, wie Lesben sich vor Geschlechtskrankheiten schützen, ob es üblich ist, einen Harness zu tragen …«

»Nicht direkt.«

»Ach so.«

Es wird noch einmal still. In der Küche setzen sie sich in

Bewegung; Lina zieht ihre Winterjacke wieder an. Auch gut, die Konversation fließt nicht gerade besonders, und es gibt Spaßigeres, als sich in einem Auto den Hintern neben einer Frau abzufrieren, die kaum begreift, dass man versucht, nett zu sein. Lelle fallen unmittelbar drei, vier Beschäftigungen ein, die bis auf eine alle eine nackte Lina beinhalten. Bei der vierten trägt Lina eine Uniform.

»Vornehm«, sagt Paula. »So kann man es auch ausdrücken.«

Kapitel 5

Auf – ab, auf – ab. Paulas Brustkorb hebt sich mit jedem Atemzug. Vor einer Viertelstunde haben sich ihre Augen unter den Lidern bewegt und ihr Gesicht zuckte leicht. Wenn sie gewirkt hätte, als würde sie sich unwohl fühlen, hätte er sie aus ihren Alpträumen geweckt, aber es sah fast aus, als lächele sie. Jetzt schläft sie ruhig. Nur ihr Brustkorb bewegt sich. Auf – ab.

Lelle sieht an die Zimmerdecke. Auf ihrem einen Arm liegt Lina, der Arm ist komplett taub, ihr Kopf anscheinend auch. Sie muss ihren Mund noch nicht einmal öffnen, um zu wissen, wonach ihr Atem riecht. Nach altem saurem Rotwein und einer Schicht toter Geschmacksknospen. Sie streckt ihre wache Hand aus und schiebt sich eine Portion Snus unter die Oberlippe. Lina grunzt missmutig, sie ist also wach.

»Ich gehe nur kurz unter die Dusche«, murmelt Lelle und zieht ihren Arm fort, der unter Lina eingeklemmt ist. Lina grunzt noch missmutiger und legt sich geradewegs über Lelle, ehe diese es schafft, sich aus dem Bett zu schleichen.
»Kuschel mit mir.«

Er versucht, beim Abräumen des Tisches nicht mit den Gläsern zu klirren. Zunächst hat er gehofft, dass sie aufwachen würde, aber inzwischen ist er inspiriert von der Idee, aufzuräumen und Frühstück zu machen, bevor sie wach wird. Er könnte sogar Scones backen. Auf dem Weg in die Küche deckt er sie mit der verrutschten Decke etwas mehr zu. Sie öffnet ein Auge.

Er beseitigt die Spuren des Vorabends. Ja, die Weinprobe. Mit leisen Schritten schleicht er zwischen Esstisch und Küche hin und her, aber sobald er in der Küche ist, scheint er zu glauben, dass man nicht hört, wie er beim Einräumen der Spülmaschine herumklappert. Süß, denkt sie und genießt das Bild von sich selbst auf seinem Zweiersofa, die Decke sorgsam um sich herum drapiert. Es war kein Thema, dass sie im selben Zimmer schlafen würden. Er hatte ihr das Bett angeboten, aber sie hatte gelacht und gesagt, dass sie wohl bessere Voraussetzungen habe als er, auf dem Sofa genug Platz zu finden. Nun überlegt sie, ob sie sich bemerkbar machen soll oder nicht. Es ist ziemlich schön, dazuliegen und auf seinen bunten Teppich und seine Beine zu schauen, die hin und wieder vorbeigehen. Nach einer Viertelstunde riecht sie den Duft von frischgebackenen Scones.

Lina will morgens immer Sex haben. Immer. Lelle will aufwachen, sich eine Portion Snus unter die Oberlippe schieben, an die Decke schauen, erzählen, was sie in der Nacht geträumt hat, und duschen. Aber an diesem Morgen ist sie bereit zu kapitulieren; Lina greift nach ihren Handgelenken und setzt sich resolut rittlings auf sie – ein solches Benehmen muss belohnt werden. Gerade als sie anfängt, in die richtige Stimmung für Morgensex zu kommen, gibt Linas Handy eine Dance-Version von *Cleaning out my Closet* zum Besten, und Lelle kann sich davonstehlen. Aus der Dusche hört sie Fragmente des Gesprächs, vor allem »ja« und »nein« und »aber echt« und ein klingendes Lachen, bevor Lina auflegt. Das könnte eine andere sein, denkt Lelle und spürt nach, ob es im Eifersuchtsnerv zuckt. Ein bisschen vielleicht. Lina schlüpft hinter ihr in die Dusche, legt ihre Hände um Lelles Hüften und lässt sie zu ihren Leisten hinuntergleiten. Badezimmmersex. Na gut.

»War das eine andere aus deinem Harem, die da angerufen hat?«

Lina dreht sie zu sich um und lächelt. »Ich habe gesagt, dass sie noch eine Weile ohne mich auskommen müssen und dass in der obersten Schublade Vibratoren liegen.«

In der Nacht hat es geschneit. Eine dünne weiße Decke liegt über Huddinge und färbt die Welt blau.

»Es gibt etwas, das ich dir schon seit unserer ersten Begegnung sagen will«, sagt Martin.

Seine Scones sind fantastisch. Sie beschmiert eines dünn mit Butter. Er macht es genauso. Sein Blick bringt sie dazu, ihren zu senken.

»Du bist vielleicht die schönste Frau, der ich je begegnet bin.«

Warum sagt er so etwas? Sie starrt wütend in ihre Teetasse und versucht, es zu verstehen. Sie weiß, dass seine Vorlieben nicht mit denen der meisten anderen Menschen übereinstimmen, trotzdem ist sie sich sicher, dass er ihr bloß etwas vormacht. Sie legt beide Hände um ihre Tasse, weil sie nicht weiß, was sie tun soll, und da ist es am besten, still dazusitzen.

»Warum sagst du nichts? Es ist okay, wenn du nicht dasselbe über mich denkst. Ich wollte es nur sagen – ich habe es seit mehreren Tagen sagen wollen.«

Sie schluckt. Die Teetasse bewegt sich nicht, der Tee bewegt sich nicht, ihre Hände um die Tasse sind vollkommen regungslos, aber innerlich ist sie keineswegs so verdammt ruhig.

»Es ist nicht gerade leicht für mich, das zu sagen.«

In seiner Stimme schwingt vage Verzweiflung mit. Irgendwie beruhigt sie das. Sie zwingt sich aufzublicken.

»Für mich ist es auch nicht so leicht, das zu hören.«

Er sucht die leiseste Spur eines Lächelns, aber sie sitzt bloß mit versteinertem Gesicht da und schaut auf ihren Teller. Sie muss doch trotzdem verstehen, dass sie ein Kompliment bekommen hat – eines, das jede andere Frau selbst gegen ihren Willen bewegen würde, sich geschmeichelt zu fühlen und zu lächeln. *Findest du das echt, Martin? Ach, das sagst du doch bestimmt zu allen Frauen, du Charmeur*. Sie blickt auf.

»Es war interessant, all die unterschiedlichen Weine zu kosten. In Zukunft werde ich meinen Wein in jedem Fall sorgsamer auswählen. Es war lehrreich. Und lecker.«

Er lacht halbherzig. Am liebsten hätte er ihr mehr darüber erzählt, was er bereits für sie empfindet, ihr erklärt, dass es wahr ist, dass er die Augen nicht von ihr lassen kann und froh ist, jetzt mit ihr allein zu sein. Aber es ist auch in Ordnung, über den vergangenen Abend zu sprechen.

»Das ist schön zu hören. Manche fragen sich, wie man sich bloß so für Wein interessieren kann, aber Wein ist so viel mehr als nur ein alkoholisches Getränk. Für mich geht es dabei um alles von der Geografie bis zur Biologie, um Kultur … und um den Genuss, das Erlebnis der perfekten Geschmackskombination. Verstehst du?«

Sie nickt und begegnet seinem Blick. Ihm wird innerlich ganz heiß. Er versteht immer mehr, wie zerbrechlich sie ist. Wie ein Schneekristall sitzt sie ihm gegenüber und hat Angst zu schmelzen.

»Es kommt darauf an, Leidenschaft zu empfinden für das, was man macht. Vielleicht ist das am wichtigsten.«

Er nickt energisch. Das sieht er ganz genauso. Vor ihm sitzt Paula, die sprödeste und schönste Frau, die ihm je begegnet ist. Sie essen Scones und stimmen einander zu, und sie ist auf diese spezielle Weise gebaut, von der er sich hundertmal mehr angezogen fühlt als von allen anderen Frauen; sie hat ihm einmal ihr zartes Lächeln gezeigt, und er ist möglicherweise der glücklichste Mann der Welt.

In der Dusche lehnt Lelle sich gegen die Wand und versucht ihre zitternden Atemzüge unter Kontrolle zu bekommen. Sie merkt erst jetzt, dass sich der Wasserhahn in ihren Rücken gedrückt hat – er wird sicher einen blauen Fleck hinterlassen. Lina legt die Arme um sie und drückt sie ein bisschen behutsamer gegen die Wand, als sie es fünf Minuten zuvor getan hat. Lelle begegnet ihrem zufriedenen Blick.

»Es war meine Mama, die vorhin angerufen hat«, gesteht Lina ein. »Ich soll heute Abend zum Essen vorbeikommen.«

Lelle gleitet mit den Händen zu ihrem Hintern hinab. Sowohl an ihrer eigenen wie auch an Linas Reaktion merkt sie, dass es Potenzial für eine Wiederholung gibt.

»Was wirst du sagen, wo du gewesen bist?«, murmelt sie an Linas Hals. »Zu Hause im Studentenwohnheim – Statistik büffeln wie ein fleißiges Mädchen?«

»Ich habe ihr natürlich gesagt, wie es ist.«

»Hallo, Mama, es passt gerade nicht, weil ich unter die Dusche will, um dort zwei Mal mit einem Mädel zu vögeln?«

Lina kichert. »Fast. Ich bin bei einer Frau zu Hause, die ich date. Total süß, ein bisschen schwierig, aber ich glaube, du würdest sie mögen.«

»Ist das wahr?« Lelle schlängelt sich aus ihrem Griff und sieht ihr in die Augen. »Ich hab gedacht, deine Mutter sei Pastorin – ist sie das nicht?«

»Doch.«

»Aber es macht ihr nichts aus, dass du lesbisch bist?«

»Nee.«

»Verdammt, wie krass.«

Lina verzieht den Mund. »So würde sie es vermutlich nicht ausdrücken. Aber was heißt übrigens zwei Mal – wir haben es doch gar nicht zweimal gemacht?«

»Noch nicht.«

Martin kratzt ihre Scheibe frei. Sie protestiert, sagt ihm, dass sie einen Eiskratzer mit langem Griff besitzt, den sie selbst benutzen kann, aber er besteht darauf. Dann kann sie ihm zumindest Gesellschaft leisten, meint sie und schaut ihm nun aus der ersten Reihe beim Kratzen zu, als ginge es dabei um einen Meisterschaftstitel.

»Ich glaube nicht, dass ich unbedingt zur oberen rechten Ecke werde hinausschauen müssen. Ein paar Zentimeter Rand sind völlig akzeptabel«, versichert sie amüsiert, als er sich über die Motorhaube legt, um in den rechten oberen Winkel zu gelangen.

»Wenn ich etwas mache, dann mache ich es richtig«, sagt er und zwinkert ihr zu.

Ja, das begreift sie so langsam.

»Also ...«, fängt er an.

Diesen Tonfall kennt sie bereits. Jetzt will er wieder komische Sachen sagen, ihr Komplimente machen, gegen die sie sich nicht wehren kann.

»Ich fand es gestern wirklich schön«, wirft sie schnell ein.

»Das fand ich auch.« Er hält mit dem Kratzen inne und sieht sie von der Motorhaube aus direkt an. »Beim nächsten Mal traust du dich vielleicht sogar, alleine zu kommen?«

»Vielleicht ...«

Ihr koketter Ton überrascht sie selbst. Sie wusste nicht einmal, dass sie über so einen Ton verfügt. Martin beugt sich zufrieden nach vorn und kratzt das letzte Eis von der Frontscheibe. Das Echo ihres flirtigen »Vielleicht« stört ihn. Sie ist nicht der Typ für solche Spielchen.

»Es wäre jedenfalls ruhiger«, bemerkt sie. »Ehrlich gesagt verstehe ich nicht, wie du mit jemandem wie Lelle befreundet sein kannst.«

»Warum nicht?«

»Na ja, sie ist nicht gerade vornehm.«

Er lacht. »Vornehm?«

»Im Auto hat sie mich gefragt, wie ich auf die Toilette gehe.«

Er duckt sich hinter den Wagen. Bestimmt um sein Lächeln zu verbergen.

»Das klingt wie meine Lelle. Man gewöhnt sich daran. Mich nennt sie ihren alten Perversling.«

Paula weiß nicht, ob sie das lustig finden oder beleidigt sein soll. Sie entscheidet sich für Letzteres.

»Weil du auf solche wie mich stehst?«

Er richtet sich mit verdattertem Gesicht wieder auf. Ihre Stimme klang noch vorwurfsvoller, als sie beabsichtigt hat, aber das ist berechtigt, denkt sie und presst die Lippen zusammen.

»Das Wort Perversling verwendet sie für alles und jeden – vor allem für sich selbst.«

»Das ist ungefähr das, was ich meine. Ich verstehe nicht, was ihr gemein habt. Obwohl ich dich natürlich kaum kenne – vielleicht hast du ein ebenso lockeres Mundwerk, wenn man dich richtig kennenlernt.«

Jetzt tut er ihr leid. Sie hatte nicht vor, ihre Genervtheit wegen Lelle gegen ihn zu richten. Sie ist es gewohnt, dass ihre Beleidigungen in dem Graben landen, den gewöhnliche Menschen zwischen sich selbst und ihr ziehen. Bei Martin weiß sie nicht so recht – es wirkt manchmal so, als fühle er sich tatsächlich getroffen.

»Nein, wir sind ziemlich verschieden. Aber das hast du sicher schon gemerkt.«

Sie legt den Kopf schief. *Entschuldige,* sagt ihr Blick.

Kapitel 6

Lelle sitzt in einem Café am Medborgarplatsen und kratzt sich genervt am Hinterkopf, als Martin seine Frage wiederholt.

»Das ist eine einfache Frage, Lelle. Ist es was Ernstes?«

»Was Ernstes … hm, was meinst du mit ›ernst‹? Ich hab vergessen, was das bedeutet.«

»Aber ihr trefft euch doch schon seit … vier Wochen.«

»Fünf.«

»Und du hast dich mit keiner anderen getroffen. Das klingt in meinen Ohren nach etwas Ernstem.«

Martin duckt sich vor ihrem spielerischen Boxhieb, der ihn nur an der Schulter streift.

»Deine Sache ist viel ernster«, meint Lelle bestimmt. »Sag Bescheid, wenn du einen *best man* brauchst.«

»Meinst du, dass du dieser *best man* wirst?«

»Wer sonst? *Best man*, Trauzeuge, Trau-Lesbe, Trau-Butch. Ich kann supermännlich sein, wenn ich diese Seite hervorhebe.«

»Ich würde trotzdem vermuten, dass du und Lina schon weiter seid mit eurer … Beziehung.«

Lelle beugt sich neugierig vor. »Willst du damit etwa sagen, dass du noch immer nicht mit ihr vögeln durftest?«

»So kann man es auch ausdrücken.«

»Haha. Und wie geht es dir damit? Ein Stumpf in Reichweite. So nah – und doch so fern. Du musst dich bei jedem Klobesuch abreagieren, was?«

Er macht ein angewidertes Gesicht. Sie auch.

»Das Bild will ich mir gar nicht so genau vorstellen. Ich muss endlich lernen, was ich meinen Schülern stets predige – du weißt schon, erst zu denken und dann zu reden. Jetzt werde ich herumlaufen und mir dich im Badezimmer vorstellen, wie du … iiigitt. Bitte sag, dass du niemals onanierst. Sag es einfach.«

Er lacht beschämt.

»Niemals.«

»Aber wenn ich deine Trauzeugin sein soll, muss ich deine Braut etwas besser kennenlernen. Sie hat mich hauptsächlich bloß angeschnauzt. Was ist das für eine Art von Beziehung?«

»Sie ist nicht so gesellig.«

»Nee, aber ich schon.«

Sie weiß, dass er will, und sie hat beschlossen, dass sie es tun wird. Sie weiß bloß nicht, wie sie es schaffen soll. Ausgeliefert dazuliegen, sogar ohne Kleider, unter denen man sich verstecken könnte. Sie kann sich noch immer nicht von dem Gedanken befreien, dass er es sich anders überlegen wird, wenn er sie tatsächlich zu sehen bekommt. Wütend rollt sie durch die Korridore, mit den Gedanken bei der bevorstehenden ersten Liebesnacht und anderem. Sie hat einen Brief von Kerstin bekommen, die schreibt, dass Bror heiratet, und im Kuvert lag eine Einladung. Lange Zeit glaubte Paula, dass er Bror heiße, damit sie verstünde, dass er ihr Bruder ist.[4] Unfassbar, dass sie einmal ein so unschuldiges Kind war, das glaubte, die Welt kreise derart um sie. Entzückend. Naiv. Sie hat sich noch nicht entschieden, ob sie hingehen wird oder nicht.

»Paula?«

Sie bremst. Eine Studentin sieht sie mit fragendem Gesichtsausdruck und einem fröhlich überraschten Blick an. War sie in einer von Paulas Vorlesungen?

»Lina«, lächelt die Studentin. »Wir sind uns zu Hause bei Martin begegnet.«

Pflichtbewusst verzieht Paula den Mund zu einem Lächeln. »Ja, klar, jetzt erinnere ich mich.«

Es war nur etwas schwierig, dein Gesicht zu sehen, weil du dich die ganze Zeit an der anderen Frau festgesaugt hast wie ein Ancistrus-Wels.

»Schön, dich wiederzusehen«, sagt die lächelnde Studentin Lina.

4 *Bror*, das schwedische Wort für Bruder, ist zugleich auch ein männlicher Vorname. (Anm. der Übersetzerin)

Paula nickt. »Gleichfalls.«

Mehr wird nicht gesagt. Lina verabschiedet sich mit einem sinnlosen Lächeln und einem halben Nicken, ehe sie in einen anderen Korridor abbiegt. Zunächst weiß Paula nicht, warum sie so aufgewühlt ist, aber dann fällt es ihr wieder ein. Die Hochzeit.

Martin bezieht sein Bett frisch. Er hofft, sie richtig verstanden zu haben, als sie ihm in die Augen geschaut und ihm eröffnet hat, dass sie dieses Mal eine Übernachtung einplane. Er konnte den Kampf sehen, der hinter ihrem direkten Blick ausgefochten wurde, und erkannte auch, wen sie zur Siegerin auserkoren hat. Die Mutige. Das Laken ist perfekt geglättet, die Bettwäsche hat ihre Lieblingsfarbe. Er wird absolut alles akzeptieren. Wenn sie vollkommen angezogen daliegen und die ganze Nacht lang einfach nur schlafen will, wird er sanft den Arm um sie legen und völlig zufrieden mit ihrer bloßen Nähe sein. Aber zur Sicherheit hat er Kondome gekauft.

»Das ist keine große Sache – bloß ein Abendessen.«

Lelle kratzt sich am Hinterkopf. Linas Vorschlag hat sich zu einem Disput entwickelt, und sie hat keine Lust auf Streit, aber auch nicht auf das, was ihr als »bloß ein Abendessen« präsentiert wird.

»Wenn es bloß ein Abendessen ist, dann können wir doch wohl auch ohne deine Eltern essen?«

»Die wollen dich doch kennenlernen, du Dummkopf!«

»Wieso?«

»Weil ich so viel Tolles über dich erzählt habe natürlich.«

Lina sieht Lelle mit einer Anspielung im Blick an, die schwer zu deuten ist. Lelle zieht eine Grimasse.

»Was denn? Dass ich fromm und gottesfürchtig bin?«

»Quatsch.«

»Sprechen die vor dem Essen ein Tischgebet? Von so was kriege ich Gänsehaut. Ich glaube, ich bin allergisch dagegen.«

»Hör auf, Süße.«

»Und noch schlimmer ist es, wenn sie singen. Halleluja – gleich essen wir, doch zuerst singen wir: halleluja, plingeli-plong, in Jesu Namen, gleich essen wir, halleluja, amen.«

Lina kichert. »Ich versichere dir, sie sind bloß ganz normale Eltern. Für gewöhnlich sagen sie: ›Lieber Gott, hab Dank für Speis und Trank – amen.‹ Es ist schnell vorbei, und ich glaube, du hältst es aus.«

»Habe ich erwähnt, dass ich dagegen allergisch bin?«

»Komm schon. Wir können auch deine Eltern besuchen, dann gleicht sich das aus.«

Lelle legt den Kopf in den Nacken und schließt die Augen.

»Hallo? Erde an Lelle!«

Lelle antwortet mit geschlossenen Augen. »Meine Eltern können wir wohl kaum besuchen. Die sitzen weit, weit oben auf sehr hohen Rössern.«

Lina seufzt. Sie streckt die Hand aus und streichelt Lelle über die Wange. »Ich habe Paula an der Uni getroffen.«

Lelle öffnet die Augen. »Martins Braut? Was hat sie denn da gemacht?«

»Ich glaube, sie arbeitet da.«

»An der Uni?«

»Ja. Du, ich hab übrigens eine Idee.«

»Die wäre?«

»Du und ich könnten nächste Woche meine Eltern besuchen und mit ihnen zu Abend essen«, versucht Lina es noch einmal ganz von vorn.

»Mal sehen.«

In seinen Augen sieht sie eine Mischung aus Zärtlichkeit und Begierde. Sie selbst sitzt auf der Bettkante und würde am liebsten davonlaufen. Zum Glück hat sie keine Beine. Sie lächelt schroff über ihren kleinen Witz, behält ihn jedoch für sich.

»Ich möchte, dass es dunkel ist.«

»Du musst nichts machen, was du nicht willst.«

Als er sie anfasst, entspannt sie sich. Es ist derselbe Martin, der ihre Autoscheibe ganz bis zum Rand freikratzt, der Eis mit Schokoladenstückchen kauft, seit sie irgendwann mal erwähnt hat, dass das ihre Lieblingssorte ist, und ihr das Leben stets etwas leichter macht. Er wird ihr nicht weh tun. Das wird ihr erst jetzt klar, unter der waldgrünen Decke in Martins Schlafzimmer.

Lelle ist genervt. *Schwiegermutter*, schreibt sie und klickt auf »suchen«. Sie findet einen Artikel aus einer Abendzeitung: *Wie ertragen Sie Ihre Schwiegermutter im Sommer?* Es gibt mehrere Artikel zum Thema, Blogeinträge, in denen Leute Galle über ihre Schwiegermütter spucken, und ein Online-Lexikon, das das berüchtigte Verhältnis von Schwiegermutter und Schwiegertochter beleuchtet. Vielleicht sollte sie auf das Argument mit der Schwiegermutter setzen, Lina erklären, dass alles komplizierter ist, als es aussieht, und auf die entsprechenden Artikel im Internet verweisen. Oder aber sie sagt Lina, wie es ist: dass sie wohl gerade geblinzelt haben muss, als das zwischen ihnen zu so etwas Ernstem wurde, und dass sie da schlicht nicht mitmacht. *Lina Miettinen* tippt sie in die Suchmaschine und erhält vier PDF-Dokumente auf unverständlichem Finnisch als Resultat. *Martin Sander* erweist sich als Allerweltsname. Die Ergebnisse variieren vom Fußballspieler bis zu einem Professor an einer dänischen

Universität, und Martin Sander, Filialleiter des Spirituosengeschäfts in Huddinge, erscheint weit unten auf der Liste. *Paula* schreibt sie und erhält einundsiebzig Millionen Treffer. *Paula, Rollstuhl* führt sie nirgendwohin. Was hatte sie erwartet? *Paula, Universität Stockholm.*

Martin Sander, Filialleiter des Spirituosengeschäfts in Huddinge, wölbt seine Hand vorsichtig um Paulas Brust, streichelt ihre Taille und lässt seine Finger an der Stelle ruhen, an der ihr zweites Bein wäre, wenn sie anders gebaut wäre. Paula schläft. Sie hat einen Slip an, und er würde noch nicht einmal im Traum versuchen, ihn ihr auszuziehen, obwohl die Erregung noch immer in ihm pocht.

»Ich glaube nicht, dass ich das schaffe«, sagte sie, gerade als er glaubte, sie fühle sich bereit.

Er lässt die Erinnerung an ihre zitternde Hand um sein Geschlecht erneut auferstehen. Und dann die Entscheidung. *Nein, ich kann das nicht.* Das macht nichts, Paula, das macht doch nichts. Ich bin nur im Begriff, vor Verlangen nach dir in Stücke zu zerspringen, aber das macht nichts. Schlaf du ruhig.

Paula liegt mit geschlossenen Augen da. Martins Hand streichelt vorsichtig über ihren Körper und hält an ihrem Stumpf inne. Sie kann seine beherrschte Erregung spüren. Warum kann sie die Tür zu ihrem Inneren nicht einfach öffnen, sich selbst mit seinen Augen betrachten und das tun, was für die meisten ganz selbstverständlich wäre? Die Enttäuschung in seiner Stimme nagt an ihrem Gewissen. *Das macht nichts, Paula, ich bin einfach froh, hier bei dir sein zu dürfen.* Yeah, right. Du verdienst etwas Besseres, Martin Sander.

Auf der anderen Seite der Stadt ist Lelle noch immer wach. Sie hat sich eine Tasse Tee gekocht, die sie vor dem erleuchteten Computerbildschirm sitzend schlürft. Aus den Lautsprechern singt Ani DiFranco von kaputten Jeans. Sie sollte schlafen, aber sie kann sich nicht von dem Aufsatz losreißen, in dem beschrieben wird, wie der Unterschied zwischen trennbaren und untrennbaren Partikelverben von Muttersprachlern und den Sprechern einer Zweitsprache aufgefasst wird.

Kapitel 7

In einer chemischen Reinigung in der Kleinstadt Sveg mangeln drei Frauen Kleidung, die um vier Uhr von einem Kunden abgeholt werden wird. Sie heißen Eva, Gun und Zainab und sind alle in den Fünfzigern. Eva arbeitet von allen am längsten in der Reinigung – sie ist fast ein Synonym für das Geschäft, obwohl sie nie zu einer Position mit Verantwortung gelangt ist. Die anderen beiden arbeiten seit sieben und drei Jahren dort. Keine von ihnen riecht noch den stechenden Geruch, der allen, die ihre fleckigen Kleider gereinigt bekommen wollen, beim Betreten des Ladens entgegenschlägt.

»Endlich Wochenende«, sagt Eva. »Das hat man sich wirklich verdient.«

»Weiß Gott, ja«, stimmt Gun zu.

Zainab sagt nichts, aber sie nickt.

»Bengt, die Kinder und ich gehen ins Kino. Morgen hat unsere jüngste Tochter Geburtstag. Wir lassen es also ordentlich krachen.« Eva gluckst angesichts dieser Vorstellung von ›es ordentlich krachen lassen‹.

»Wie schön. Welchen Film wollt ihr euch denn ansehen?«, fragt Gun.

»Das weiß ich nicht. Wenn das Geburtstagskind entscheiden darf, wird es wohl irgendwas mit Gnomen und Hobbits und wie sie alle heißen sein. Sie ist total besessen von diesem Fantasy-Zeug. An erster Stelle auf ihrer Wunschliste stand: ›ein Schloss‹«.

Zainab kichert. »Schenk ihr doch das hier«, sagt sie und legt ein Vorhängeschloss auf den Tisch.

Eva lacht herzhaft. »Das sollte ich machen – nur um ihr Gesicht zu sehen. Meine große Tochter kommt auch. Emma. Sie nimmt den Zug heute Abend und fährt am Sonntag wieder nach Hause.«

Zainab mangelt Kleider. Gun schaut interessiert auf.

»War das die, die dich letztes Jahr hier besucht hat?«

»Ja ... ja, sie kam kurz hier vorbei.«

»Sie wirkte so reif. Wahrscheinlich ist meine Erinnerung an sie deshalb so stark. Ist sie noch mit dem Freund zusammen, der damals mit ihr hier war?«

»Nicht nur das – sie heiraten in ein paar Wochen.«

»Das ist ja fantastisch. Sie waren wirklich ein schönes Paar.«

»Sie ist glücklich. Das ist die Hauptsache.«

Eva schielt zu Gun hinüber, als sie das sagt. Diese sieht aus, als habe sie eine schroffe Erwiderung auf der Zunge, behält sie jedoch für sich.

»Kinder sind ein Geschenk«, sagt Eva.

»Ja«, antwortet Gun und presst die Lippen zusammen, ehe sie fortfährt. »Mikael und ich wollen am Wochenende eisfischen, wenn der See zufriert.«

Zainab faltet Kleider zusammen. Ihre Kiefer mahlen.

Lelle schlendert durch die langen Korridore der Stockholmer Universität, deren Form der ihres eigenen Arbeitsplatzes gleicht, nicht jedoch ihre Atmosphäre.

Es ist Martin, der sie hierherzieht. Seit eineinhalb Wochen hat er keine Zeit, sich mit ihr zu treffen. Einmal waren sie im Café Fauteuil verabredet, aber fünf Minuten vorher rief er an und sagte ab, weil er ein romantisches Abendessen für Paula kochen müsse, die einen schlechten Tag gehabt habe. Irgendwelche Kinder hätten ihr fiese Sachen nachgerufen, und mit ihrer Forschung käme sie schlecht voran, und da verstehe Lelle wohl, dass er sie aufmuntern müsse? Nein, sie könne nicht ebenfalls vorbeikommen, das wäre Paula vermutlich nicht recht, und außerdem sei es ein *romantisches* Abendessen. Sie murmelt genervt vor sich hin, als sie in den Aufzug steigt, der sie zum Zentrum für Mehrsprachigkeitsforschung hinaufbringt. »Du zickst ein bisschen zu viel rum, was Martin angeht. Wenn du ihn wirklich willst, lockerst du die Zügel am besten mal ein wenig. Und wenn du schon dabei bist, kannst du auch gleich deinen Keuschheitsgürtel ablegen – ich ertrage es nicht länger, mir seinen sexuellen Frust anzuhören, den er noch nicht mal richtig in Worte fassen kann. Ich verspreche dir, dass er dich auch noch will, wenn du dich ihm hingibst.« Sie verzieht den Mund und verändert ihre Redeweise etwas. Wer sagt denn heute noch ›sich hingeben‹? Andererseits ist Paulas Lysistrate-Methode auch nicht mehr ganz zeitgemäß.

Paula sitzt an ihrem Schreibtisch, den Kopf schwer in die Hände gestützt. Um sie herum Bücherstapel und Berge von Papier, die sie irgendwann einmal nach einem bestimmten System angeordnet hat, das ihr da logisch erschien. Doch es ist nicht die Unordnung auf ihrem Schreibtisch, die die tiefe Falte auf ihrer Stirn verursacht. Es ist eine einfache Einladungskarte mit goldener Schrift, auf der unter anderem steht: *Eine Antwort wird bis zum 12. März erbeten.* Das ist am kommenden Montag. Etwas erbeten. Ich erbitte mir deinen Rat. Ich bitte mir deinen Rat er. Kann man das sagen? Nein, die Trennung von Partikel und Verb funktioniert nur mit Wörtern wie angehen, ankommen und aufpassen. Und weiter? Es geht an. Es kommt auf das Individuum an. Die Mutter passt auf ihr Kind auf. Paula bohrt die Spitze ihres Stiftes in die Tischplatte. *Paula Alshammar, eventuell mit Begleitung.*

So zusammengesunken sitzt Paula noch immer da, als Lelle durch die halbgeöffnete Tür in ihr Büro lugt. Sie tritt zögerlich ein.

»Ähm, lebst du noch?«

Paula nickt und stützt sich auf die Ellbogen.

»Ich hatte schon Angst, mitten in einen Horrorfilm geplatzt zu sein«, albert Lelle. »Es fehlte bloß das Messer im Rücken.«

Paula verzieht kaum den Mund. Nein, vielleicht sollte man gegenüber Menschen, die man nicht so gut kennt, keine Witze über Mord machen.

»Was willst du?«, fragen ihre Augen.

Ohne Vorwarnung steht die alberne Lesbe von Martins Weinprobe in ihrem kleinen Büro an der Universität. Ungeniert inspiziert Lelle ihren Tischkalender und lässt den Blick über die Papierstapel gleiten, die ihre Arbeit darstellen.

»Bist du auf eine Feier eingeladen?«, fragt sie und greift nach Paulas Hochzeitseinladung aus weißem Strukturpapier.

Paula hat mehrfach darüber nachgedacht, die Karte zu zerreißen und in den Müll zu werfen, aber als sie sieht, dass Lelle sie in den Händen hält – in Händen, die wer weiß wo gewesen sein können –, ist es ihr plötzlich wichtig, dass die Karte sauber und unversehrt bleibt. Lelle scheint das zu spüren, denn sie legt die Einladung sofort wieder hin.

»Mein Bruder heiratet.«

Lelle nickt und lässt sich auf dem Stuhl auf der anderen Seite des Schreibtisches nieder. Paula hat sich genötigt gesehen, Lelle höflich eine Auskunft zu geben, obwohl diese den Unterschied zwischen Freundschaft und Höflichkeit nicht zu verstehen scheint.

»Du solltest froh sein, eine Einladung bekommen zu haben«, sagt Lelle.

»Weil ich so bin, wie ich bin, meinst du?«

Paulas Herz klopft stark. *Du solltest froh sein, dass sich jemand um dich kümmern will, du solltest froh sein, in einem Land geboren zu sein, in dem man solche wie dich nicht zum Sterben im Wald aussetzt, du solltest froh sein, froh froh froh*. Und *dankbar*.

Lelle hebt die Augenbrauen.

»So habe ich das nicht gemeint. Shit, du bist wie hochexplosives Dynamit auf zwei Rädern.«

»Auf vier.«

»Daran ist mein Mathelehrer schuld.«

Das ist der zweite Witz, an dem sie sich versucht. Erst frotzelt sie herum, Paula ermordet in ihrem Arbeitszimmer zu finden, dann lässt sie durchblicken, dass Paula keine Einladung zur Hochzeit ihres eigenen Bruders verdiene, und jetzt versucht sie, sich durch einen Witz aus der Affäre zu ziehen. Und noch immer hat sie nicht gesagt, warum sie hier ist. Lelle beugt sich vor und spielt erneut mit der Einladung herum.

»Ich meine bloß, dass nicht alle in ihrer eigenen Familie willkommen sind. Wenn mein Bruder heiraten würde, würde ich das erst ein paar Wochen später aus der Zeitung erfahren.«

Paula sieht sie skeptisch an. Das klingt wie eine erfundene Mitleidsstory, aber Lelles Gesicht drückt nur Resignation aus.

»Obwohl das nicht sein Fehler ist, sondern der von Mama und Papa.«

»Aha.«

Sie hat nie nach Lelles Familienverhältnissen gefragt. Warum Lelle an die Uni fährt, um sie darüber aufzuklären, ist ihr ein Rätsel.

»Ich habe deine Magisterarbeit gelesen.«

»Entschuldige, was hast du gerade gesagt?«

»Sie war superinteressant.«

Paula weiß nicht, was sie glauben soll. Sie legt ihre Hände ganz still auf den Tisch. Das Einzige, was ihr dazu einfällt, ist, dass Lelle versucht, sie irgendwie reinzulegen. Doch sie hat keine Ahnung, was das Ganze soll.

»Was fandest du am interessantesten?«, fragt sie misstrauisch.

Lelle beißt sich auf die Lippe und lässt den Blick in die Ecke der Zimmerdecke schweifen, in der sich die geselligste Spinne des Instituts häuslich niedergelassen hat.

»Den Unterschied zwischen Verben mit trennbaren und untrennbaren Präfixen«, antwortet sie nachdenklich. »Dass er manchmal eine so große Bedeutungsveränderung zur Folge haben kann, darüber habe ich nie nachgedacht. Das zu lernen muss für Einwanderer die Hölle sein.«

Es ist so unwirklich. Die chaotische, wie ein Teenager

herumknutschende Lesbe, die vor einigen Wochen bei Martin zu Hause hockte und Witze über Sex und Alkohol riss, sitzt jetzt in ihrem Büro und diskutiert mit ihr über Partikelverben. Sie steckt den Arm aus und nimmt die Einladung an sich. Lelle zieht ihre Hand zurück, als hätte sie sich verbrannt.

»Und manchmal geht es überhaupt nicht, Partikel und Verb zu trennen«, sagt Paula. »*Ich erbitte mir etwas* geht zum Beispiel, aber *ich bitte mir etwas er* geht gar nicht.«

»Ich erbitte mir etwas, habe erbeten. Bitte mir etwas er, habe ergebeten. Ich bitte mir die Erlaubnis er, um die Hand ihrer Tochter anzuhalten. Nein, das geht nicht.«

»*Es kommt darauf an* kann man sagen, und *es geht an* und *ich passe auf.*«

Lelle nickt. »Und *ich bete sie an.*«

Paula nickt und muss innerlich lächeln. Man publiziert seine Arbeit im Netz, und die, von der man es von allen Kandidatinnen auf der ganzen Welt am wenigsten vermutet hätte, lädt sie sich herunter, versteht sie und ist davon fasziniert.

»Bist du deshalb hergekommen? Um über meine Magisterarbeit zu sprechen?«

»Nein. Ich bin gekommen, um ...«

Lelle beugt sich vor und fixiert sie mit ihrem Blick.

»Um dir zu sagen, dass Sex etwas ist, das mit einem Kribbeln irgendwo im Körper beginnt. Es verbreitet sich wie ein Feuer und verlangt, dass man sich ihm hingibt. Man will nur mehr und immer mehr – es ist schmerzhaft und wundervoll. Man ist eins mit seinem Blut.«

Paula schluckt. Lelle lässt ihren Blick nicht los.

»Es ist kein scheiß Machtmittel. Martin bedeutet mir verdammt viel, verstehst du?«

Paula nickt stumm.

»Ich meine damit nicht, dass du etwas tun sollst, was du nicht willst, aber du musst damit aufhören, ihn mit dem Steuerknüppel zu kontrollieren. Sex ist nämlich etwas Schönes.«

Paula sagt nichts. Lelle schlüpft in ihre Jacke.

»Ja, das war es wohl, was ich sagen wollte. Und dass du ihn nicht derart in Beschlag nehmen darfst, dass ich mich zwei Wochen lang nicht mit ihm treffen kann.«

Paula bleibt sitzen und lässt die Worte sacken. Es dauert ein paar Minuten, bis sie begreift, was Lelle eigentlich von ihr wollte, und als sie es begreift, wird sie wütend.

Lelle stiefelt durch den Schneematsch nach Hause – mit dem anhaltenden Gefühl, dass sie Paula einen völlig falschen Rat gegeben hat. Sie weiß nicht, wo das ganze Gerede über Sex herkam – das war nicht geplant gewesen. *Man ist eins mit seinem Blut.* Sie kann sich nicht entscheiden, ob das eine treffende Beschreibung ist oder bloß die Neuformulierung eines altes Klischees.

Kapitel 8

Dies ist der Anrufbeantworter von Paula Alshammar. Im Augenblick bin ich nicht zu Hause, aber wenn Sie Ihren Namen und Ihre Telefonnummer hinterlassen, rufe ich Sie zurück. Sofern du nicht Martin Sander heißt – in dem Fall existierst du nicht länger für mich. Deine beste Freundin und du habt jetzt alle Zeit der Welt, meine sexuelle Zurück-

haltung zu diskutieren, denn ich will dich nie mehr wiedersehen.

In ihren Träumen handhabt sie die Sache auf diese Weise. Im wirklichen Leben nimmt sie Rücksicht auf alle Professorinnen, Lektoren und anderen wichtigen Personen, die hin und wieder einen Anlass haben, sie anzurufen, und deshalb sitzt sie dem unglücklichen Martin Sander jetzt gegenüber und ignoriert die Zimtschnecken, die er ihr mitgebracht hat.

»Wie zum Teufel konntest du denken, es wäre okay, unser Sexleben mit ihr zu diskutieren?«

Martin schrumpft zusammen. *Unser mangelndes Sexleben meinst du wohl*, hätte er erwidern können, wenn er nicht wüsste, dass er sich falsch verhalten hat.

»Wir haben es nicht direkt *diskutiert*«, antwortet er ausweichend.

»Verdammt noch mal, Martin! Verdammt!«

Er zuckt bei jedem Fluchen zusammen. Ihr Gesicht ist verzerrt vor Wut, er will die Hand danach ausstrecken und es glätten, ihr sagen, dass die Welt deswegen nicht untergeht, dass er sie die ganze Zeit über mit Respekt behandelt und Lelle sich sogar darüber beschwert hat, dass er so wenig erzählt.

»Und diese Frau!«, ruft Paula voller Abscheu aus. »Wo hat die eigentlich ihre Grenzen? Wie kannst du bloß mit ihr befreundet sein? Sie sucht mich an meinem Arbeitsplatz auf, sie kommt in mein *Büro* und sagt mir, dass ich mich dir hingeben soll! Wer sucht andere Menschen an ihrem Arbeitsplatz auf, um deren Sexleben zu diskutieren? Wer?«

Lelle, denkt Martin niedergeschlagen. Lelle macht so was. Sie meint es nicht böse, und ich werde dir das niemals erklären können.

Unter all ihrer Wut hat sie Todesangst. Lelles beängstigender brennender Blick hat ihr klargemacht, dass sie eine Entscheidung treffen muss. Und sie will nicht.

»Ich will dich nie mehr wiedersehen«, sagt sie unglücklich.

Martin schaut verzweifelt auf den Tisch. Er beißt in eine der Zimtschnecken, die sie sonst so gerne isst. Er kaut unendlich lange.

»Du kannst dir ja wohl denken, dass sie sich das Meiste selbst ausgerechnet hat.«

»Wie das? Wie? Verfügt sie über übersinnliche Fähigkeiten und kann anderen Menschen am Gesicht ablesen, wie deren Sexleben aussieht? Oder findest du, dass es so verdammt offensichtlich ist, dass ich nicht kann … dass ich nicht …«

Ihre Stimme bricht. Sie spürt, wie sich Tränen in den Augenwinkeln sammeln, und sie will nicht weinen. Sie ist wütend, nicht traurig. Beleidigt, nicht verletzt. Solange sie sich nicht bewegt, werden keine Tränen über die Schwelle treten und sie demütigen.

»Entschuldige.« Er legt die Hände mit den Handflächen nach oben auf den Tisch. »Ich werde mit ihr nicht mehr auf diese Weise über uns sprechen. Ich meine, ich habe kaum auch nur … Ich werde das nicht noch einmal machen.«

Sie sieht ihn mit gerunzelter Stirn an.

»Und was, wenn sie dich danach fragt?«

»Dann sage ich, dass das nur dich und mich etwas angeht.«

Nach reiflicher Überlegung nickt sie und nimmt seine Hand. Sie hat sich wieder einigermaßen unter Kontrolle.

»So ein verdammtes Biest.«

»Lelle?«

»Aber weißt du, was irgendwie lustig ist?«
»Nein.«
»Sie hat meine Magisterarbeit gelesen.«

Lelle und Lina fläzen auf Lelles rotem Sofa und schauen sich das Familienprogramm im Fernsehen an.

»Du hast meine Eltern immer noch nicht kennengelernt«, sagt Lina.

»Nö.«

Wäre sie Single, würde sie nicht den ganzen Abend zu Hause sitzen und sich absurde Spielshows im Fernsehen anschauen. Sie würde ausgehen und drei, vier Bräute auf einmal angraben, sich an Diskussionen über Haarentfernung und Pornographie beteiligen, Sprachfaschisten in Sachen Grammatik herausfordern, auf dem Rand eines abgestellten Springbrunnens balancieren und mit dem Atem Ringe zu blasen versuchen, solange draußen noch Minustemperaturen herrschen. Aber man hat es so schön, wie man es sich macht. Außerdem ist sie wohl noch Single?

»Also – sind wir zusammen?«, fragt sie und streckt die Hand nach ihrer Snusdose aus.

Lina reicht sie ihr.

»Ich glaube schon.«

In der Gameshow hat ein Kandidat die erste Stufe gemeistert, indem er die Frage »Welcher der folgenden Bäume ist kein Laubbaum?« richtig beantwortet hat.

»In dem Fall will ich Schluss machen.«

Der Mann im Fernsehen hat so lange zwischen Erle und Wacholder hin und her überlegt, dass er die zehntausend Kronen eigentlich gar nicht verdient hat. Lelle amüsiert sich damit, sich Fragen für ihre eigene Gameshow auszudenken. Warum wollen alle Lesben mit Angelina Jolie herumknutschen? Was ist die größte Schwierigkeit bei der Umwandlung trennbarer in untrennbare Verben? Aus welcher bekannten Doktorandin wird man absolut nicht schlau? Erst nach fünf Minuten bemerkt sie, dass Lina weint.

Paula liegt auf ihrem Bett und blickt an die Zimmerdecke. Normalerweise ist sie zu dieser Tageszeit in ihre Notizen vertieft, bis es Zeit für die letzte abendliche Tasse Tee ist. Jetzt liegt sie ganz still und mit geöffneten Augen auf ihrem Bett. Der feuchte Fleck an der Decke hat die Form eines Pantoffels. Oder eines Pfannenwenders. *Es beginnt mit einem Kribbeln,* denkt sie. *Es verbreitet sich wie ein Feuer und verlangt, dass man sich ihm hingibt.* Lelles Blick und ihr breites Lächeln dringen in sie ein bis zur Grenze dessen, womit sie umgehen kann, und Martins behutsame Hände auf ihrem Körper bringen sie dazu, sich zu entspannen – seine Hände überlisten sie. Warum musste ein Mann auftauchen, der scharf auf Schiefheit und Abnormität ist, und warum musste ein unerträgliches Punkgirl auf den Plan treten und ihr Sachen sagen, die sie nicht ignorieren kann? Warum darf sie nicht einfach Gespräche mit Zweitsprachlern transkribieren und sich hässlich fühlen?

»Immer noch sauer?«

Martin setzt sich neben sie aufs Bett. Sie horcht in sich hinein. Nicht sauer, eher frustriert.

»Ja.«

»Es war total blöd von Lelle, sich so zu benehmen. Ich kann sie verhauen, wenn ich sie das nächste Mal treffe. Glaubst du, dass du dich dann besser fühlst?«

Paula lächelt mit dem einen Mundwinkel.

»Nur wenn sie dich ebenfalls verhaut. Du hättest nie mit ihr darüber sprechen sollen.«

»Wir organisieren eine Schlägerei. Deal?«

Er hält seine rechte Hand hoch. Sie hebt ihre linke und klatscht ein.

»Abgemacht.«

Sie schließt die Augen. Es ärgert sie, dass sie lange Berichte verfassen und komplizierte grammatische Zusammenhänge formulieren, aber Martin nicht erklären kann, was in ihr vorgeht.

»Es wird so langsam spät«, sagt Martin.

Du kannst hierbleiben, wenn du willst, könnte sie sagen. Gewöhnlich fühlt sie sich wohl mit Martins warmen Händen um sich herum und mit seinen kleinen Schnarchern, die sie daran erinnern, nicht einsam und allein auf der Welt zu sein. Aber nicht heute Abend.

»Wir können im Internet nachsehen, wie die Züge fahren.«

Er schlüpft in seine Jacke und setzt sich wieder ans Fußende ihres Bettes. Streckt die Hand aus und streichelt ihre Wange. Sie nimmt seine Hand.

»Mein Bruder heiratet«, sagt sie.

»Oh, wow.«

Er versucht zu verstehen, wovon sie spricht. Einen Bruder hat sie noch nie erwähnt, nicht einmal wenn sie von ihrer Familie erzählt hat. In diesen Gesprächen hat sie jedoch ohnehin nicht gerade viel gesagt. Sie lächelt und sieht ihn mit diesem flirtenden Blick an, den sie fast nie anwendet.

»Und ich habe kein Date.«

Lelle breitet sich zu Hause in ihrem Bett aus. Heute Nacht wird sie daliegen und die Beziehung betrauern, die nie wirklich eine war. Nächstes Wochenende wird sie ausgehen. Sie wird mit Blicken Sexpfeile werfen und tanzen, bis der Schweiß spritzt, schamhafte, aber interessante Vorschläge lachend ablehnen, allein nach Hause gehen und die schwarze Nacht einatmen, bis alle unsichtbaren Fäden um sie herum zerreißen.

Kapitel 9

Am Hydranten vor der Universität sitzt jemand und weint. Die Gesichter aller Vorbeigehenden sagen: »Wenn ich gerade nicht so gestresst wäre, würde ich dich natürlich sehen, stehenbleiben und fragen, was passiert ist, aber gerade jetzt bin ich auf dem Weg zu etwas sehr Wichtigem und bemerke noch nicht einmal, dass du dort sitzt.« Paulas erster Impuls ist, wie alle anderen beschämten Menschen schnell vorbeizurollen, aber der weinende Mensch hat sie bereits erkannt.

Lelle geht rastlos in ihrer kleinen Wohnung im dritten Stock auf und ab. Aus dem Ausguss fängt es an zu stinken, aber sie kann sich nicht dazu aufraffen, so lange stillzustehen, wie es für den Abwasch nötig wäre, auch wenn das eine therapeutische Wirkung hätte. Es sind Paula und die Partikelverben. Die Bücherstapel auf ihrem Schreibtisch und der Kontrast zwischen ihrem skeptischen Gesichtsausdruck und dem entwaffnenden Augenblick, als Paula sie für einen Moment an sich herangelassen hat. Erst später verstand sie, dass sie Paula charmant gefunden hatte, diese kleine Teufelin. »Ich kann tatsächlich verstehen, was du an deiner Freundin findest«, hat sie gestern zu Martin gesagt, und er erzählte ihr, dass Paula sie hasse. Er verwendete tatsächlich das Wort hassen.

Das Café auf dem Campus ist erfüllt vom ununterbrochenen Geklirr von Tellern und Besteck. Studierende sitzen zusammen, gehen Prüfungsfragen durch, drehen und wenden Modelle, die ihnen irgendwann einmal erklärt wurden, verbreiten Gerüchte über die anstehende Klausur. Der Geruch von Büchern, Schweiß und dem in sich Hineinschaufeln von Wissen vermischt sich mit dem Duft von Kaffee.

»Ich hätte nicht gedacht, dass ich derart am Boden sein würde. Ich wusste, dass ich traurig sein würde, aber nicht so.«

Paula nickt und beißt in ihre Zimtschnecke. Sie ist nicht die Richtige, um über Gefühle zu sprechen. Wirklich nicht.

»Bei ihr habe ich mich wirklich gefühlt, als sei ich die Einzige auf der ganzen Welt für sie. Als ob sie, wenn sie mich ansah, bis ganz tief in mich hinein ... Zur Hölle, verdammte Frauen.«

Lina wischt sich den Schnodder mit dem Ärmel ab. Paula reicht ihr ein Taschentuch.

»Danke. Also ... Ich wusste, dass es so laufen würde. Ich habe es von Anfang an gewusst! Ich schwöre, ich wusste es schon am ersten Abend auf der Tanzfläche, und trotzdem bin ich so verdammt dumm.«

Sie schnäuzt sich ins Taschentuch und beruhigt sich. Endlich. Paula würde nie in der Öffentlichkeit heulen, und es ist ihr unangenehm, mit jemandem gesehen zu werden, der das tut. Lina atmet tief und zitternd ein. Dann schneidet sie eine Grimasse und verdreht die Augen.

»Frauen. Versprich mir, Paula, dass du dich niemals mit einer Frau einlässt.«

Paula hat ihre Zimtschnecke aufgegessen. Bald muss sie zu dem Seminar, das sie leitet. Lina scheint das zu spüren, denn sie stürzt ihre Coca-Cola herunter, schnappt sich das zusammengeknüllte Taschentuch und steht auf.

»Aber der Sex war göttlich.«

Paula nimmt eine Abkürzung durch den Innenhof der Universität. Die Vögel, die in den Baumwipfeln die frohe Botschaft des Frühlings zwitschern, hört sie nicht. Sie ist sich des Einzugs der neuen Jahreszeit jedoch ausreichend bewusst, um sich vor Eiszapfen vorzusehen, die herunterzufallen drohen. In ihrem Seminar geht es um Sprachsoziologie. Sie kann sich nicht erklären, wieso dieser Lehrauftrag gerade ihr erteilt wurde. Vor allem aber versteht sie den neuen Trend nicht, das eigene Sexleben und das anderer zu diskutieren, als gehe es darum, was man zu Abend gegessen hat. Je mehr sie darüber nachdenkt, desto empörter wird sie. Was interessiert es sie, dass die sexuellen Aktivitäten von Lelle und Lina göttlich waren? Das könnte schon fast als sexuelle Belästigung gelten. Lelles Besuch gehört definitiv in diese Kategorie. In jemandes Büro zu platzen, den Blick in sie hineinzubohren und ihr zu sagen, dass sie sich hingeben soll. *Man will nur mehr und immer mehr – es ist schmerzhaft und wundervoll.* Sie erschaudert. Definitiv sexuelle Belästigung.

Camilla hat einen Mann kennengelernt, und dennoch lässt sie keine Gelegenheit aus, mit Martin zu flirten.

»Es ist nichts Ernstes«, sagt sie und lächelt. »*Casual.*«

»Ich habe auch jemanden kennengelernt«, sagt Martin.

»Oh – aha!«

Sie verbirgt ihre Enttäuschung, indem sie begeistert tut.

»Das ist ja spannend! Oh, wie schön für dich! Wie heißt denn die Glückliche?«

»Paula.«

Er lächelt insgeheim, als er ihren Namen sagt. Die Schlacht ist verloren. In den drei Jahren, in denen sie nun im Huddinger Spirituosengeschäft arbeitet, hat Martin niemals den Namen einer Frau erwähnt. Sie hat ihn sogar mal gefragt, ob er vom anderen Ufer sei. Er hat sie überrascht angesehen und erst nicht verstanden, was sie meinte, dann hat er gelacht und geantwortet: »Nein, du?« Sie weiß, dass das nicht beleidigend gemeint war, aber sie hat es auf jeden Fall nicht als Kompliment aufgefasst. Diese Paula muss jemand ganz Besonderes sein.

Das Lager und die Laderampe sind sein sicherer Rückzugsort. Hier ist er es, der die Bestellungen aufgibt und bei der Lieferung das letzte Wort hat. Er weiß genau, wie alles organisiert ist, in welcher Reihenfolge die Weinsorten in den Regalen stehen und wie er am einfachsten einen Überblick darüber behält, welche Alkoholsorten nachbestellt werden müssen. Vor ein paar Jahren, als er die Chance bekam, Filialleiter zu werden, wollte er am liebsten alles selbst machen, was damit endete, dass er sich krankschreiben lassen musste. Letztes Jahr hat er an einem Seminar zum Thema Aufgaben delegieren teilgenommen, und seitdem funktioniert es besser mit der Arbeit. Er hat nach wie vor einen Überblick über alles. Schwieriger ist das mit Paula. Sie entgleitet ihm wie ein Stück Seife, stößt ihn immer wieder von sich und ist dann plötzlich die weiche, freundliche Paula, die sie tief im Inneren ist, davon ist er überzeugt. So wie neulich, als sie ihn zur Hochzeit ihres Bruders eingeladen hat. Das muss doch bedeuten, dass das, was sie miteinander haben, etwas Ernstes ist? Er hat sie nicht gefragt, ob sie ihn als ihren Freund bezeichnen will. Während er sich mit einer Kiste Perlerose abschleppt, sieht er ein, dass das zu fragen noch immer genauso schwer ist wie damals in der Mittelstufe.

Aber sicherlich sind sie jetzt zusammen? Sie ist doch jetzt bestimmt seine Freundin?

»Meine Freundin und ich sind auf eine Hochzeit eingeladen«, sagt er zu 144 Dosen Carlsberg Export-Bier.

Wenn er es dem Bier erzählen kann, dann kann er es auch seiner Mutter erzählen. Es ist schon lange her, dass er sich bei ihr gemeldet hat. Im Geiste macht er sich eine Notiz, sie bald einmal anzurufen. Diese Woche oder nächste. Aber er wird sie wohl nicht anrufen, ehe die Hochzeit vorüber ist.

Kapitel 10

Paulas Post an der Universität besteht meist aus Büchern und Werbung für wissenschaftliche Literatur. An diesem Tag liegt eine ganz andere Art von Kuvert in ihrem Fach. Es sieht selbstgebastelt aus, blau und grün und mit Glitter. »Ich sollte an einen Wanderzirkus geschickt werden«, sagt das Kuvert, »aber ich bin am Zentrum für Mehrsprachigkeitsforschung gelandet. Hilf mir!« Paula verzieht angesichts ihrer animierten Fantasie den Mund und kontrolliert die Adresse. Paula Alshammar. Der Brief ist tatsächlich für sie.

»Ich werde dir schon helfen, kleiner Freund«, murmelt sie so leise, dass es vermutlich niemand hört.

Paula liest den eigenartigsten Brief, den sie jemals bekommen hat. Sie liest ihn zweimal, und nach dem zweiten Mal zuckt es in ihren Mundwinkeln.

Rolf Svedgården, Forscher im Bereich vergleichende Semantik, ist auf dem Weg zum Kaffeeautomaten. Gerade als er an Paulas Büro vorbeigeht, vernimmt er etwas, das niemand am Institut je zuvor vernommen hat. Er muss stehenbleiben, um sich zu vergewissern, dass er richtig hört. Ja, Paula lacht. Diese Jahreszeit kann also selbst die Griesgrämigste von uns in gute Stimmung versetzen, denkt Rolf amüsiert und beschließt, in der Mittagspause einen Frühlingsspaziergang zu machen. Weil er von Natur aus neugierig und außerdem ziemlich groß ist, macht er sich lang und späht durch das Fenster über Paulas Tür. Er erwartet, sie in Gesellschaft oder am Telefon zu sehen, aber sie ist allein und liest einen handschriftlichen Brief. Rolf kann sich kaum zusammenreißen vor lauter Neugier. Plötzlich rollt Paula zur Tür, und er zieht sich schnell zurück. Als sie im Fahrstuhl verschwunden ist, schleicht er sich in ihr Büro. Er weiß, dass man das nicht macht, aber es ist trotz allem die Neugier, die einen Forscher antreibt, und da muss man hin und wieder auch ihre Kehrseite akzeptieren. Der Brief ist auf hellgrünem Papier verfasst und mit aufgeklebten Pailletten verziert. Der Text besteht aus neun Sätzen mit zweifelhafter Syntax.

Sich etwas annehmen, anführen, angreifen, anschlagen … ist an wie in ab und an auch ein Partikel? Nein, das muss ein Adverb sein, das bedeutet ja hin und wieder. Oder wieder und hin. Ich weiß es nicht, du bist die Expertin. Ansetzen, anmachen (ich glaube zumindest, dass das geht). Angehen. Was Letzteres betrifft – zu entscheiden, ob etwas angeht, habe ich so meine Probleme. Entschuldigung.

Lelle geht den Skeppsbro-Kai entlang und versucht sich zu entspannen. Sie ist total nervös, seit sie bei Paula im Büro war. Erst nervös, dann sauer und jetzt wieder nervös. Weil sie keinen Streit mit Martins Freundin haben will, denkt sie, und weiß, dass es keineswegs nur deshalb ist. Sie setzt sich auf die Kante des Kais und lässt die Beine über dem Wasser baumeln. Die Sonne wird von der Wasseroberfläche reflektiert und lässt sie glitzern. Die Luft sagt guten Morgen zu all den kleinen Samenkörnern, die den ganzen Winter über gewartet haben, und vielleicht auch zu den Schwänen. Aber Lelle sieht keine Schwäne. Sie atmet die Luft tief in ihre Lungen und wirft Kieselsteine ins Wasser. Sie brechen die unregelmäßigen Muster der Wasseroberfläche und erschaffen eigene kleine Feuerwerke. Jetzt macht sie vielleicht gerade den Brief auf. Oder jetzt. Oder aber sie wirft ihn weg.

In der Reinigung in Sveg ist Mittagspause. Gun und Eva machen ihr mitgebrachtes Essen in der Mikrowelle warm. Zainab zieht sich ihre dünne Frühlingsjacke und ihre Schuhe an.

»Wenn du wartest, komme ich gleich nach draußen und rauche mit dir«, sagt Eva.

»Ich komme auch«, kündigt Gun an. »Am liebsten hätte man den ganzen Tag frei, was?«

»Ich gehe nach Hause«, sagt Zainab mit zusammengebissenen Zähnen.

Eva zuckt mit den Achseln. »Dann sehen wir uns nach der Mittagspause.«

Zainab lässt die Tür ins Schloss fallen. Eva und Gun sehen einander verwirrt an. *Pling!* macht die Mikrowelle.

Zainab friert. Es ist noch zu früh für ihre dünne Jacke, das sieht sie jetzt ein, aber sie will so gerne, dass es draußen wärmer wird. Vielleicht lässt sich das Wetter dadurch, dass sie ihm zeigt, wie sie es gerne hätte, ein bisschen beeinflussen.

Da, wo sie herkommt, gibt es keinen Schnee, ihr Körper ist für das nordländische Klima nicht gemacht. Vielleicht zieht sie in den Süden, wenn sie in Rente geht. Sie hat sowieso nichts, das sie hier hält, außer der Freundschaft zu Eva und Gun natürlich. Und der Sprache, der melodiösen, kantigen Sprache, die sie in so kurzer Zeit gelernt hat. Darauf ist sie immer noch stolz. Sie macht einen großen Schritt über eine Pfütze, die der Schneewehe, von der sie herstammt, einen glitzernden Schimmer verleiht. Ja, sie mag Schnee auch. Wenn er schmilzt.

Zu Hause holt sie einen Schuhkarton mit Deckel hervor. Es ist kein Sarg, denkt sie, aber es taugt. Am liebsten würde sie den Karton mit etwas Stoff auskleiden. Albern. Vollkommen überflüssig – in diesem Karton wird nichts Lebendiges und Warmes liegen. Nicht in diesem hier. Aber es fühlt sich richtig an, und außerdem sieht ohnehin niemand, was sie da tut. Als sie fertig ist mit dem, was sie sich vorgenommen hat, schließt sie den Deckel und starrt den Karton an. Wenn man es nicht besser wüsste, würde man glauben, dass Schuhe darin sind. Sie stellt den Karton auf den Küchentisch und setzt sich mit einer Tasse Tee davor. Das hier ist etwas, das sie machen muss, um selbst zu begreifen, dass es vorbei ist. Ihre Hände beginnen zu zittern, als sie daran denkt. Ihre Augen füllen sich mit Tränen. So vieles ist vorbei.

Sie geht den ganzen Weg zum See zu Fuß. Eva und Gun müssen allein zurechtkommen, wenn sie es nicht schafft, bis ein Uhr zurückzusein. Am Ufer geht sie in die Hocke und lässt den kleinen Schuhkarton vom Stapel. Zunächst hatte sie vor, ihn zu versenken, aber es fühlt sich besser an, ihn davontreiben zu lassen. Sie muss ihn etwas anstoßen, damit er nicht am Ufer hängenbleibt. Die Seemitte ist nach wie vor zugefroren, aber mehrere Meter zum Ufer hin schaukelt das Wasser bereits ungehindert, und darauf schaukelt nun der Karton. Zainab wischt sich die Tränen aus den Augen, ehe sie sich umdreht und eiligen Schrittes zurück zur Reinigung geht. Eva und Gun schauen sie verwundert an, als sie dort eine halbe Stunde zu spät auftaucht, stellen jedoch keine Fragen.

Ein paar Minuten später geht Agid al Muhammed mit seinem Hund spazieren. Der ist ein Golden Retriever und ein Kompromiss. Er wollte eigentlich einen Dobermann haben und Pia eigentlich einen Collie. Ein Kompromiss, genau wie ihr ganzes Leben, denkt er philosophisch und hört den Hund am Ufer des Sees bellen. Obwohl ihr Leben meistens verdammt gut ist. Kompromisse können ganz neue Dimensionen eröffnen, und wenn man mutig genug ist, wagt man es, seinen Ausgangspunkt noch einmal zu überprüfen. Wenn er Stift und Papier hätte, würde er das aufschreiben. Am Ufer angekommen, krault er Lailas hellblonden Pelz.

»Du bist ein guter Hund. Was hast du denn da gefunden?«

Laila wedelt mit dem Schwanz. Agid fischt den kleinen Karton mit Hilfe eines Stocks an Land.

»Feines Mädchen, gut gemacht! Du hast ganz allein … einen Karton mit Tampons gefunden? Wer zur Hölle wirft einen Schuhkarton voller Tampons in den See?«

Laila wedelt stolz mit dem Schwanz. Agid holt ein Hundeleckerchen aus der Jackentasche.

Kapitel 11

Es fällt Martin schwer, Paulas Beziehung zu ihrem mysteriösen Bruder zu verstehen. Als er sie fragt, ob sie möchte, dass er sie beim Auswählen des Hochzeitsgeschenks begleitet, wird sie nahezu rasend vor Wut: »Du glaubst nicht, dass ich das schaffe – ohne Beine in ein Geschäft zu gehen muss völlig unmöglich sein, stimmt's?« Er erklärt ihr, dass er so absolut nicht denkt und dass sie sich beruhigen solle. Eine halbe Stunde später entschuldigt sie sich mit ihrer weichsten Stimme. Natürlich können sie das Geschenk zusammen kaufen gehen. Es wäre sogar schön, ein bisschen Unterstützung zu haben, weil sie keine Ahnung hat, was er sich wünschen könnte. Martin weiß nicht, wie er darauf reagieren soll. Weiß man so etwas nicht von seinem eigenen Bruder?

Sie versteht nicht, warum sie die Einladung zu der Hochzeit angenommen hat. Es wäre so einfach gewesen, nicht zu antworten oder eine völlig einleuchtende Erklärung dafür zu liefern, warum sie nicht kommen kann. Noch vor einem halben Jahr hätte sie sich genau so verhalten, aber jetzt ist es, als hätte irgendetwas die Kontrolle übernommen. Es fing damit an, dass sie dumm genug war, dem Treffen mit Martin im Centralcafé zuzustimmen. Nein, sollte man sagen. Nein, danke.

»Was hältst du von einer Vase?«

Sie schaut sich die nichtssagende Vase an, die Martin hochhält. Versucht, sich Brors Zuhause vorzustellen, wie er eingerichtet sein könnte, aber das ist schwierig. Nicht dass es eine Rolle spielen würde. Sie zuckt die Achseln.

»Haben die keine Wunschliste?«

»Ich glaube nicht. ›Das Wichtigste ist nicht das, was man bekommt, sondern das, was man gibt.‹«

Sie hört selbst, wie verächtlich das klingt. Martin hört es wohl auch, denn er sieht sie fragend an. Sie gibt sich ungerührt und sieht sich eine Obstschale aus grünem und blauem Glas an.

»Mir gefällt die hier«, sagt sie leichthin.

Gestern hat Lelle Martin gefragt, ob er heute etwas vorhabe, und er hat erzählt, dass Paula und er ein Hochzeitsgeschenk für ihren Bruder besorgen wollen, bevor er um vier Uhr einen Zahnarzttermin hat. Das ist nicht der Grund dafür, dass Lelle in jedem einzelnen Haushaltswarengeschäft herumspäht und außerdem eine Extrarunde durch Åhléns Porzellanabteilung dreht, nein, überhaupt nicht. Nein, sie fand bloß, dass gerade heute ein besonders guter Tag dafür sei, sich nach neuen Topflappen umzuschauen. Die alten haben schon seit Jahren ausgedient, und irgendwo gibt es eine Grenze.

Paula entdeckt Lelle, sobald diese den Laden betritt. Sie weiß nicht, was sie machen soll, deshalb rollt sie hinter ein Regal mit Tellern und beobachtet sie. Es scheint fast, als suche Lelle jemanden.

»Lelle!«

Martin hat sie entdeckt. Paula macht ein frustriertes Gesicht und rollt aus ihrem Versteck hervor. Sie weiß nicht, wie sie sich Lelle gegenüber verhalten soll. Nicht verwunderlich, wenn man bedenkt, mit welchen Worten Lelle sie beim letzten Mal verlassen hat. Und dann der Brief.

»Ähm«, sagt Martin mit einer vagen Geste in Richtung Paula. Es ist offensichtlich, dass ihm soeben eingefallen ist, dass die beiden nicht das beste Verhältnis haben.

»Hallo, Paula«, grüßt Lelle.

Sie lächelt warm, als sei sie wirklich froh, Paula zu sehen. Ihr Blick hält Paulas Blick länger fest, als es Paula angenehm ist, trotzdem kann sie nicht wegsehen.

»Hallo«, sagt sie.

Martin beeilt sich, das neue Ostergeschirr zu begutachten, das bereits in den Regalen steht. Lelle zieht eine ironische Grimasse.

»Der Alte ist etwas konfliktscheu.«

Paula lächelt mit dem einen Mundwinkel.

»Ein kleines bisschen.«

»Eine Nuance.«

Paula streicht mit den Fingern an der Kante der Obstschale entlang, die sie ausgesucht hat.

»Danke für den Brief«, sagt sie. »Das war der eigenartigste Brief, den ich jemals bekommen habe.«

Lelle kichert. »Ist das ein Kompliment?«

»Vielleicht.«

»Ich nehme, was ich kriegen kann.«

Paula ist sich ziemlich sicher, dass sie rot wird. Ihr erster Gedanke war, dass Lelle mit ihr flirtet.

»Ich habe Martin nichts von unserer Korrespondenz erzählt«, sagt sie und sieht Lelle prüfend an.

»Eine Korrespondenz ist es wohl erst, wenn du antwortest, oder?«

Martin kommt vom Ostergeschirr zurück. Seine konfliktsensible Nase hat ihm wohl vermittelt, dass die Gefahr vorüber ist, denkt Lelle.

»Na, hast du ein Service gefunden, mit dem du an Ostern angeben kannst?«, fragt sie amüsiert.

»Nee, ich bin nicht so ein Riesenfan von Küken.«

»Ich kann dein langweiliges weißes Geschirr gelb anmalen – gelb und mit Osterhasen.« Sie war kurz davor, ›mit amputierten Osterhasen‹ zu sagen. »Und dir Eierbecher aus Klorollen und Acryllack basteln – soll ich?«

Schade, dass er Paula kennengelernt hat. Jetzt kann man über seinen kleinen Fetisch keine Witze mehr reißen.

»Ich glaube, ich lehne das Angebot ab.«

»Immer musst du alles ablehnen.«

Er lacht. Und Paula sieht jetzt weniger feindselig aus als zu Anfang. Zum Glück hat Lelle sich rechtzeitig gebremst und nichts von amputierten Osterhasen gesagt.

»Ich hab jetzt einen Zahnarzttermin. Ich muss mich also auf den Weg machen. Wollt ihr …«

»Wir bleiben hier und schauen uns noch ein bisschen um«, sagt Paula schnell.

»Ich habe Lelle versprochen, ihr beim Aussuchen von ein paar Topflappen zu helfen.«

Lelle sieht sie erstaunt an. Martin ist auch überrascht.

»Ah … ja, also das klingt gut. Super!«

Er zeigt mit dem Daumen nach oben, ohne zu merken, wie sehr er damit einem leidenschaftlichen Verkäufer gleicht. Andererseits ist er das wohl auch.

Obwohl er ein wenig Angst vorm Zahnarzt hat, summt Martin, als er sich in den Regionalzug setzt. Vielleicht verstehen sich Lelle und Paula ja doch, auf eine ihm unbegreifliche Weise. Das würde einige seiner Probleme lösen.

Es zeigt sich schnell, dass Lelle nicht am Topflappenangebot interessiert ist. Ein Caffè Latte wäre deutlich zufriedenstellender, bemerkt sie. Paula stimmt zu. Sie gehen an zwei Cafés vorbei, ehe sie zu einem kommen, das mit Paulas Rollstuhl befahrbar ist.

»So ist es, ich zu sein«, konstatiert Paula.

Lelle zuckt mit den Schultern.

»Und so ist es, ich zu sein.«

Paula verdreht die Augen und gibt an der Theke ihre Bestellung auf. Sie wählen einen Tisch weit hinten in einer Ecke; eine aufmerksame Bedienung hilft ihnen, die dichtgestellten Stühle wegzurücken, so dass Paula an den Tisch heranfahren kann.

»Ich meine bloß«, erklärt Lelle, als sie sich in ihrer Ecke niedergelassen haben, »natürlich begreife ich, dass es schwierig ist, überall hinzugelangen, und dass die Leute extrem ignorant sein können und zum Beispiel fragen, ob man spüren kann, wie es wäre, mit den Zehen zu wackeln und so ...«

»Und einen anstarren.«

»Ich glaube, ich weiß, wie sich das anfühlt. Glaubst du, dass die Leute nicht starren, wenn man Hand in Hand mit einer Frau durch die Stadt läuft, oder wenn man ihr, Gott bewahre, einen Kuss auf die Wange gibt?«

»Was willst du damit sagen? Dass du mehr diskriminiert wirst als ich?«

»Ich will damit sagen, dass du eine verdammte Opfermentalität hast.«

Paula spürt, wie es vor Wut in ihr zu kochen beginnt.

»Ist dir schon mal aufgefallen, dass du mich jedes Mal beleidigst, wenn wir uns unterhalten?«

»*Lelle*«, hat eine Frau einst zu ihr gesagt. »*Du bist eine, die nicht gelernt hat, sich mal auf die Zunge zu beißen.*«

Aber ich sage doch bloß die Wahrheit, denkt sie genervt und hört sich Paulas Verteidigungsrede an. Mit blitzenden grünbraunen Augen erklärt ihr Paula, dass sie sich kein bisschen als Opfer betrachtet.

»Ich hätte voller Selbstmitleid zu Hause sitzen können, oh, ich Arme, so wie ich aussehe und weil ich keine Beine habe, ich werde niemals Arbeit finden, da kann ich genauso gut zu Hause hocken und Sozialhilfe empfangen und so tun, als wäre ich weniger, als ich bin ... Aber stattdessen habe ich mich gebildet, mir ein Forschungsgebiet gesucht, das mich interessiert, und mehr geleistet als die meisten anderen. Worin siehst du da die Opfermentalität? Es ist nicht meine Schuld, dass die Leute beim Bauen von Türen, Treppen und Toiletten nicht nachdenken – soll ich das einfach ignorieren und es in Ordnung finden?«

Lelle schüttelt den Kopf. Sie mag Paulas Stimme, stellt sie plötzlich fest. Sie ist ruhig und kontrolliert, selbst wenn Paula aufgebracht ist.

»Du findest also nicht auch, dass du ein bisschen überempfindlich bist?«

Paula beginnt wütend in Richtung Ausgang zu rollen, überlegt es sich jedoch anders und kommt zurück.

»Ich glaube, du bist diejenige, die die Dinge zu leicht nimmt und sich nicht traut, erwachsen zu werden«, sagt sie und bohrt ihren Blick in Lelle. »Weißt du, was ich dachte, als ich dich zum ersten Mal gesehen habe? ›Was hat dieser Teenager bei unserer Weinprobe verloren?‹ Ich glaube, du bist diejenige mit der Opfermentalität. Ich glaube, du glaubst, dass es in der Welt der Erwachsenen keinen Platz für dich gibt, zwischen den anderen Erwachsenen, mit denen man nicht nur über Sex und Saufen und über Sex, Sex und Sex spricht.«

Lelle sieht Paula trotzig an. *Das glaube ich nicht, so bin ich überhaupt nicht – du hast keine Ahnung, wer ich bin!* Sie trinkt einen Schluck Milchkaffee und fragt sich, warum sie so wütend ist. Eine erwachsene und reife Überlegung, wie sie findet.

Paulas Arme scheinen auch ein bisschen kürzer zu sein als die gewöhnlicher Menschen, überlegt sie. Darüber hat sie vorher nie nachgedacht, aber so ist es wohl. Sie wünscht, ihr würde etwas Tiefsinniges und Erwachsenes einfallen, das sie sagen könnte, irgendetwas, das Paula ausnahmsweise einmal imponieren würde, aber ihr fällt nichts ein.

Als sie aufbrechen, ist der Kaffee bereits seit einer halben Stunde kalt. Lelle schlendert zufrieden neben Paula her und atmet die milde Aprilluft tief ein. Sie fühlt sich gut – so gut wie schon lange nicht mehr.

Paula genießt die Luft ebenfalls. Und eigenartigerweise genießt sie auch, neben Lelle herzurollen, die sie strenggenommen zwar nicht kennt, die jedoch eine Art frischer Wind ist. So wie die Frühlingsluft.

»Ich habe im Fernsehen etwas über Leute gesehen, die Hüpfdinger anstelle von Beinen haben«, erzählt Lelle. »So eine Art Federn, mit denen sie verdammt schnell rennen können, obwohl sie keine Beine haben. Warum hast du so etwas nicht?«

Paula überlegt, ob sie wieder sauer werden soll, aber vor einer Stunde hat Lelle sie als überempfindlich bezeichnet und sie hat nicht vor, ihr einen Beweis dafür zu liefern.

»Ich habe im Fernsehen etwas über Leute gesehen, die zwei Beine haben und hundert Meter in zehn Sekunden laufen. Warum machst du so etwas nicht?«

Lelle lächelt breit. »Weiß der Geier.«

Lelle summt vor sich hin, als sie ihren Wohnungsschlüssel ins Schloss steckt. Sie hat sich den ganzen Heimweg über eigenartig aufgedreht gefühlt. Je länger sie darüber nachdenkt, desto mehr findet sie, dass sie Paula ein Kompliment dafür hätte machen sollen, dass ihr jedes Mal ein Ausgleich gelungen ist, wenn sie glaubte, von Lelle beleidigt worden zu sein. Aber was hätte sie sagen sollen? *Du hast schöne Augen* – na klar, Lelle, total originell. Außerdem hätte Paula das sicher als Ironie und als Beleidigung aufgefasst. Die Frau ist kompliziert.

Auf dem Fußabtreter liegt ein Brief. Als sie den Poststempel sieht, bleibt Lelle beinahe das Herz stehen. Er ist etwas unleserlich, trotzdem sticht ihr der Ortsname ÖREBRO deutlich ins Auge. Sie starrt den Brief ein paar Sekunden lang an, dann hebt sie ihn mit Daumen und Zeigefinger auf und studiert ihn. Ihre Erleichterung ist ebenso groß wie ihre Enttäuschung. Der Brief ist vom Statistischen Zentralamt.

Kapitel 12

Paula war in ihrem ganzen Leben noch nie so rastlos wie jetzt. Das äußert sich darin, dass sie zu nichts anderem fähig ist, als regungslos in ihrem Büro zu sitzen. »Paula ist so fokussiert«, sagen ihre Kollegen. »Verliert nie die Kontrolle.« Wenn die wüssten.

Eigentlich ist sie selbst schuld. Sie hat schließlich selbst vorgeschlagen, dass Lelle und sie ohne Martin im Einkaufszentrum bleiben, und eigentlich wusste sie ganz genau, warum sie das tat. Weil Lelles rohes Lachen und ihr intensiver Blick sie tiefer berühren, als es irgendjemand anderem je gelungen ist. Weil Lelle ihr Widerstand bietet und eine Herausforderung, vor der sie sich nicht drücken kann. Und das Allernervigste: Weil sie sich an Lelle nicht sattsehen kann. Ihre Gesichtszüge, ihre Art, sich zu bewegen ... Paula kramt eine Cassette mit der Aufschrift *Khalid und Nilda, 23.1., hineingehen, aufstellen, ausziehen* hervor und öffnet ein neues Word-Dokument. Nach zweistündiger Transkribierungsarbeit hat sie einen Entschluss gefasst.

Martin hat sich gerade dazu entschlossen, seine Mutter anzurufen und ihr von der Frau zu erzählen, die er kennengelernt hat. Er ist im Begriff, den Hörer abzuheben und ihre Nummer zu wählen, als das Telefon klingelt.

»Hallo, ich bin's – Paula.«

»Hallo!«

»Ich dachte ... Ich habe ja gesagt, dass ich heute Abend beschäftigt bin, aber das hat sich geändert.«

»Oh, wie schön! Also ... Wollen wir dann was zusammen machen? Ich kann einen Film ausleihen.«

»Oder wir essen bei dir zu Abend. Trinken einen guten Wein.«

Martin zieht die Augenbrauen hoch. Sonst ist er es immer, der ein Abendessen mit Wein vorschlägt.

»Unbedingt! Ich bereite was vor. Willst du irgendwas Bestimmtes essen?«

»Irgendwas Gutes – egal. Irgendwas von den Gerichten, die du bisher gemacht hast. Und Wein – vergiss den Wein nicht.«

Martin lacht. »Das werde ich wohl hinkriegen.«

»Kann ich dann bei dir schlafen?«

Er bekommt kaum einen Ton heraus. Was auch immer mit Paula passiert ist, er will es gerne fördern.

»Absolut!«

»Ich komme gegen sieben.«

Er legt verdutzt auf. Es geschehen offensichtlich noch Zeichen und Wunder. Was könnte sie sich zum Abendessen wünschen? Etwas Leichtes – Hähnchen oder Fisch vielleicht? Lag nicht ein ganz neuer Ton in ihrer Stimme? Klang sie nicht, als sei sie bereit? Martin öffnet den Kühlschrank und beginnt in Gedanken das Abendessen zusammenzustellen. Dass er seine Mutter anrufen wollte, hat er vergessen.

Zainab und Eva helfen einander bei der Reinigung einer langen Gardine. Sie mussten den ganzen Tag über ohne Gun zurechtkommen, aber der ununterbrochene Regen hat die Kundschaft ferngehalten, so dass es in der Reinigung ruhig zuging.

»Also ich kenne keine andere, die das Recht, wegen der Pflege eines kranken Kindes zu Hause zu bleiben, für einen *Achtzehnjährigen* in Anspruch nimmt«, kommentiert Eva Guns Abwesenheit belustigt.

Zainab lacht. Sie musste drei Jahre in der Reinigung arbeiten, um zu verstehen, dass das Schwedische mit *vabba* ein eigenes Verb dafür hat, das sich aus den Anfangsbuchstaben der Worte »Pflege von Kindern« zusammensetzt. Noch heute findet sie dieses Wort lustig und auf gewisse Weise typisch für diese Sprache.

»Aber ich kann verstehen, dass sie sich um ihn kümmern will«, sagt Zainab und hält den Stoff hoch. »Achtzehn – da zieht er bald von zu Hause aus.«

Eva verzieht den Mund. »Wenn sie ihn ausziehen lässt – ja. Ich wette hundert Kronen darauf, dass er bei Mama und Papa wohnen bleibt, bis er fünfundzwanzig ist.«

»Ja, so ist das vielleicht bei Einzelkindern.«

Zainab schiebt ihre eigenen Gefühle beiseite. Jetzt sprechen sie schließlich über Gun.

»Na ja, Einzelkind ...«, sagt Eva und spitzt fast unmerklich die Lippen.

»Was meinst du damit? Hat sie noch andere Kinder?«

»Fasst du an der Kante an? Nee, weißt du, frag sie am besten selbst.«

Zainab legt die Stirn in Falten. Sie weiß, dass sie nicht mehr aus Eva herausbekommen wird – sie ist nicht der Typ, der Gerüchte schürt. Es wäre natürlich möglich, dass Gun noch weitere Kinder hat, ältere Kinder, die vielleicht in Örebro geblieben sind, als sie selbst nach Sveg zog. Aber warum all das Getuschel hinter vorgehaltener Hand? Sie lächelt vor sich hin. Tuscheln ist auch so ein lustiges schwedisches Wort. Tuscheln und glitzern.

Lelle korrigiert Aufsätze. »Wenn ich eine Million Kronen gewinnen würde« ist das Thema, und sie stellt fest, dass Sportwagen in der Klasse 11b beliebt sind und dass sie sich mit Felicia Brandell einmal darüber unterhalten sollte, wie weit man mit operativ vergrößerten Brüsten der Körbchengröße DD eigentlich kommt. *Gut!*, kommentiert sie mit ihrem Rotstift. *Sehr gute Rechtschreibung diesmal, Ali! Gute Argumentation, Maria!* Sie hat schon seit gestern ausgezeichnete Laune. Während alle anderen Lehrer und Lehrerinnen heute Morgen durchnässt und über den morgendlichen launischen Regenschauer fluchend ins Lehrerzimmer kamen, summte Lelle *I'm singing in the rain*. Am Kopierer versuchte sie sich sogar an einer kleinen Stepp-Einlage, aber als sie sich an der Garderobenstange hinaufschwingen wollte, fiel diese um und sie war eine ganze Weile damit beschäftigt, alle Jacken und nassen Regenschirme wieder aufzuhängen. Selbst dabei summte sie.

Eva öffnet die Tür der letzten Waschmaschine. Sie ist verlässlich, denkt Zainab. Ein bisschen rund an den Wangen, ordentlich rund am Hintern und immer positiv und freundlich. Gun mag sie genauso gerne, aber mit Eva ist es leichter, über sensible Sachen zu sprechen.

»Ich hatte im November meine letzte Periode«, sagt sie.

Sie lässt ihre Stimme klingen, als sei das keine große Sache, aber innerlich kämpft sie damit, ihre Gefühle zu kontrollieren. Das Ritual am See hat nicht gereicht. Sie muss mit jemandem darüber sprechen, und Eva ist die Einzige, die ihr dafür einfällt. Eva sieht auf. Sie nickt.

»Ich hatte meine letzte voriges Jahr. Im Februar.«

In Evas Blick liegt etwas Beruhigendes. *Eine Epoche ist vorüber*, drückt ihr Blick aus. *Eine neue beginnt. So ist das Leben.* In stummer Übereinkunft mangeln sie die letzte Gardine für diesen Tag. Gleich, aber doch verschieden, denkt Zainab und zitiert damit das Thema eines Integrationswochenendes, an dem sie vor fast dreißig Jahren teilgenommen hat. Eva und sie machen dasselbe durch. Aber Eva hat drei Kinder.

Der Wein perlt Paulas Kehle hinab. Das Hähnchen zergeht ihr auf der Zunge, und sie glaubt, dass sie entspannt ist. Martin lächelt und lacht. Sie lächelt und lacht auch. So schön können sie es zusammen haben, Martin und sie. Sie können in einer gemütlichen Küche sitzen und gutes Essen und guten Wein genießen und ein gewöhnliches, aber ungewöhnlich glückliches Paar sein. Sie ist froh, ihm begegnet zu sein. Sie hatte Glück. Die Flasche mit dem Bourgogne Rouge ist fast leer, und Martin öffnet eine neue.

»Soll man einen Frack oder einen Anzug tragen?«, fragt er.

Sie will nicht an festliche Kleidung denken, daran, sich schick zu machen und vor Bror, Kerstin, Roger und allen anderen so zu tun, als sei sie schön. Aber sie schiebt diesen Gedanken von sich. Sie schlägt ihr Unbehagen in die Flucht und ist überrascht, wie leicht das geht. Ich habe meinen inneren Baseballschläger gefunden, denkt sie belustigt.

»Das ist nicht so wichtig. Hast du denn einen Frack?«

»Mein Onkel hat einen, den ich mir schon einmal ausgeliehen habe. Wir können auf dem Weg in Örebro vorbeifahren, dann kannst du ihn kennenlernen.«

Sie schluckt und schenkt sich Wein nach. Schwingt ihren neu entdeckten Baseballschläger. *Fort mit allen Gedankenmonstern und bösen Vorahnungen!*

»Das können wir machen.«

Paulas Wangen sind geröteter als sonst. Sie lächelt mehr als je zuvor in den zwei Monaten, die er sie jetzt kennt, und er kann die Augen nicht von ihr wenden. Sie ist so schön, so erstaunlich und besonders, und nun hat sie sich dazu entschlossen, ihn an sich heranzulassen. Anders kann er ihr Verhalten nicht deuten. Das Sexuelle ist nicht einmal mehr wichtig, denkt er. Wichtig ist, was für Gefühle sie in ihm weckt.

Andererseits kann er nicht leugnen, dass ihn sein Begehren langsam wahnsinnig macht, denkt er etwas später. Das bisschen Interesse, das er an zweibeinigen Frauen hatte, ist völlig verschwunden. In den Nächten, in denen er Paula

Gesellschaft leisten durfte, ist er mit den Händen über ihren Körper geglitten, war erstaunt über dessen Konturen und mehrfach kurz davor zu explodieren. Er durfte sie überall berühren, außer zwischen ihren Stümpfen. Er war so nahe dran, dass er ihre Schamhaare durch den Slip spüren konnte, aber sie ist zusammengezuckt und hat sich kleingemacht, und da hat er sich zurückgezogen. Jetzt zieht sie ihre Unterwäsche aus, er sieht, wie sie das unter der Decke macht. Draußen regnet es melodisch ans Schlafzimmerfenster, auf dem Fensterbrett brennen zwei Kerzen, und sie lächelt.

Kapitel 13

Lelle läuft zwischen den Regenwürmern zickzack. Am Morgen sind sie aus der Erde hervorgekrochen, um dem Regenwasser zu entgehen, jetzt versuchen sie unbeholfen, Löcher in den Asphalt zu bohren, um der Sonne zu entkommen. Wenn sie Paulas Handynummer hätte, würde sie ihr eine SMS schicken. *Hey, du kleiner Freak, hast du Lust, einen Kaffee mit mir zu trinken und über das Leben und Grammatik zu sprechen?* Sie kichert. Paula wäre niemals damit einverstanden, Freak genannt zu werden, und sie würden eine anstrengende Diskussion darüber führen, mit welchen Werten man Worte auflädt. Paula würde ihrem Blick nicht ausweichen, und sie würde Paulas Blick nicht ausweichen, und zwischen ihren Blicken würden Funken sprühen. *Mir ist langweilig, kennst du jemanden, der daran interessiert wäre, sich mit mir zu treffen und darum zu streiten, wer mehr diskriminiert wird?* Na ja, eine solche SMS würde Paula vermutlich noch mehr provozieren als ihre erste Idee. Die Sonne wärmt ihr Gesicht und ihre Seele, lässt den Regenwürmern gegenüber jedoch wahrlich keine Gnade walten. Sie hilft einem armen Wurm ins sichere Gras hinüber, ehe sie an drei rauchenden Gymnasiasten vorbeigeht, mit zwei Schritten die Schultreppe erklimmt und über einen dritten SMS-Text fantasiert. *Guten Morgen, Frau Professorin, wenn du (als professionelle Partikelforscherin) wählen müsstest, ob du mich anregend, aufregend oder erregend findest, wofür würdest du dich entscheiden?* Es ist vielleicht ganz gut, dass sie Paulas Nummer nicht hat. Nach fünf Minuten an ihrem Computer hat sie jedoch sowohl Paulas Handynummer herausgefunden, als auch den eigentlichen Grund dafür, warum Regenwürmer aus der Erde kriechen, wenn es regnet.

Die einzige Fliege, die in Martins Haus überwintert, sitzt auf dem Kopfteil seines Bettes. Sie hat soeben zu Mittag gegessen, einen Schluck Wein aus einem Glas, das jemand auf der Fensterbank hat stehenlassen, und beobachtet nun zufrieden ihre Umgebung. Ein Stück unter ihr liegen zwei Menschen ohne Kleidung, ein Männchen und ein Weibchen. Das Männchen hat seine Arme um das Weibchen gelegt. Ein schläfriges Lächeln liegt auf seinen Lippen. Sein Brustkorb hebt und senkt sich regelmäßig, und sobald das Weibchen die Schlafstellung ändert, passt er seine eigene der ihren an. Das Weibchen liegt, die Arme um den eigenen Körper geschlungen, da und starrt die Wand an. Wenn die Fliege nicht so alkoholisiert wäre und wenn sie nicht ausgerechnet eine Fliege wäre, würde sie sich fragen, warum das Gesicht der Frau eine solche Frustration ausdrückt.

Das ist doch verrückt. Martins deformierte Freundin will einfach nicht aus ihren Gedanken verschwinden. Paulas fester Blick und ihre messerscharfen Antworten verfolgen sie den ganzen Tag über. Lelle kann ihr Echo in ihrer eigenen Stimme hören, als sie der Klasse 11b erklärt, was ein Adverb ist, und sie spürt die ganze Zeit dieses besondere Gefühl, das sie hatte, als sie entdeckte, wie schön Paulas Augen sind. *Das ist eigentlich gut,* denkt sie mit ihrer überzeugendsten Stimme. *Es ist eigentlich gut, dass ich mich endlich mit Martins Freundin verstehe – jetzt können wir alle zusammen was unternehmen, ohne dass es sich länger komisch anfühlt.* Martin, ihr schüchterner und stets loyaler Freund, der einst langsam zu ihrem Vertrauten wurde, indem er ihrem ununterbrochenen Redefluss zuhörte, wenn niemand anderes das Telefon abnahm. Sie merkt, dass sie sich selbst daran erinnern muss, wie gern sie ihn hat.

Martin will für immer im Bett bleiben. Als Paula ihm ihr Gesicht zuwendet, wird ihm erneut bewusst, dass er der glücklichste Mann im Universum ist. Das hat er in der Nacht immer wieder festgestellt. Er sucht in Paulas Gesicht nach einem Lächeln, findet jedoch keines. Schließlich fragt er sie, ob irgendetwas nicht in Ordnung sei, und sie antwortet, dass sie bloß ein bisschen Hunger habe. Frühstück ist für Super-Sander kein Problem, verkündet Martin mit breitem Lächeln, und endlich bewegen sich ihre Mundwinkel nach oben. In der Küche denkt er, dass er sich nicht als Super-Sander hätte bezeichnen sollen, ein Name, den er sich mit vier Jahren ausgedacht hat, als er in langen Unterhosen und Cape herumrannte und die Welt vor Scheidungen, Schlaftabletten und anderem Übel rettete. Aber sie hat ihm den Kopf verdreht, stellt er zufrieden fest, und sie wird früher oder später all seine kindischen Seiten kennenlernen. Davon hat er zum Glück nicht besonders viele. Ehe er das Frühstück ins Schlafzimmer trägt, bekommt er eine SMS von Lelle, die vorschlägt, Kaffeetrinken zu gehen. Er will spontan mit nein antworten und den ganzen Tag liebevollen Abenteuern unter der Bettdecke in Huddinge widmen, aber er weiß, dass er schon zu oft abgesagt hat.

»Ich werde nicht fragen, es gibt ja gleich so ein Riesentheater, wenn man heutzutage aus Versehen ein bisschen offen ist und aus sich rausgeht ... Da ist es besser, sich an die eigene Integrität zu halten und die Neugier mitsamt der Lebenslust runterzuschlucken, du weißt schon ... aber man fragt sich natürlich, ob deine armen Hormone schon Auslauf bekommen haben, oder kneift sie noch immer die Beine zusammen?«

Lelle starrt ihn verschmitzt an, und er schlürft seine Schokolade. Er explodiert fast vor lauter Lust, es ihr zu erzählen, aber das würde Paula nicht gefallen, und er steht jetzt ganz und gar hinter ihr.

»Was kneift sie übrigens zusammen?«, philosophiert Lelle weiter, als er nichts sagt. »Eine normale Braut kneift ja die Beine zusammen, wenn sie nicht will, aber was macht sie? Haut einem mit dem Stumpf eine runter? Nicht dass die Ursache dafür immer Unwille ist ... Manchmal sind die Bräute so schockiert, wenn sie merken, dass sie dabei sind, etwas aus sich herauszulassen, was, du weißt schon, schön sein könnte. Apropos – dass deine Braut sich dir nicht hingibt ... Blinzele zweimal, wenn ihr es getan habt.«

Sie lächelt in ihre Tasse Milchkaffee und sieht ihn noch einmal verschmitzt an. Er lächelt auch, und fast unmerklich blinzelt er zweimal.

Dankbarkeit hat Paulas Leben geprägt. Vielleicht nicht ihre tatsächliche Existenz, aber die Forderung danach. Hast du ein Glück, dass sich jemand um dich kümmern wollte, dass du so eine tolle Familie bekommen und einen Mann gefunden hast, der dich will. Einen Mann mit Arbeit und Haus, der athletisch gebaut ist und kochen kann und der sich um dich kümmern will. Das ist mehr, als du je hast erwarten können. Dankbar, Paula, man muss dankbar sein. Aber selbst wenn sie dazu erzogen wurde, dazu geschaffen ist sie nicht.

Sie spürt, wie der Stoff ihrer Hose über ihren wunden Unterleib reibt, wenn sie sich dreht, um den Cassettenrekorder anzustellen und sich in ihre Transkribierungsarbeit zu verlieren. Einst war sie dankbar über die Stelle als Telefonverkäuferin, und sieh an, wie weit sie jetzt gekommen ist – *Paula Alshammars Analyse ist innovativ, da ihr Fokus eher auf den Unterschieden als auf den Gemeinsamkeiten liegt und sie dadurch selbst die Ausnahmen in einen gemeinsamen Zusammenhang setzt.* Während ihrer Zeit als undankbare Telefonverkäuferin war sie stolz auf ihre innere Antriebskraft und ihre Unfähigkeit, sich zufriedenzugeben. Jetzt ist sie davon genervt.

Lelle tränkt ihr Haar mit Gel und verstrubbelt es acht Minuten lang, bis es ganz genau richtig ungepflegt aussieht. Paula und Martin sind jetzt zusammen, sie haben Sex miteinander, und das kann ihr wohl scheißegal sein. Sie zwinkert sich selbst zu.

Du bist ein echter Hingucker. Wenn du heute Nacht allein nach Hause gehst, liegt das nur daran, dass du dich selbst im Spiegel gesehen hast.

Am Tresen entdeckt sie Spike und Melissa. Sie nickt dem

Barkeeper zu, hält einen Finger hoch und bekommt ein großes Bier serviert.

»Hintern-Typ, *hands down*«, sagt Spike und trinkt ihre Flasche aus. »Ohne Brüste keine Lüste.«

»Ich schaue als Erstes auf die Augen«, behauptet Melissa und nippt an ihrem Cider.

Spike sieht sie skeptisch an. Lelle grinst.

»*Bullshit.*«

Melissa lacht. »Okay, auf die Titten. Und du?«

Lelle schiebt sich eine Portion Snus unter die Oberlippe. Das Bild von Paula flimmert vor ihren Augen. Auf den Bauch, hätte sie an jedem anderen Tag geantwortet. Auf den Bauch und die Taille, auf den Bereich, der zu Leckereien führt, egal in welche Richtung man sich von dort aus bewegt, hätte sie mit einem Kichern gesagt.

»Auf die Beine«, antwortet sie stattdessen. »Sie muss schöne Beine haben.«

»Ja, weil die zum Hintern hinaufführen«, lacht Spike.

»Auf die Füße«, sagt eine Stimme hinter Lelle.

Lelle hat die Frau noch nie zuvor gesehen. Sie kann nicht älter als zwanzig sein, lächelt jedoch selbstsicher und sieht Lelle geradewegs in die Augen. Sie hat eine rockige Frisur, trägt ein abgetragenes Top, und ihre Lippen sind perfekt.

»Du hast nicht vielleicht etwas Snus übrig?«

Lelle holt ihre Snusdose noch einmal hervor. Die Unbekannte setzt sich neben sie.

»Ich liebe Füße«, informiert sie die anderen. »Obwohl ich eigentlich auf alles achte.«

Während sie das sagt, lässt sie ihren Blick über Lelles ganzen Körper wandern. Lelle sieht sie verstohlen an. Der Abend könnte gut werden.

»Was würdest du tun, wenn du eine Braut mit hässlichen

Füßen kennenlernen würdest?«, fragt Spike. »Ich weiß nämlich zufällig, dass Lelles Füße ...«

Spike verzieht angewidert das Gesicht. Lelle lacht. Die fremde Frau lächelt betörend.

»Nee, ich mache nur Spaß«, fährt Spike fort. »Lelle hat ganz fantastische Füße. Wenn ich sie wäre, würde ich sie mir abhacken und an die Wand hängen, anstatt sie in ein Paar Schuhen zu verstecken. Oder sie mir um den Hals hängen.«

Lelle verscheucht das Bild von Paula, das ungebeten in ihrem Kopf erscheint. Ist ja auch kein Wunder, dass sie an Paula denkt, wenn sie über abgehackte Körperteile reden. Kein bisschen verwunderlich. Die Frau mit der Rockstar-Frisur verzieht den Mund. Ihre Hand streift Lelles Hüfte.

Hier gehört sie hin. Spike hat angefangen, mit einer kleinen Latina in High Heels zu knutschen, macht jedoch hin und wieder eine Pause, um auf der Tanzfläche die Hüften zu schwingen und Lelle um Rat zu fragen, ob es Sinn habe, es bei der hübschen Butch an der Bar zu versuchen. Melissa tanzt und lächelt breit in alle Richtungen. Zwei Frauen um die Fünfundzwanzig schreien sich an, und die eine bekommt eine Ohrfeige, ehe ein Türsteher zur Stelle ist und die beiden trennt. Lelle kennt die beiden Frauen durch eine dritte, mit der sie vor ein paar Jahren mal etwas hatte. Fünf der Frauen auf der Tanzfläche hat sie bereits geküsst. Spike ist die Ex ihrer Ex, Melissa ist die Ex von Spike, und irgendwie verbindet sie das alle schwesterlich, anstatt sie zu entzweien. Lelle kennt die Codes, beherrscht den Jargon und ist nie einsam, selbst wenn sie allein ist. Hier gehört sie hin.

Die Rockstar-Braut ist ein bisschen größer als Lelle. Sie legt die Arme um Lelle und neigt den Kopf, als wolle sie sie küssen. Ihre Augen sind mandelförmig und mit schwarzem

Kajal umrandet. Lelle legt die Arme um ihre schmale Taille und sieht zu ihr auf. Die Unbekannte lächelt.

»Zu dir oder zu mir?«

Im Nachtbus stehen kichernde Blondinen, rülpsende Jungs, die sämtliche Hamburger-Vorräte von McDonald's aufgekauft haben, und eine Gruppe seltsamer Jugendlicher, die offensichtlich an einer Art Mittelalter-Rollenspiel teilgenommen haben, dicht aneinandergedrängt. Die rülpsenden Kerle versuchen, sich über die Rollenspieler lustig zu machen, ihre Kostüme sind jedoch dermaßen eigenartig, dass den Jungs keine richtig treffenden Kommentare dazu einfallen. Die Frau mit der Rockstar-Frisur legt ihre Hand unauffällig in Lelles. Fünf Minuten später drückt sie Lelle gegen die Fensterscheibe und fängt an, sie zu küssen.

Ein Mädchen mit langen dunklen Haaren übergibt sich in einen Papierkorb und ihr Schwarm hält ihr die Haare zusammen, streichelt ihren Rücken und flucht über den Busfahrer, der viel zu ruckartig fährt. Lelle wendet sich der Frau zu, deren Namen sie noch immer nicht weiß.

»Was machst du sonst so? Wenn du keine Bräute auf der Tanzfläche angräbst und dich der Anbetung von Füßen widmest?«

»Ähm, nix. Leben.«

Sie schenkt Lelle ein charmantes Lächeln und beißt sie in den Hals, aber Lelle entzieht sich ihr.

»Aber wovon lebst du denn?«

»Von Mama und Papa, haha. Aber ich werde mir einen Job zulegen. Sie wollen, dass ich studiere, aber mal schauen. Ich habe die Lernerei verdammt satt.«

Lelle nickt. Das Mädchen fährt fort.

»Ich denke darüber nach zu reisen, nach Tunesien oder

so. Meine Freundin war in Tunesien und hat einen Haufen Fotos gemacht, es ist megaschön dort. Aber mein Papa weigert sich, das zu bezahlen, haha.«

»Sieh mal an.«

Das Mädchen legt den Arm um sie. Die Gang rülpsender Kerle beobachtet sie erwartungsvoll – vielleicht knutschen sie jetzt gleich wieder. Hin und wieder platzt ihnen ein »Lesben« heraus, und einer der Typen schlägt ihnen ein gemeinsames »Sandwich« vor, aber alles in allem ist das eine ungewöhnlich milde Behandlung für eine Fahrt im Nachtbus.

»Was machst du denn selbst so?«

»Ich arbeite. Als Schwedischlehrerin.«

»Haha, *no shit*? Mein Gott, wie ich den Schwedischunterricht gehasst habe. Aber meine Schwedischlehrerin war natürlich auch nicht so hübsch wie du.«

Als sie sich Lelle das nächste Mal mit ihren perfekten Lippen nähert, erwidert Lelle den Kuss. Die Lüsternheit der Kerle wird befriedigt, ein Mädchen mit blondierten Haaren und rosa Lipgloss wird im besten Fall inspiriert, und Lelle spürt, dass das Potenzial speziell dieser Beziehung eher im Austausch von Körperflüssigkeiten als in Konversation besteht.

Sex und Saufen und Sex, Sex und Sex, sagt Paulas Stimme in ihrem Kopf, als sie gerade im Begriff ist einzuschlafen. Ihre Lippen bewegen sich in Zeitlupe, und ihre Augen bohren sich tief in Lelle hinein. Lelle schnappt nach Luft. Sie sieht ihr eigenes Spiegelbild in Paulas Augen, und plötzlich wird ihr klar, dass Paula Angst hat. Als sie dieses Gefühl analysieren will, wacht sie auf. Das Mädchen, das den Schwedischunterricht in der Schule gehasst hat, liegt auf dem Rücken und schläft, das Gesicht Lelle zugewandt. Die

Decke ist halb von ihr gerutscht, und ihre Augen bewegen sich unter den Lidern. Lelle setzt sich auf und angelt sich ihr Handy. Sie schreibt das, was sie Paula am liebsten sagen würde, speichert die Nachricht jedoch, ohne sie zu versenden.

KAPITEL 14

Martins Onkel Jan hat seinen Frack in seinem ganzen Leben erst zwei Mal angehabt. Das erzählt er laut lachend, sobald Martin die Autotür öffnet.

»Zwei Mal in zwanzig Jahren! Der Frack ist quasi genauso häufig in Gebrauch wie mein Hometrainer, hahaha. Und jetzt würde ich nicht einmal mehr die Knöpfe zukriegen, da ist es ein Glück, dass die jüngere Generation hin und wieder zu einer Hochzeit eingeladen wird.«

Martin lacht. Sie sind nicht nur Verwandte, Jan und er, sie sind seelenverwandt. Das hat Jan immer zu ihm gesagt, als er noch klein war und sie zusammen Ausflüge gemacht haben, wenn es Mama schlechtging. Was das bedeutete, verstand er nicht, aber er verstand, dass es etwas Merkwürdiges war. Martin öffnet den Kofferraum und lässt die Rampe für Paula herunter. Das kann sie selbst, hat sie ihn ein paar Mal angefaucht, aber seit er ihr geradewegs in die Augen gesehen und erklärt hat, dass es kein Zeichen von Hilflosigkeit ist, ihn das erledigen zu lassen, lässt sie ihn gewähren.

»Das ist Paula«, stellt er sie stolz vor. »Paula – mein Onkel Jan …«

Paula lächelt ihr steifes artiges Lächeln. Jan starrt sie mit offenem Mund an. Paulas Mund ist noch immer zu einem schmalen Strich zusammengepresst, als sie mit dem Frack im Kofferraum auf die Autobahn einbiegen.

»Man hätte meinen können, dass er in seinem gesamten Leben noch nie einen Rollstuhl gesehen hat!«, schnaubt sie und nimmt die Kurve dabei so scharf, dass Martin nervös wird. Wenn er ihre Spezialausstattung bedienen könnte, würde er sich anbieten zu fahren.

»Ja, das war ein bisschen merkwürdig.«

»Merkwürdig? Er sah aus, als hätte er ein Gespenst gesehen. Manchmal frage ich mich, ob die Leute eigentlich kapieren, das ich das bin, was ich bin, und nicht das, was ich nicht bin.«

»Was meinst du mit dem, was du nicht bist?«

»Beine.«

Letzteres faucht sie so genervt, dass Martin sich nicht traut, noch etwas zu sagen. Als sie an Lyrestad vorbeifahren, merkt er plötzlich, dass sie etwas pfeift. Sie pfeift so leise, dass man es kaum hört, aber es ist definitiv eine Melodie. Er sieht sie aus dem Augenwinkel an und denkt an das Kleid, das sie zusammen für sie ausgesucht haben.

»Du wirst die Braut in den Schatten stellen.«

»Hör schon auf.«

Als sie das sagt, lächelt sie jedenfalls. Noch vor ein paar Wochen hätte sie ihn nur wütend angefunkelt.

»Ich kenne die Braut noch nicht mal«, informiert sie ihn. »Emma Bro. Sagt mir gar nichts. Ich frage mich, wie sie wohl ist.«

»Wie sie auch ist – Bro mit Nachnamen wird sie wohl nicht mehr lange heißen?«

»Höchstwahrscheinlich nicht.«

»Emma Alshammar klingt auch besser.«

Sie wirft ihm einen Blick zu. »Mein Bruder heißt nicht Alshammar.«

Er sieht sie verwirrt an, sagt aber nichts. Es gibt so vieles, das er sie jetzt schon seit mehreren Wochen fragen will, aber die perfekte Gelegenheit hat sich nie ergeben. Sie hat einen Bruder, den sie bis zu seiner Hochzeit noch nie erwähnt hat; ihre Eltern nennt sie beim Vornamen; sie schnaubt wütend, wenn sie über sie spricht und hat außerdem einen anderen Nachnamen als sie. Eigentlich wäre es am besten, wenn er jetzt alles erfahren würde, ehe er die Familie trifft. Andererseits fährt sie jetzt wieder beunruhigend schnell, und er will das Schicksal nicht herausfordern. Auf dem Rücksitz piept Paulas Handy – sie hat eine SMS bekommen. Sie biegt rechts ab und hält Ausschau nach einem Straßenschild.

»Es wäre toll, wenn er stattdessen den Nachnamen der Braut annehmen würde«, sagt sie plötzlich und verzieht den Mund zu einem Grinsen. »Nicht unbedingt aus politischen Gründen, sondern weil ich ihn liebend gerne als ›meinen Bruder, Bror Bro‹ vorstellen würde.«

Lelle sitzt am Küchentisch und starrt auf den kleinen Bildschirm ihres Handys.

»O no, you didn't!«, sagt sie erschrocken zu sich selbst.

Das Handy antwortet mit einem fröhlichen Blinken – *Mitteilung gesendet.*

»Paaaaula, wie schöööön!«

Eine Frau mittleren Alters in einem geblümten Kleid beugt sich zu Paula herunter und umarmt sie. Paula zuckt zurück, klopft ihr jedoch zumindest unbeholfen auf die Schulter. Es ist beinahe eine Umarmung. Martin steht hinter Paula, und sie winkt ihn zu sich, um ihn vorzustellen. »Das ist Martin.«

Die Frau lächelt ihn so breit an, dass Martin fast selbst einen Krampf in den Wangenmuskeln bekommt, als er sie bloß ansieht.

»Willkommen – willkommen, ihr beiden! Ich bin Kerstin, Paulas ... Ja, Kerstin heiße ich – willkommen! Jaha!«

Kerstin plappert auf dem gesamten Weg zu dem kleinen Häuschen, in dem sie sich umziehen können, vor sich hin. Was für ein Glück das Brautpaar mit dem Wetter hat; Bror durfte Emma noch nicht sehen, genau so wie bei Hochzeiten in alten Zeiten; Emma ist wirklich ein süßes Mädchen; nach der Trauung geht es weiter zur Feier ins zwei Kilometer entfernte Gasthaus, in dem es für alle Übernachtungszimmer gibt; das Wetter ist fantastisch, ja, das hat sie bestimmt eben schon gesagt, aber das kann man ruhig noch einmal sagen. Martin hebt den Rollstuhl über die hohe Türschwelle.

»Du bist aber stark! Da hast du Glück, Paula!«

Paula zieht eine Grimasse. Kerstins lächelnde Mundwinkel zucken. Martin beobachtet die beiden schweigend und fragt sich, ob er jemals erfahren wird, was hier unausgesprochen in der Luft liegt.

»Es ist wirklich schön, dich nach all den Jahren zu sehen. Wie schnell die Zeit vergeht, was? Ja, jetzt lasse ich euch mal in Ruhe – wir sehen uns dann später. Ihr könnt nachher in die Kirche runterkommen – ihr habt noch genügend Zeit vor der Trauung.«

Paula zupft an ihrem neuen grünen Kleid aus einem der zahlreichen Indiska-Läden herum, in denen neben fernöstlich anmutenden Einrichtungsgegenständen und Geschirr auch Mode verkauft wird. *Alle sehen zum Brautpaar, Paula.*

Sei nicht albern. Aber es fühlt sich nicht wirklich so an. Sie hätte sich ganz nach hinten setzen sollen, dann hätte sie den Saal überblicken können und alle hätten sich umdrehen müssen, um sie anzustarren. Jetzt brennen sich die Blicke in ihren Nacken, und sie fühlt sich, als sei sie wieder fünfzehn.

»Und die Kraft, die ihrer Liebe zueinander innewohnt, können wir, glaube ich, alle bezeugen«, sagt der Pfarrer.

Offensichtlich kennt er das Brautpaar, vielleicht die ganze Familie. Aber es ist ein anderer Pfarrer als damals, als sie hier gewohnt hat. *Die Kraft, die ihrer Liebe zueinander innewohnt.* Sie schielt zu Martin. Sein Blick ist auf die Trauzeremonie gerichtet, und er lächelt.

Stupid, stupid, stupid. Lelle geht alle Alternativen durch. Sie kann Paula anrufen und ihr erklären, dass sie ihr versehentlich eine Nachricht geschickt hat, die eigentlich für jemand anderen bestimmt war. Aber dann muss sie trotzdem erklären, wie sie an Paulas Nummer gekommen ist. Sie kann bei ihrem Mobilfunkbetreiber anrufen und fragen, ob es irgendeine Möglichkeit gibt, eine SMS rückgängig zu machen. Natürlich, Lelle, die helfen dort bestimmt gern einer verzweifelten Lesbe, die aus Versehen zu viel gesagt hat. Sie verdreht die Augen. *Stupid.* Sie kann in das kleine Kaff fahren, in dem Paula auf der Hochzeit ist, und ihr Handy verstecken, ehe sie die Nachricht liest. Was sie bestimmt schon getan hat. Lelle hält sich den Zeigefinger an die Schläfe und drückt mit dem Daumen ab. Das hilft nicht viel.

Eva hatte nicht vor zu weinen. Auf ihrer eigenen Hochzeit war sie fröhlich und zufrieden und sie fühlte sich so unglaublich zu ihrem frischgebackenen Ehemann hingezogen – das mit der Heulerei hatte sie noch nie verstanden. Jetzt spürt sie, wie ihre Unterlippe unkontrolliert zittert. Emma ist schön wie eine Elfe. Ihre vierundzwanzigjährige Erscheinung erhellt den ganzen Festsaal, und ihr Mann kann den Blick nicht von ihr wenden. Eva muss den Impuls unterdrücken, ihre Hände um Emmas Gesicht zu legen und mit Dingen herauszuplatzen, wie dass sie so groß geworden sei und ob sie sich noch daran erinnert, wie sie immer im Garten herumgerannt ist und Schmetterlinge gejagt hat und dass sie sich von ganzem Herzen wünscht, dass sie und Bror bis ans Ende ihrer Tage glücklich miteinander leben werden. Sie drückt Bengts Hand und weiß, dass er dasselbe empfindet. Plötzlich hält sie überrascht inne – was macht denn Zainab hier? In ihrem Gehirn herrscht für einige Sekunden lang Kurzschluss, ehe sie begreift, dass es nicht Zainab ist, die sie da gesehen hat. Es ist die unbekannte junge Frau im Rollstuhl, die während der Trauung ganz vorn saß und verstohlen um sich geblickt hat. Dass sie sich derart hat vergucken können.

Kerstin tun die Wangenmuskeln weh, aber trotzdem kann sie nicht aufhören zu lächeln. Nach der Trauung ist sie eine halbe Stunde lang zwischen Küche und Festsaal hin- und hergerannt, ihre Wangen sind gerötet, und sie hätte die neuen Schuhe rechtzeitig einlaufen sollen, aber der eigene Sohn heiratet schließlich nicht jeden Tag, da sind ein paar Blasen nichts, worüber man sich zu beschweren braucht. Sie lächelt und lächelt, lächelt Emmas Mutter mit den runden Hüften an und ihren Vater mit dem ausgeprägten Kinn, das Brautpaar und alle Gäste und am allermeisten Paula.

»Es ist so wahnsinnig schön, dass du gekommen bist, Paula«, sagt sie und hört selbst, dass es übertrieben klingt.

Aber es ist wahr. Sie hatte nicht geglaubt, dass Paula kommen würde, und jetzt, wo sie da ist, gibt es keine Worte, die ausdrücken könnten, wie fantastisch das ist. Paula lächelt ihr steifes halbes Lächeln und meint, dass es Glück war, dass sie gerade an diesem Wochenende eine Lücke in ihrem Terminkalender gehabt habe. Kerstin lächelt so sehr, dass ihr Kiefer schon fast aus den Gelenken springt. Paulas Nähe hat sie immer schon nervös gemacht.

»Und Martin – wir sind wirklich froh darüber, dass du auch hier bist. Es ist so schön, euch zusammen zu sehen.«

Martin lächelt zurück.

»Es ist schön, hier zu sein«, sagt er aufrichtig.

Er wirkt so lieb und warmherzig. Genau so ein Mann, wie Paula ihn braucht. Wie Paula ihn *verdient.*

»Jetzt muss ich mich sputen, in die Küche zu kommen, aber setzt euch hin, gleich kommt das Essen! Es gibt keine Sitzordnung – setzt euch einfach dahin, wo es euch spannend erscheint!«

Als sie Letzteres sagt, zwinkert sie ihnen zu. Sie will nichts damit sagen. Sie will nur so gern, dass Paula auflebt und fröhlich ist.

Es ist an der Zeit, sich zu Tisch zu begeben. Bengt schlägt vor, dass sie sich zum Brautpaar setzen, aber Eva zieht eine kleine Grimasse, die nur Bengt versteht. »Ich werde nur anfangen zu weinen, wenn wir uns zu Emma setzen. Unkontrolliert schluchzen und eine Szene machen – das willst du doch bestimmt nicht?«, sagt sie und sieht ihn mit jenem Blick an, dem er noch nie hat widerstehen können.

»Nein, diese Peinlichkeit ersparen wir ihnen vielleicht lieber.« Er lächelt und hakt sich bei ihr unter.

Sie erwidert sein Lächeln. Er liebt sie.

»Der Lachs ist dort drüben in der Ecke bestimmt mindestens genauso gut.«

Lelle ist kurz davor zu zerspringen. Jetzt ist es schon drei Stunden her, seit sie ihre bescheuerte SMS verschickt hat, und Paula hat nicht darauf geantwortet. Wahrscheinlich will sie Lelle niemals wiedersehen. Wahrscheinlich hat sie Martin die Nachricht gezeigt, der auch nichts mehr mit ihr zu tun haben wollen wird. Sie kann es ihnen nicht verübeln. Sie setzt sich an den Computer und fängt an, Tetris zu spielen. Wenn es nicht einmal mehr amerikanischen Liebeskomödien gelingt, das Gehirn von sämtlichen Gedanken zu befreien, hilft bloß noch Tetris. Nach drei Minuten lässt sie die Tetris-Klötze ihre eigenen Wege an den Bildschirmrand finden und fängt an, ihre Wohnung aufzuräumen. Eine Minute später stellt sie ihr Handy aus, um sich nicht länger fragen zu müssen, ob Paula sich wohl melden wird. Nach einer weiteren halben Minute stellt sie es wieder an.

»Das ist definitiv meine erste Hochzeit, auf der Rotwein zum Lachs serviert wird«, flüstert Martin und hebt die Augenbrauen.

Paula hat zum ersten Mal in ihrem Leben das Bedürfnis, ihre Familie zu verteidigen.

»Es können ja nicht alle Wein-Nerds sein«, erwidert sie scharf. »Für manche Leute zählen ganz andere Werte im Leben, weißt du.«

»Weißwein gibt es dort drüben am Ausschank«, sagt die rundliche Frau, die sich ihnen gegenüber gesetzt hat, und zeigt in Richtung Bar.

Aus dem Augenwinkel sieht Paula, wie Martin rot wird.

»Wir haben uns entschieden, den Rotwein auf den Tisch

zu stellen, weil die meisten den lieber trinken«, erklärt die Frau fröhlich.

Sie ist hier also mitverantwortlich. Martin errötet noch mehr. Paula ist überrascht, wie sehr sie das befriedigt.

»Eva«, sagt die Frau und streckt ihnen die Hand entgegen.

»Paula.«

»Martin.«

»Und das hier ist mein Mann.«

»Bengt. Ich bin … Wir sind Emmas Eltern.«

Sie mag Evas Blick, beschließt sie ziemlich schnell, und Bengt scheint auch nett zu sein. Er hat buschige Augenbrauen und ein ausgeprägtes Kinn, und er sieht seine runde kleine Frau an, als sei sie der Mittelpunkt des Universums. Martin ist aufgestanden, um sich am Ausschank einen Weißwein zu holen. Es ist einige Sekunden lang still, ehe Paula begreift, dass die Brauteltern darauf warten, dass auch sie sich vorstellt.

»Ach so. Ich bin Brors … Schwester. Eine Art Schwester.«

Bror ist glücklich. Er hat Emma in die Augen gesehen, als sie »ja« gesagt und ihm mit zitternden Händen den schlichten Goldring an den Finger gesteckt hat. Sie ist der schönste, wundervollste und interessanteste Mensch, der ihm je begegnet ist, und ihr Lächeln berührt ihn tiefer, als er beschreiben kann oder will. Sie essen Lachs und trinken Wein, und heute Abend gehören sie nur einander. In der Ecke sitzt Paula. Er wird sich später mit ihr unterhalten. Es ist nicht so, dass er sie nicht mag – manchmal spürt er sogar so etwas wie zarte geschwisterliche Bande zwischen ihnen, auch wenn sie sich mehrere Jahre lang nicht gesehen haben. Aber sie macht ihn so nervös.

»Du arbeitest also an der Universität? An der Universität von Stockholm?«

Paula nickt und kratzt den letzten Rest auf ihrem Teller zusammen.

»Ich plane, im Herbst meine Dissertation abzuschließen.«

Eva nickt interessiert. Sie kann sich nicht helfen, von dieser Frau geht einfach eine starke Faszination aus. Die deformierte Frau ohne Beine, die an der Universität promoviert und Zainab so kolossal ähnlich sieht.

»Wovon handelt deine Doktorarbeit?«, fragt Bengt und schaut sie aufmerksam an.

Eva trinkt amüsiert einen Schluck Rotwein. Bengt war einst kurz davor, eine akademische Laufbahn einzuschlagen, bekam dann jedoch ein Jobangebot, das er nicht ablehnen konnte, und dann kamen die Kinder.

»Für Uneingeweihte ist es für gewöhnlich nicht so interessant«, antwortet Paula. »Ich forsche zu Partikelverben. Das sind zusammengesetzte Verben mit einer betonten Präposition, die eine bestimmte Funktion erfüllt. Durch die Betonung wird die Präposition zum Partikel und verleiht dem Verb damit eine bestimmte Bedeutung, die es sonst nicht hätte.«

Eva nickt. Das Unverständnis steht ihr ins Gesicht geschrieben. Bengt runzelt die Stirn und wiederholt Paulas Worte in Gedanken.

»Wie aufessen«, erklärt Paula. »Anklopfen, austrinken, absteigen.«

»Umfahren«, ergänzt Bengt.

»Genau«, sagt Paula. »Aber nur, wenn ›um‹ betont ist.«

Zum ersten Mal lächelt sie ihr richtiges Lächeln. Eva empfindet eine große Zuneigung für Bengts akademische Geistesgenossin auf der anderen Seite des Tisches und kann sich nicht erklären warum.

Das Abendessen geht in Tanzen über, und Paula hält es nicht länger aus. Sie erträgt all diejenigen nicht, die zu ihr hinsehen und flüstern, und auch nicht die, die zu ihr kommen und sie fragen, wie es ihr so gehe und ob der hübsche Kerl wirklich ihr Freund sei. Paula wünscht sich, dass sie ebenso begeistert sein könnte wie alle anderen. Sie wirft einen Blick auf Martin und spürt in sich hinein. Er ist doch ein richtig guter Fang? Martin schaut zurück, und sie lächelt ihr breites Plastiklächeln. Wie in einer Reklame, angepasst für eine entsprechend gestörte Zielgruppe. Als Martin auf die Toilette geht, nutzt sie die Gelegenheit, um Hilfe bei der Suche nach ihrem Übernachtungszimmer zu bitten. Kerstin nickt energisch und lächelt gehetzt, aber Eva kommt gerade vorbei und bietet an, Paula zu begleiten.

Zuerst gehen sie ans Auto und holen Paulas Tasche. Die Luft ist kalt und frisch. Sie hat einen besonderen Geruch in dieser Gegend. Heute ebenso wie vor zwanzig Jahren. Paula atmet sie halb ein, befindet jedoch nicht, dass die Nostalgie einen ganzen Atemzug wert ist.

»Du hast ja eine pfiffige Anordnung hier«, sagt Eva mit einem neugierigen Blick auf das Armaturenbrett.

Paula überlegt, sie mit einer kurzen Antwort abzuspeisen – sie ist es ziemlich leid, jedes Mal mit Leuten über ihr Auto zu sprechen, wenn sie sich offen und positiv zeigen wollen. Aber Eva ist ein lustiger Anblick, wie sie ihren runden Hintern herausstreckend dasteht und die Nase an die Scheibe drückt, und außerdem hat Paula sich bereits dazu entschlossen, sie zu mögen. Sie wirft einen Blick auf ihr Handy, das während der ganzen Hochzeit im Auto lag.

»Mein Akku ist leer. Ich bräuchte mein Ladegerät, das im Handschuhfach liegt.«

Das Zimmer, in dem sie schlafen sollen, ist holzgetäfelt und hat einen Dielenfußboden. Es ist, als sei sie von Holz eingerahmt. Sie steckt das Ladegerät in die Steckdose, die zum Glück so weit oben an der Wand angebracht ist, dass sie an sie herankommt. Wenn sie es recht bedenkt, hat das Zimmer keine hohen Türschwellen, und die Tür wirkt auch ungewöhnlich breit. Sie hat eine schwache Erinnerung daran, hier schon einmal gewesen zu sein, daran, dass der Raum an ihre Bedürfnisse angepasst wurde, aber sie kann sich nicht daran erinnern, wann das gewesen sein sollte.

Eva hat sie merkwürdig angesehen, ehe sie zum Fest zurückging. »Kommst du jetzt zurecht?«, hat sie gefragt, den Kopf schiefgelegt, sah dabei jedoch aus, als wolle sie etwas ganz anderes sagen. Paula hat genickt. »Es ist nur eine Frage der Zeit, bis Martin kommt«, hat sie Eva versichert, und sie weiß, dass es wahr ist. Wahrscheinlich sucht er in gerade dieser Sekunde nach ihr. Gleich wird er in ihre Holzhütte einfallen und lachend »Hier versteckst du dich also vor mir« sagen, ohne die geringste Ahnung, dass sie genau das tatsächlich tut.

Der Bildschirm ihres Handys leuchtet auf und informiert sie darüber, dass sie eine neue Nachricht erhalten hat. Sie wurde vor einigen Stunden verschickt, von einer ihr unbekannten Nummer. Sie muss die Mitteilung mehrmals lesen, um sicherzugehen, dass sie richtig gelesen hat. Auch beim vierten und fünften Lesen steht da noch dasselbe. *Ich kann nicht aufhören, an dich zu denken. Lelle.* Als Martin die Tür öffnet, drückt sie die Nachricht schnell weg und versucht, ihr wild klopfendes Herz zu beruhigen. Verdammte, verdammte Lelle.

Kapitel 15

Fünf Mal wählt Lelle Paulas Nummer und drückt mit dem Daumen auf »Anrufen«. Genauso oft bricht sie den Anruf wieder ab und legt das Handy weg. Was sollte sie auch sagen?

Paula ist wütend. Die ganze Nacht lang hat sie wachgelegen und die verdammte Holzvertäfelung angestarrt, dem unverschämterweise schlafenden Martin den Rücken zugewandt und Lelles Nachricht vor Augen. Sie hat höchstens zwei Stunden geschlafen, als Kerstin an die Zimmertür klopft und Bescheid gibt, dass das Frühstück im Festsaal serviert wird.

Sie sitzen um das Buffet herum und essen Reste – Kerstins Familie und die ganze Familie Bro. Eva sieht fröhlich auf, als Paula in den Raum rollt, dicht gefolgt von Martin. Auf dem Fußboden liegen Geschenkband und Servietten. Paula schmiert sich ein Brot und denkt, dass sie den Tag nach einem Fest eigentlich immer schon am liebsten gemocht hat. Die Ruhe nach dem Sturm, das Gefühl, dass alles gutgegangen ist, und dann diese wundervolle Anspruchslosigkeit. Auf der anderen Seite des Tisches sitzen Eva und Bengt sowie Ida und Eddie, die beiden ihrer Kinder, die gestern nicht geheiratet haben. Ein großgewachsener Junge mit beginnendem Bartwuchs und ein Mädchen mit langen Haaren, silbernen Ringen an den Fingern und schwarz umrahmten Augen. Auf Paulas Seite sitzen Kerstin und Gunnar. »Hat ja alles gut geklappt gestern«, sagen sie zueinander und »wirklich gelungen« und »deine Rede war so schön, Bengt«. Eva sieht sie hin und wieder mit forschendem Blick an, so dass Paula anfängt, mit dem Buttermesser herumzuspielen. Was will sie von ihr?

»Ihr bleibt doch noch ein bisschen?«, fragt Kerstin und legt den Kopf schief.

»Jaa ...«, sagt Martin zögernd und sieht Paula an.

»Wir fahren am besten so bald wie möglich«, würgt Paula ihn ab.

Auf dem gesamten Heimweg starrt Paula wütend auf die Straße. Martin macht immer wieder kleine Bemerkungen über die Hochzeit, aber sie antwortet nur kurzangebunden und faucht ihn genervt an, wenn er nicht versteht, was sie meint. Er dachte, dass die Autofahrt eine perfekte Gelegenheit wäre, um mehr über Paulas Vergangenheit zu erfahren, aber sie ist nicht im Geringsten in Plauderstimmung, und so versucht er selbst, zwei und zwei zusammenzuzählen. Sie muss Kerstins und Gunnars Pflegekind gewesen sein. Die sind alle blond – sie ist dunkelhaarig, mit olivfarbener Haut und braungrünen Augen. Sie nennt sie nicht ihre Eltern und hat nicht denselben Nachnamen. Aber woher stammt sie dann? Er sieht sie verstohlen an. Ihre Stirn ist gerunzelt, und sie murmelt irgendetwas Unverständliches. Vermutlich ist sie wütend. Möglicherweise auf ihn.

Vier Stunden, nachdem Paula und Martin das kleine idyllische Nest verlassen haben, steigt Familie Bro ins Auto und fährt nach Sveg zurück.

»Wenn ich mal heirate, will ich eine mittelalterliche Hochzeit«, informiert Ida die anderen vom Rücksitz aus. »Falls ich heirate, heißt das. Und keiner wird Wein trinken – alle sollen Met trinken.«

Sie sagt »Met« mit so tiefer Stimme, wie sie nur kann. Evas Mundwinkel heben sich zu einem Lächeln.

»Schreib das nicht auf die Einladungskarten«, sagt Eddie. »Sonst taucht niemand auf.«

»Das ist mir egal. Ich will nur Met-Liebhaber auf meiner Hochzeit, und alle müssen ihre eigenen Schuhe nähen.«

»Schuhe näht man nicht, man schustert sie.«

Ida macht eine Grimasse in Richtung ihres Bruders. Eva dreht sich zu ihnen um.

»Das mit dem Flötisten war schön, findet ihr nicht auch?«

»Ja, schon. Aber bei meiner Hochzeit will ich jemanden haben, der Posaune spielt – das ist das einzige Instrument, das zählt. Und Eddie kann auf seiner Hochzeit Super Mario haben, haha.«

»Die Frau an unserem Tisch war interessant«, sagt Eva, ohne sich um die Geschwisterkabbelei auf der Rückbank zu kümmern. »Die Forscherin.«

Bengt wirft ihr einen kurzen Blick zu.

»Paula?«

»Wer?«, fragt Eddie.

»Wer?«, fragt Ida.

»Die im Rollstuhl.«

»Die sah total gestört aus. Ungefähr so wie Ida hier … Aua!«

»Wie sie aussah, spielt ja wohl keine Rolle, oder?«, wendet Eva ein. »Sie war interessant. Sie hatte was.«

Bengt nickt. »Ja, die Frau hatte was.«

»Ich fand überhaupt nicht, dass sie gestört aussah«, sagt Ida. »Sie sah aus wie eine Dunkelelfe.«

»Nerd!«

»Nerd, nerdiger, EDDIE.«

Lelle hat beschlossen, Martin anzurufen und so zu tun, als hätte sie überhaupt keine Nachricht ohne den geringsten Spielraum für Interpretation an seine Freundin geschickt. Sie wird einfach drauflos plappern wie immer, und wenn er eine SMS erwähnt, wird er ihre gerunzelte Stirn durch die Leitung hören, und sie wird sagen: »Was? Welche SMS? O nein, verdammt, ist die bei *deiner* Paula gelandet? Die war für eine Braut bestimmt, die ich letztes Wochenende kennengelernt habe, haha, ist ja irre!« Sie übt das ein paarmal laut, macht zwei Liegestütze und schnappt sich ihr Handy. In dem Moment klingelt es. Lelle sitzt mehrere Sekunden lang wie erstarrt da und weiß nicht, ob sie drangehen soll. Paulas Name blinkt auf dem Display.

Paula hofft, dass Lelle nicht drangehen wird. Gleich beim ersten Klingeln wollte sie sich auf die rote Taste werfen, die abbrechen und auflegen bedeutet. Brich ab und leg auf, Paula! Brich ab und leg auf!

»Hallo, hier ist Lelle.«

Lelle klingt ganz entspannt, als hätte sie Paula niemals eine total unpassende SMS geschickt. Ihre Stimme ist hell und klar. Provozierend. Die Wut überfällt Paula unmittelbar, aber sie kann sie kontrollieren.

»Hier ist Paula. Ich rufe wegen der Nachricht an, die du mir geschickt hast.«

Paulas Stimme ist ruhig. Tief. Kontrolliert. Lelle schluckt und wird rot und erinnert sich an keine einzige der Notlügen, die sie eingeübt hat. Sie muss vom Sofa aufstehen und durch die Wohnung gehen, während sie herumstammelt, sich räuspert und vergisst, wie sie den Satz angefangen hat, den sie versucht zu beenden, was letztlich ohnehin egal ist, weil sie nichts von Bedeutung zu sagen hat. »Ich hatte nicht vor, die Mitteilung zu verschicken. Ich hab sie nicht so gemeint, wie sie klang – ich meinte deine Forschung. Ich kann nicht aufhören, an Partikelverben zu denken.«

»Ich verstehe nicht, wie du funktionierst«, erklingt Paulas beherrschte Stimme durch den Hörer.

Lelle kann ihren festen Blick vor sich sehen. Sie seufzt und streckt sich auf ihrem Bett aus.

»Das weiß ich auch nicht«, sagt sie aufrichtig.

Lelles plötzliche Ehrlichkeit bringt Paula aus dem Konzept, aber nur für einen kurzen Augenblick.

»Während unserer Weinprobe sitzt du da und beißt einer Frau ins Ohrläppchen«, sagt sie wütend. »Du kommst in mein Büro und belehrst mich darüber, *was Sex eigentlich ist*. Es ist nicht so, dass der Rest der Menschheit prüde ist, Lelle. Stattdessen sind wir anderen erwachsene Menschen mit einer Vielzahl unterschiedlicher Interessen und einem Gespür dafür, wie man sich benimmt.«

Sie hört das Echo ihrer eigenen Stimme und fragt sich, worüber sie eigentlich redet. Ihre Wut und die anderen, schwierigeren Gefühle vermischen sich, und sie ist dabei, die Kontrolle zu verlieren. Auf der anderen Seite der Leitung ist es still.

»Hallo?«, sagt Paula.

»Was hat das mit meiner Nachricht zu tun?«, fragt Lelle.

Paula spürt, wie ihr das Blut ins Gesicht steigt. Es dauert eine Weile, bis ihr eine Antwort einfällt.

»Du hast kein Recht, mir eine solche Nachricht zu schicken. Das ist der Punkt. Du hast nicht das Recht dazu, irgendetwas von dem zu tun, was du getan hast. Das nennt man Integritätsverletzung.«

»Und das nennt man Bullshit. Ich habe mir schon gedacht, dass dich meine SMS ein bisschen aus der Fassung bringen würde, aber deine Reaktion ist verdammt noch mal übertrieben. Was sagt dir das?«

Paulas Blut wallt wie verrückt durch ihren Körper. Sie ist bis zu dem Tag, an dem sie Lelle kennengelernt hat, noch niemals so wütend gewesen.

»Ich weiß noch nicht mal, warum ich angerufen habe«, antwortet sie genervt.

»Fuck you, too«, erwidert Lelle.

Vier angespannte Minuten lang sitzt Paula mit zusammengebissenen Zähnen und geballten Fäusten da, bereit für einen unsichtbaren Angriff.

Wütend zerhackt Lelle mit einem Bleistift einen Radiergummi. Sie wirft die Stücke in die Spüle, doch sie prallen ab und fallen zu Boden. Dann ruft Paula erneut an.

»Du übertrittst Grenzen, als wären sie nur zum Spaß da, aber das sind sie nicht. Verstehst du das? Vielleicht ist mir als Kind ja irgendwas passiert – was weißt du schon darüber? Vielleicht bin ich sexuell missbraucht worden.«

Lelle spürt einen Stich in ihrem Herzen.

»Wurdest du?«

»Das geht dich nichts an. Das ist nicht der Punkt.«

»Wenn es so ist ...«

»Tschüss.«

Klick. Lelle sieht das Telefon an, und plötzlich ist ihr schlecht.

Es tut mir leid, wenn es so ist, dass du sexuellen Übergriffen ausgesetzt warst und ich darin rumgestochert habe, schreibt sie schließlich in einer neuen SMS. *Unheimlich leid.*

Nach zehn Minuten klingelt es wieder.

»Ich war keinen sexuellen Übergriffen ausgesetzt«, sagt Paula.

»Nicht«, antwortet Lelle.

Es ist still.

»Wie gut«, sagt Lelle, »dass du nicht missbraucht wurdest.«

»Tschüss«, sagt Paula.

Lelle sammelt alle Radiergummikrümel auf, die auf dem Boden gelandet sind. War ein ganz schöner Radiergummi, denkt sie. Und Paula mit der ruhigen Stimme und dem hitzigen Gemüt hat ihn kaputtgemacht. Als die Radiergummistückchen und zweiundzwanzig vertrocknete Blätter ihrer Zimmerpflanzen im Papierkorb liegen, schreibt sie eine dritte SMS.

An diesem Tag erfolgt noch ein weiteres Telefonat. Martins Onkel ruft Martins Mutter an.

»Hallo, Pernilla«, sagt er. »Ich kann mir nicht helfen – du solltest wohl mal mit Martin über seine neue Freundin sprechen. Ich glaube, ihr müsst euch mal unterhalten. Nein, ich will da lieber nicht mit reingezogen werden. Du musst mit ihm reden.«

Pernilla versteht erst mal gar nichts, verspricht dann jedoch, mit ihrem Sohn zu reden. Sie wusste noch nicht einmal, dass er eine Freundin hat.

Paula hat Kopfschmerzen. Sie hat eine Tablette genommen und zwei Gläser Wasser getrunken, aber es hilft nicht. Wenn sie die Augen schließt, kann sie die Tür in ihrem Gehirn sehen. Sie hält sie zu, aber sie wölbt sich schon nach außen und wird jeden Moment explodieren. Sie hat Lelles letzte Nachricht gelöscht, nachdem sie sie gelesen hatte, aber sie kann sich an jedes einzelne Wort erinnern und wird die Frage nicht los. *Na dann: Hast du schon einmal darüber nachgedacht, dass du vielleicht deshalb so verdammt prüde bist, weil du auf diese Weise dem Sex mit Männern entgehst?* Sie funkelt das Telefon wütend an und zwingt sich, ein weiteres Glas Wasser zu trinken.

Kapitel 16

Eva hat beschlossen, Nachforschungen anzustellen. Ein Blick auf Zainab am vergangenen Montagmorgen hat sie überzeugt: Es kann kein Zufall sein, wenn zwei Frauen sich so ähnlich sehen wie Zainab und Paula. Ihre erste Chance dazu bekommt sie, als sie und Zainab allein an dem großen Arbeitstisch stehen.

»Ich war doch am Wochenende auf der Hochzeit meiner Tochter«, beginnt sie.

»Ach ja, genau – wie war's?«

»Schön, richtig schön. Viele entfernte Verwandte, die man ewig nicht gesehen hat.«

»Aha.«

»Meine Neffen sind seit unserer letzten Begegnung bestimmt einen Meter gewachsen. Sie wohnen in London – wir sehen uns also fast nie.«

»Ja, da ist das schwierig.«

Eva nickt. Sie hofft, dass es nachdenklich aussieht. Zainab macht eine Bewegung, als ob sie sich abwenden wolle. Eva beeilt sich, ihre Frage zu stellen.

»Wie ist das mit dir – hast du irgendwelche Verwandten hier in Schweden?«

Zainab hält inne und begegnet kurz Evas Blick.

»Nein.«

Eva will weiterfragen, aber irgendetwas in Zainabs Blick hält sie davon ab. Außerdem kommt Gun mit einer neuen Ladung Wäsche und der delikaten Neuigkeit, dass ihr Sohn vermutlich eine Freundin gefunden hat, zurück in den Wäscheraum.

Martin stapelt Weinkartons, die in den Laden geschafft werden sollen. Das ist gerade eine gute Aufgabe, weil sie erfordert, dass er sich darauf konzentriert, welche Weinsorten in die Regale sollen, und weil die körperliche Arbeit ihm ermöglicht, sich abzureagieren. Er hebt einen Karton *Señoro de los Llanos* auf die Palette. Paula ist für ihn der Inbegriff von sexy, aber wenn sie ihn anfasst, fühlt er sich wie eine Packung Milch. *Agramont* – ihre Haut ist weich wie Seide, und ihre Konturen sind atemberaubend, aber sie lässt ihn nicht an sich heran, und das macht ihn wahnsinnig. *Faustine VII* – die Mauer um ihr Inneres ist dicker und schwerer zu durchdringen, als er sich je hätte vorstellen können. Er hatte geglaubt, dass ihr erstes Mal einen Wendepunkt bilden würde, aber es hat die Mauer zwischen ihnen nur noch deutlicher sichtbar gemacht.

»In welchem Fitness-Studio trainierst du?«

Camillas weiche Stimme ist genau hinter ihm. Er richtet sich auf.

»Ich gehe nicht ins Fitness-Studio – ich schwimme.«

»Das sieht man.«

Als er sich an den nächsten Stapel macht, fühlt er sich ein bisschen besser.

Lächerlich, wie er sich durch ein Kompliment zu seinem Äußeren beeinflussen lässt, denkt er, begreift aber in derselben Sekunde, dass es das ist, was ihm fehlt. Anerkennung.

Lelle hat seit Samstag nichts von Paula gehört. Einmal hat sie versucht, sie anzurufen, aber niemanden erreicht. Auch gut, denn Lelle hatte vorgehabt, sich für die SMS, die sie ihr geschickt hatte, zu entschuldigen. Wenn sie schon von einem so kleinen Fingerzeig so verdammt verletzt ist, dann ist sie homophob, denkt sie jetzt. In dem Fall kann sie ihre Entrüstung nehmen und sich in den Arsch stecken. Und wenn sie nicht homophob ist, dann gibt es nur einen Grund, warum sie mit meiner SMS nicht umgehen kann.

Sie macht den Fernseher an und streckt sich auf dem Sofa aus. Das hat eigentlich genau die richtige Größe für zwei. Als Lina immer bei Lelle war, konnten sie aneinandergekuschelt auf dem Sofa liegen und fernsehen – Lina mit der Chipsschüssel zwischen den Knien und Lelle mit der Cola in Reichweite. Mmm, Körperkontakt, denkt Lelle. Sie hätte sich die Nummer der neunzehnjährigen Rockstar-Braut aus Järfälla geben lassen sollen. Sie streift den Gedanken, wie es wäre, Paula bei sich auf dem Sofa zu haben. Kann sie überhaupt irgendwo anders bequem sitzen als in dem speziell für sie angefertigten Rollstuhl? Wie würden sie sitzen, wenn Paula hier neben ihr auf dem Sofa wäre und sie sich alte Wiederholungen von *America's Next Top Model* ansähen? Wenn sie so darüber nachdenkt, stellt sie fest, dass sie einander noch nie berührt haben. Bei dem Gedanken kribbelt es in Lelle. Das Telefon klingelt. Es ist Paula.

»Dein Architekt gehört verhauen.«

»Er sollte ausgepeitscht werden«, stimmt Lelle zu, ohne zu wissen warum. »Er ist hässlich wie die Nacht und lässt immer sein Eispapier auf die Straße fallen. Oder gibt es einen anderen Grund?«

Paula lacht. Es ist das erste Mal, dass Lelle Paula lachen hört.

»Ich versuche, in dein Haus zu kommen.«

»Was?«

Lelle stürzt zum Küchenfenster. Vor der Tür steht ein Rollstuhl, und jemand in einer wohlbekannten grünen Baskenmütze hebt die Hand zu einem kurzen Winken.

»Ich komme runter.«

Sie sieht sich panisch um, schiebt das Geschirr ins Spülbecken, stapelt die Zeitungshaufen zu einem einzigen Berg, wirft alle verirrten Socken in den Wäschekorb und sammelt die Chips auf, die sie auf dem Weg zum Küchenfenster verloren hat.

Es dauert eine Ewigkeit, bis Paula Lelle im Treppenhaus ausmachen kann. Sie hat Zeit, es sich zehnmal anders zu überlegen und sich ebenso oft zu zwingen, doch zu bleiben. Lelle kommt mit roten Backen und anarchistisch abstehenden Haaren herunter. Es wirkt fast, als sei sie gerannt.

»Ich dachte, ich stürme herein und überrasche dich«, sagt Paula mit einer Grimasse. »Schau an, wie gut das geklappt hat.«

»Du hast mich trotzdem ganz schön überrascht. Wenn das Fenster nicht zu gewesen wäre, wäre ich vor lauter Staunen rausgefallen. Wie zur Hölle sollen wir dich die Treppe raufkriegen?«

Lelle zieht an den Griffen. Man bekommt den Rollstuhl die Treppe hinauf, aber nur eine Stufe nach der anderen.

»Wie viel wiegst du, Frau? Hundert Kilo?«

»Martin hat für gewöhnlich keine Probleme.«

Paula sieht Lelle schelmisch an, die den Mund verzieht und etwas murmelt. Schließlich haben sie die Eingangstreppe geschafft und sind im Treppenhaus angekommen.

»Zum Glück habe ich wenigstens einen Aufzug«, stellt Lelle fest. »Wenn ich mal Architektin werde, zeichne ich keine einzige Treppe, sondern Seilbahnen, die überall hinführen. Und Rutschen.«

In der Reinigung ist es an der Zeit zu schließen. Gun macht alle Lampen aus. Zainab klappt das Schild zusammen, das sie immer auf der Straße stehen haben. Eva steht mit dem Schlüssel neben ihr.

»Zainab«, sagt sie.

Zainab sieht auf.

»Bist du sicher, dass du keine Verwandten in Schweden hast? Auch keine jüngeren?«

Zainab sieht sie mehrere Sekunden lang an. Ihr Gesichtsausdruck verrät nichts.

»Nein, das hab ich doch gesagt.«

Eva nickt. Gun hat das letzte Licht ausgemacht. Sie schließen alle drei Schlösser ab. Gun und Zainab gehen in die eine Richtung, Eva in die andere. Eva ist ein wenig unzufrieden, aber sie muss akzeptieren, dass Zainab der jungen Frau im Rollstuhl nur rein zufällig ähnlich sieht. Nun hat sie auf jeden Fall gefragt.

Paulas Gegenwart verwandelt Lelles Wohnung. Lelle sieht sie plötzlich mit Paulas Augen und denkt, dass sie kindisch und unordentlich ist und dass die Möbel zusammengewürfelt wirken. Außerdem ist sie schwer befahrbar.

Lelle muss den Hocker im Flur und den Sessel im Fernsehzimmer beiseite schieben, damit der Rollstuhl durchkommt.

»Willst du was trinken?«, fragt sie nervös. »Tee oder Kaffee ... oder Cola ...?«

Paula schaut sie an. Es ist so unwirklich, dass sie hier ist, in Lelles Wohnung. So unwirklich, ihre grünen Augen und ihre schönen Hände in all dem zu sehen, was für Lelle alltäglich ist.

»Tee klingt gut.«

Die Stille ist so konzentriert wie Absinth. Lelle muss der Versuchung widerstehen, sie mit allem, was ihr in den Sinn kommt, zu durchbrechen. »Rutschen werden überhaupt unterschätzt – bloß Flugzeugkonstrukteure haben verstanden, was so toll an ihnen ist«, sagt sie nicht. Auch nicht: »Hast du eine Theorie darüber, ob Partikelverben im Slang überrepräsentiert sind?« oder: »Eine meiner Schülerinnen in der Elften plant, sich die Brüste vergrößern zu lassen, sobald sie das Geld dazu hat, und ich denke darüber nach, sie mit Gräuelpropaganda zu impfen und ihr zu zeigen, wie viel Spaß man mit einem Skateboard für viel weniger Geld haben kann, obwohl ich ja immer nur hingefallen bin – es kommt also darauf an, ob man auf Schürfwunden steht, aber ein bisschen masochistisch scheint sie ja veranlagt zu sein, wenn sie bereit ist, sich unters Messer zu legen, also funktioniert das vielleicht.« Stattdessen trinkt sie ihren Tee in kleinen Schlucken und begegnet Paulas unergründlichem Blick.

»Als ich klein war, fanden sie mich in einem Schuhkarton vor dem Sozialamt in Mariestad«, erzählt Paula schließlich. »Da war ich nicht älter als drei Wochen.«

Vor dem Fenster geht die Sonne zwischen den Hochhäusern unter. Der Himmel ist vollkommen rosa.

»Ich kam zu einer Familie, die sich um mich kümmern sollte, bis sie eine Adoptivfamilie für mich gefunden hatten. Das dauerte vier Jahre.«

»Erinnerst du dich an sie?«

»An meine erste Familie? Nur bruchstückhaft. Ich erinnere mich daran, wie schockiert sie waren, als sie entdeckten, dass ich schon lesen konnte, mit ungefähr drei Jahren. Ich erinnere mich an ein Gesicht, an einen älteren Jungen, glaube ich, der mir die Buchstaben erklärt hat. Ich habe ein Pixi-Buch gestohlen, als sie mich an die nächste Familie weitergegeben haben. Hab's unterm Hintern versteckt.«

Bei der Erinnerung verzieht Paula den Mund. Lelle lächelt auch.

»Und die nächste Familie?«

»Die war herzlich. Herzensgut. Ich hab mich gefühlt wie eine Außerirdische.«

»Warum das?«

»Ich weiß nicht, ob es dir aufgefallen ist, aber herzlich ist nicht das erste Wort, das die Leute für gewöhnlich wählen, um mich zu beschreiben.«

Lelle grinst.

»Du meinst, dass du schon als Vierjährige verklemmt warst?«

»Hat dir schon mal jemand gesagt, dass du eine kleine Zicke bist? Willst du den Rest hören oder nicht?«

»Ich will den Rest hören.«

»Na dann. Die herzliche Familie Melander erbarmte sich meiner und gab sich Mühe, allem zu applaudieren, was ich tat, damit ich mich nicht außen vor fühlte. Das hatte den entgegengesetzten Effekt. Ich erinnere mich an ein Mal, als Bror mich ärgerte, mir ein Spielzeug wegnahm und über die hohe Schwelle zum Wintergarten davonrannte, über die ich nicht rüberkam. Dann hörte ich, wie Kerstin mit ihm schimpfte. ›Die arme Paula. Sie hat es nicht leicht. Wir müssen sie ermutigen und unterstützen.‹«

Es ist eine Weile still. Paula trinkt ihren Tee aus.

»Es kribbelte im ganzen Körper, wenn sie mich lobten. Weil es nicht echt war.«

»Woher weißt du, dass es nicht echt war?«

»Weil sie mir haufenweise Komplimente für die kleinsten Dinge machten. Als ob man Beine bräuchte, um lesen, schreiben und denken zu können. Und dann diese Dankbarkeit.«

»Dankbarkeit?«

»Die, die ich ihnen nie erwiesen habe. Das hat sie wahnsinnig gemacht. Sie erbarmen sich eines missgebildeten kleinen Mädchens ohne Eltern, und was haben sie davon? Muskelkater in den Wangen und einen Platz im Himmel. Ansonsten – nichts.«

Lelle grinst. Die Melanders klingen nicht wie irgendwelche Schurken. Paula seufzt.

»Ich nehme an, dass ich einfach nicht hineingepasst habe. Sie haben es wohl versucht. Aber sie haben mich nie vergessen lassen, dass ich anders bin.«

Lelle nickt.

»Meine Eltern haben mich nie vergessen lassen, dass ich nicht anders sein durfte. Ich frage mich, was schlimmer ist.«

In einer Wohnung in der Innenstadt von Sveg sitzt Zainab und weiß nicht, was sie denken soll. Der Gedanke, dass Eva auf etwas angespielt hat, kommt immer wieder und nagt an ihr. Sie rührt und rührt in dem Grießbrei, den sie sich gekocht hat, aber nicht essen kann. Ein Verwandter, was ist das?, denkt sie. Jemand, den man durchs Leben begleitet hat, mit dem man glückliche und traurige Zeiten geteilt hat, jemand, der immer an erster Stelle kam. Wenn das so ist, hat sie absolut keine Verwandten in Schweden. Laut dieser Definition bezweifelt sie, überhaupt irgendwelche Verwandten zu haben.

Es ist spät geworden. Lelle sitzt noch immer auf der anderen Seite des Tisches, obwohl beide ihren Tee längst ausgetrunken haben. Die Luft zwischen ihnen ist aufgeladen. Lelle ist ein Paradox. Eine unwahrscheinliche Mischung aus erwachsen und kindisch, schön und verstrubbelt, überheblich und verletzlich. Ihr Blick ruht konstant auf Paula, und sie schneidet kleine Grimassen, während sie zuhört. Paula denkt gar nicht daran, auch nur anzudeuten, dass es schon spät ist. Sie hat das, weswegen sie gekommen ist, noch nicht gesagt.

»Weißt du noch, dass ich gesagt habe, dass ich nie vergessen durfte, dass ich anders bin?«

»Ja.«

»Ich habe nie wählen können, ob ich als normal betrachtet werde, und das habe ich immer gehasst. Allein schon dass ich im Rollstuhl sitze, führt sofort dazu, dass ich in einer Schublade mit der Aufschrift ›speziell‹ lande.«

Lelle verzieht den Mund. »Ich würde sagen, dass du auch auf zehn, elf andere Arten speziell bist.«

»Ich versuche hier was zu erklären«, wendet Paula ein.

»Du bist zum Beispiel ziemlich dominant«, kommentiert Lelle.

Lelles breites Grinsen wärmt sie so, dass sie fast den Faden verliert. Sie blickt sie streng an.

»Ich werde die Klappe halten«, verspricht Lelle. »Du wolltest also nicht speziell sein.«

»Es hat mir schon mit dem Rollstuhl, dem Aussehen und der Pflegefamilie gereicht. Mir noch weitere Eigenschaften zuzulegen, die mich zur Außenseiterin abstempeln, hatte ich definitiv nicht vor.«

Lelle sieht sie atemlos an.

»Was ich versuche zu sagen, ist wohl ... Diese SMS, die du mir geschickt hast, die letzte. Die war unverschämt.«

Mehr bekommt sie nicht heraus. Bis hierher war es leicht. Jetzt wird es schwer. Sie ist sich nicht einmal sicher, was sie eigentlich sagen will. Es sind ziemlich große Worte, um sie einfach so an einem Montagabend am Küchentisch zu formulieren. Lelle steht von ihrem Stuhl auf.

»Mein Hintern hält das nicht mehr aus. Sollen wir einen Ausflug zum Sofa machen?«

Es ist beeindruckend, wie geschmeidig Paula sich mit Hilfe ihrer Arme aus dem Rollstuhl aufs Sofa begibt. Wie Tarzan, denkt Lelle amüsiert, hebt sich diesen Vergleich jedoch für eine spätere Gelegenheit auf. Es verwundert sie auch, dass Paula noch nicht nach Hause will. Vielleicht hat sie nicht gemerkt, wie spät es schon ist. Lelle denkt nicht daran, sie darauf hinzuweisen. Sie setzt sich mit dem Rücken gegen die Armlehne und wendet Paula das Gesicht zu. Paula rückt ein bisschen mehr in ihre Ecke. Lelle legt den Kopf schief.

»Hast du Angst vor Mädchenbazillen?«

Es platzt einfach so aus ihr heraus. Paulas Reaktion ist fast unmerklich, ein Ausdruck fliegt über ihr Gesicht und ist dann wieder weg.

»Vielleicht.«

Lelle legt die Hände in den Schoß; sie weiß nicht, was sie sonst mit ihnen anfangen soll. Jede Zelle ihres Körpers will Paula näher kommen, ihre Hände berühren, ihre unbändigen Haarsträhnen zwischen den Fingern spüren. Aber sie traut sich nicht, und sie darf es vermutlich auch nicht.

»Du meintest, meine SMS sei unverschämt gewesen.«

»War sie. Aber ich glaube, du könntest recht haben.«

»Glaubst du?«

»Es ist wirklich praktisch, hässlich zu sein und Körperteile zu missen, wenn man nicht über seine Sexualität nachdenken will.«

»Du bist nicht hässlich.«

»Und jetzt war ich dazu gezwungen.«

Paula atmet tief ein und lässt Lelles Blick nicht los. Lelle schluckt.

»Ich habe immer nach Frauen geschaut und nicht nach Männern. Ich dachte, das sei, weil ich so sein wollte wie sie.«

»Aber eigentlich?«

»Verdammt, Lelle. Alles, was ich jemals wollte, war, normal zu sein. Und jetzt fange ich an zu glauben, dass ich auf keine einzige Weise normal bin.«

Ihr Blick. Offen bis in ihr Innerstes. Ihre Augen glitzern, und sie beißt sich auf die Lippe.

»Komm«, sagt Lelle.

Sie streckt die Hand aus, und Paula rutscht näher an sie heran. Lelle legt vorsichtig den Arm um sie.

Lelles Arm ist eingeschlafen, aber Paulas Kopf ruht auf ihm, und das ist wichtiger. Ihre andere Hand will Paula streicheln, ihre Fingerspitzen mit ihren eigenen berühren, mit ihrem Haar spielen, aber sie traut sich nicht richtig. Sie glaubt schon, Paula sei eingeschlafen, als ihre melodische Stimme erneut zu hören ist.

»Ich bin sogar Linkshänderin.«

In Lelles Mundwinkeln zuckt es angesichts Paulas Worten. Die Hoffnungslosigkeit in ihrer Stimme ist grenzenlos. Als Paula den Kopf zu ihr dreht, sieht Lelle, dass sie lächelt.

»Pflegekind, behindert, dunkelhäutig, Linkshänderin – und jetzt das hier.«

Lelles Hand streift Paulas. Paula antwortet, indem sie ihre Finger Lelles streicheln lässt und ein Kribbeln in ihr erweckt, das sie schon seit Jahren nicht mehr gespürt hat.

Paula fällt. Mit Lelles Haut unter ihren Fingern gibt sie die Kontrolle auf und kann sich nicht daran erinnern, warum sie weiterhin an ihr festhalten sollte. Langsam untersucht sie Lelles Hand, flicht ihre Finger mit Lelles zusammen, spürt Lelles Herzschlag an ihrer Schulter und ihren eigenen wie ein ohrenbetäubendes Echo. Sie wendet sich Lelle zu, und ihre Gesichter sind ganz nah. Paula traut sich kaum zu atmen.

»Martin«, bekommt sie schließlich heraus.

Lelle nickt unmerklich. Ihr Mund, ihre Lippen, ihre Augen.

»Wir machen nichts«, beruhigt sie Paula.

Paula streckt ihre Hand aus und streicht über Lelles Wange. Sie schluckt all das herunter, was sie gern tun würde, schluckt, um ihren Herzschlag zu beruhigen.

»Es ist zu spät für mich, um nach Hause zu fahren.«

»Du kannst dir ein T-Shirt leihen und hier schlafen.«

»Wo?«

»Wo du willst. Auf dem Sofa oder im Bett.«

»Das Sofa ist vielleicht besser.«

»Besser für das Sofa zumindest.«

Paula lächelt über sich selbst in Lelles T-Shirt mit dem Aufdruck *Fuck you, you fucking fuck*. Der Kontrast zu ihren üblichen Blusen und Blazern ist erheblich. Lelle streichelt ihr übers Haar, ehe sie in ihr Zimmer und ihr großes leeres Bett geht.

Lelle ist schon fast eingeschlafen, als Paula an der Schwelle zum Schlafzimmer auftaucht. »Das Sofa war ein bisschen kurz – ich konnte mich nicht richtig ausstrecken.«

Lelle blinzelt ein paar Mal und runzelt verwirrt die Stirn. Dann lächelt sie plötzlich breit.

»Da kann man wohl nichts machen.«

Paula versucht ihre Gedanken zu sammeln. Ihr Tag ist von irrationalen Entscheidungen geprägt gewesen. Die erste hat dazu geführt, dass sie aus Martins Adressbuch heimlich Lelles Adresse herausgesucht hat. Die letzte hat sie in dieses Bett hier manövriert, so nah an Lelle, dass sich ihre Wärme mit Paulas vermischt. Sie schließt die Augen. *Clever, Paula*, will sie sich selbst zufauchen. *Was willst du jetzt machen? Wozu soll das hier gut sein?* Aber Lelles Duft, ihre Haut und ihre schläfrigen Atemzüge fegen jeden Zynismus weg. Paula legt tastend ihre Hand um Lelles Taille und spürt, wie Lelle sofort noch näher an sie heranrückt. Sie atmet tief ein und beschließt, nicht noch mehr zu wagen. Sich nicht mehr zu bewegen, nicht der Versuchung zu erliegen, mit den Händen Lelles Taille, Bauch, Leisten entlangzugleiten … Reden, denkt sie. Reden ist besser. »Schläfst du?«

»Mhm.«

»Wie heißt du eigentlich?«

»Was meinst du mit eigentlich?«

»Lelle ist ja wohl kaum dein richtiger Name?«

»Nein.«

»Wie lautet er dann?«

»Prinzessin Lilian.«

»Du hast dich gut gehalten für dein hohes Alter.«

»Danke.«

»Gute Nacht, Prinzessin Lilian.«

»Ich bevorzuge Eure Hoheit.«

»Gute Nacht, Eure Hoheit.«

»Gute Nacht, Frau Professorin.«

Kapitel 17

Zainab isst Knäckebrot mit Käse. Evas Frage hat sie die ganze Nacht lang verfolgt. Sie hätte fragen sollen: »Wie kommst du darauf?« Das kann man sagen, direkt nachdem jemand eine Frage gestellt hat, aber nicht einen Tag später. Vielleicht sollte sie es auf sich beruhen lassen.

Martin isst ein Vollkornbrötchen mit Schinken und Tomate. Paula war nicht zu Hause, als er gestern anrief. Er weiß, dass sie das Telefon manchmal einfach klingeln lässt, wenn sie gerade irgendeine grammatische Besonderheit analysiert, aber er kann sich nicht helfen – der Klumpen in seinem Magen wächst und wächst. Nicht nur weil sie nicht ans Telefon gegangen ist, sondern wegen allem. Wie sie sich abschirmt – dass sie es nicht schafft, ihm zu vertrauen und sich fallenzulassen. Während er sich noch mehr Fruchtsaft einschenkt, kommt ihm ein Gedanke. Wann hat er Paula zuletzt fröhlich und entspannt gesehen? War das nicht, als sie Lelle in der Porzellanabteilung getroffen haben? Vielleicht sollte man die beiden erneut zusammenführen – vielleicht ist Lelle genau so eine Freundin, wie Paula sie braucht. Er lächelt angesichts seiner Idee zufrieden und wischt die Krümel von der Tischplatte.

Lelle und Paula essen Müsli. Lelle beobachtet Paula und kann nicht verstehen, warum sie sie gestern Abend nicht geküsst hat. Paula schaut sie hin und wieder an, und es ist unmöglich zu erraten, was sie denkt. Vielleicht bereut sie, dass sie gekommen ist. Lelle hätte sie küssen sollen, als sie die Chance dazu hatte. Zur Hölle mit Martin. Jetzt sitzt sie hier und kann überhaupt nichts tun.

»Mein richtiger Name ist Linnéa«, sagt sie. »Aber erzähl das niemandem.«

Paula sieht sie an und lächelt. Lelle atmet aus.

»Linnéa«, wiederholt Paula langsam.

Mit ihrer ruhigen, tiefen Stimme klingt das beinahe schön.

»Das ist nichts Offizielles. Ich nehme es zurück. Ich heiße Lelle.«

»Linnéa, das ist schön. Ich glaube, ich verwende ab jetzt deinen richtigen Namen.«

»Einen Teufel wirst du tun. Dann nenne ich dich Palle.«

In der Reinigung gibt es viel zu tun. Ein Stockholmer ist zu Besuch bei seiner Mutter und hilft ihr, ihre sämtlichen Gardinen und alten Ballkleider in die Reinigung zu bringen und zudem zehn seiner eigenen Hemden, einen Anzug und eine Lederjacke, denn auf dem Land sei ja alles so viel billiger. Gun hält ein knallpinkes Hemd hoch und macht keinen Hehl daraus, wie scheußlich sie diese aggressive Farbe findet.

»Der hat keine Angst davor aufzufallen«, bemerkt sie trocken.

»Oder davor, hier rauf nach Härjedalen zu kommen, um seine Mama zu besuchen«, sagt Eva.

»Na ja. Es ist wohl nicht so schwer, in einen Flieger zu steigen, ein paar Gardinen in die Reinigung zu bringen und ein paar Stunden später wieder abzudüsen.«

»Sie schien jedenfalls froh zu sein, ihn zu sehen.«

Zainab sieht erst Eva an, dann Gun und dann wieder Eva.

Sie weiß nicht, was hier unausgesprochen schwelt, aber es ist deutlich, dass beide kleine Spitzen austeilen. Das ist nicht das erste Mal. Manchmal wird Zainab neugierig, aber sie fragt nie, und heute hat sie genug Eigenes zum Nachdenken. Sie hätte ihr Gespräch über den Stockholmer weiterspinnen, Fragen zum Thema Familie stellen und so darauf zurückkommen können, was Eva sie gestern gefragt hat. Aber sie ist nicht so gut darin, Gesprächsfäden weiterzuspinnen. In ihrem Kopf assoziiert sie wild, springt zwischen verschiedenen Punkten und Perspektiven hin und her, aber wenn sie dasselbe im Rahmen eines Gesprächs versucht, stockt es. Das kann ein Überbleibsel aus der Zeit sein, als sie Schwedisch lernte und niemand die Gedankengänge zu verstehen schien, die sie auszudrücken versuchte. Es kann auch einfach ein Überrest aus der Zeit als kleines Mädchen sein, als sich niemand für ihre verbalen Ausschweifungen interessierte. Jetzt bleibt sie beim Thema, wenn sie spricht. Beim Mittagessen beschließt sie zu fragen.

»Eva, als du gestern gefragt hast, ob ich Verwandte in Schweden habe …«

Eva wendet sich ihr gleich mit voller Aufmerksamkeit zu. Zainab bereut sofort, etwas gesagt zu haben.

»Ja?«

»Ach, nichts.«

Eva sieht sie forschend an, Zainab kehrt jedoch zu ihrem gewohnten Gesichtsausdruck zurück und schaut auf ihre von zu Hause mitgebrachte Lasagne. Sie essen schweigend, alle drei.

»Als ich auf der Hochzeit war, bin ich einer jungen Frau begegnet, die dir wahnsinnig ähnlich sah«, sagt Eva nach einer Weile.

Zainab starrt weiter auf ihre Lasagne.

»Im ersten Augenblick dachte ich, ich sehe nicht recht – dass das du warst auf der Hochzeit. Aber dann habe ich Unterschiede entdeckt.«

Gun schielt zu den beiden herüber. Zainab räuspert sich.

»Was ... was denn für Unterschiede?«

»Ja, erstens war sie schon mal jünger als du. Mit etwas helleren Haaren. Dunkel, aber nicht schwarz.«

Evas forschender Blick bohrt sich durch Zainabs Augen in ihr Inneres.

»Aha«, sagt Zainab.

»Ich dachte, dass ihr vielleicht verwandt seid.«

Eine Weile ist es still. Gun geht ihr Geschirr abwaschen. Zainab weiß nicht, wie sie mit der Enttäuschung umgehen soll – sie hat nicht gedacht, dass sie so groß sein würde. Eva hat offenbar nicht die gesehen, von der Zainab glaubte, dass Eva sie vielleicht gesehen habe. Sie wird das Thema nie wieder ansprechen. Doch zuvor muss sie eine letzte Frage stellen.

»War sie ... hatte sie irgendwelche ... auffälligen Züge?«

»Sie saß im Rollstuhl. Sie hatte keine Beine.«

»Ach ja?«

Sie nimmt einen Bissen von ihrer Lasagne und kann ihn kaum hinunterschlucken. Dann steht sie auf.

»Mir ist ein bisschen schlecht«, erklärt sie und verschwindet auf die Toilette.

Der Geschäftsmann Patrick Graham hat soeben ein Geschäftsessen beendet, das sowohl zu Geschäftsdessert und Geschäftskaffee, als auch zu einer lukrativen Übereinkunft geführt hat, die mit sich bringt, dass er sich dauerhaft in Schweden niederlassen muss. Er überlegt, wie er seine Frau dazu bringen soll, in dieses kalte Land zu ziehen. Zunächst muss er sie dazu bewegen, ihren Lesekreis aufzugeben. Dann muss er sie davon überzeugen, dass sie auch ohne die ständige Hilfe ihrer Mutter mit dem kleinen Kevin und seinem Rollstuhl zurechtkommen werden. Als er gerade dabei ist, die Papiere einzusammeln, die mehr Geld, viel mehr Geld bedeuten, sieht er, wie die Tür aufgeht und drei Personen ins Restaurant kommen. Sein Blick bleibt sofort an der dunklen Frau im Rollstuhl hängen. Sie ist ziemlich hässlich mit ihrem schiefen eigenartigen Gesicht, und sie hat noch nicht einmal Prothesen, um die Tatsache zu verbergen, dass sie keine Beine hat. Links und rechts neben ihr gehen ihre beiden Pfleger. Ein großer blonder Mann, dessen Aussehen ihn wie geschaffen erscheinen lässt, in den USA für irgendetwas Schwedisches Werbung zu machen, und ein schlecht frisiertes junges Mädchen mit einem Ring in der Nase. In Schweden kann jemand, der im Rollstuhl sitzt, also zwei persönliche Assistenten bekommen, die ihn ins Restaurant begleiten und sich um alles Praktische kümmern. Plötzlich weiß er genau, was er seiner Frau sagen wird.

Als Martin mit Paula sprach, Lelle anrief und beide dazu überredete, mit ihm essen zu gehen, schien das eine gute Idee zu sein. Jetzt fühlt es sich mehr so an, als versuche man, Wein zu einer Tomatensuppe zu trinken oder eine Knoblauchzehe in ein Sorbet zu pressen. Paula und Lelle sind zwei Geschmacksnoten, die man nicht kombinieren kann. Die Stimmung ist bereits seltsam, seit sie Lelle an der U-Bahnhaltestelle abgeholt haben, und er wird diese Kombination kein weiteres Mal ausprobieren.

»Ich weiß, dass die Fischsuppe hier eines der besten Gerichte überhaupt ist. Wenn ihr also Appetit auf Fisch habt, empfehle ich die«, sagt er mit einem angestrengten Lächeln und schiebt einen Stuhl weg, damit Platz für Paula ist.

Ein Kellner ist sofort zur Stelle, um zu helfen. Paula bedenkt ihn mit derselben steifen Grimasse, die auch er selbst bei ihrem ersten Treffen zu sehen bekam. Eher ein Paar gespannte Lippen als ein Lächeln. Lelle nickt, sieht ihm jedoch nicht in die Augen. Vielleicht bedrückt sie etwas – vielleicht hat ihre Laune nichts mit Paula zu tun. Vielleicht hat sie PMS. In dem Fall wird sie bald davon erzählen – Lelle ist keine, die Informationen über ihren Menstruationszyklus für sich behält, wie unappetitlich sie auch sein mögen.

Martin setzt sich hin und konzentriert sich auf die Speisekarte. Die gedrückte Stimmung ist sicher in ein paar Minuten verschwunden.

Paula stochert um die Fischstückchen in der von Martin empfohlenen Suppe herum – sie wollte eigentlich gar keinen Fisch, aber ihre Schuldgefühle haben die Aufgabe übernommen, dem Kellner ihre Bestellung zu übermitteln. Wenn Martin sie um etwas anderes bitten würde, würde sie auch das tun. Wenn Lelle sie beim Vorbeigehen im Nacken streicheln würde, würde sie zu einer Pfütze dahinschmelzen, die der rötlichen Suppe auf ihrem Teller ähneln würde.

»Wie ... geht es dir so, Lelle?«, fragt Martin.

»Ja, du weißt schon«, antwortet Lelle und windet sich. »Es läuft ... man lebt ... immer was los ... schöne Zeiten.«

Als Martin sich umdreht, um den Kellner an den Tisch zu winken, sieht Lelle sie verstohlen an. Ihr glühender Blick lässt Paula erröten, und sie studiert ausgiebig ihre Serviette.

Paula erwidert ihren Blick nicht. Eiskalt sitzt sie da und isst Fischsuppe, als ob Lelles Kopfkissen nicht noch immer nach ihrem Parfüm riechen würde. Feigling, denkt Lelle und versucht, ihr wütende Blicke zuzuwerfen. Das klappt nicht so gut, weil sie nach wie vor die faszinierende Paula ist und sich jeder wütende Blick auf halbem Weg in ein Schmachten verwandelt. In einem kurzen Moment der Klarheit ruft sich Lelle in Erinnerung, dass sie nicht dasitzen und Martins Freundin anschmachten sollte und dass Paula eigentlich bloß ein verklemmter Grammatik-Freak ohne Beine ist, aber dann sieht sie, wie Paula sie verstohlen anschaut, und die Erinnerung an ihre glänzenden offenen Augen kehrt zurück. Die Hand, die jetzt den Suppenlöffel hält, lag die ganze Nacht lang um ihre Taille.

»Ich werde mal auf die Toilette gehen«, sagt Martin nach minutenlangem Schweigen. Lelle nickt. Es war die Frage gewesen, wer wohl als Erster versuchen würde, der unangenehmen Atmosphäre zu entfliehen. Martin verschwindet um die Ecke. Paula starrt noch immer in ihre Suppe.

»Entschuldigen Sie, Fräulein«, sagt Lelle schließlich.

Paula stößt einen abgrundtiefen Seufzer aus. Das reicht, um Lelles Gereiztheit den Garaus zu machen.

»Du musst nicht … ja … was auch immer du vorhattest … oder was ich vorhatte … wenn du nicht willst«, sagt sie mit weicher Stimme, anstatt mit dem vorwurfsvollen Wortschwall herauszuplatzen, den sie geplant hatte.

Endlich begegnet Paula ihrem Blick.

»Komm«, sagt sie.

»Was?«

»Ich will dir was sagen. Komm näher – komm um den Tisch herum.«

Lelle tut, was Paula sagt, beugt sich hinunter, um Paulas Flüstern zu verstehen. Paula legt die eine Hand an ihre Wange, die andere in Lelles Nacken. Lelle versteht nicht, was geschieht, ehe ihre Lippen sich treffen. Sie muss sich mit der Hand am Tisch abstützen. Paula schmeckt nach Fisch und Tomaten und nach frisch erwachten Hormonen. Stumm sehen sie einander an.

»Was …«, sagt Lelle langsam und atmet zitternd ein. »Was wolltest du mir sagen?«

Paula sieht sich nach beiden Seiten um, und ein erschrockenes Lächeln umspielt ihre Mundwinkel.

»Ich wollte nur fragen, ob dir aufgefallen ist, wie viele Leute dasitzen und uns anstarren.«

Als Zainab mit Gun die Reinigung abschließt, sieht Sveg ein wenig verändert aus. Die Konturen der Wolken sind etwas schärfer, die Bäume ein bisschen heller. Oder ein bisschen dunkler. Auf jeden Fall ist etwas mit den Bäumen. Als sie den Mond als einen großen runden Ball am Horizont aufgehen sieht, ist Zainab kurz davor, etwas zu denken wie dass sie beide denselben Mond sehen können – ein Gedanke, der ihr schon seit zig Jahren nicht mehr gekommen ist –, aber sie hält sich zurück und lächelt nur schief über ihre eigene Sentimentalität.

Zainab und Gun machen sich zusammen auf den Weg. Zunächst sagt keine von beiden ein Wort, man hört lediglich, wie ein Mann auf der anderen Straßenseite seinen Golden Retriever lobt. Aber Gun wirft Zainab verstohlen fragende Blicke zu, das spürt sie.

»Wahnsinn, dass Eva eine Frau kennengelernt hat, die dir so ähnlich sieht«, entfährt es Gun schließlich.

»Ja, wer hätte das gedacht«, sagt Zainab.

»Glaubst du, dass ihr verwandt sein könntet, ohne dass du es weißt? Oder dass sie jemand ist, den du aus den Augen verloren hast?«

Zainab kratzt sich am Hals.

»Hast du noch andere Kinder außer Mikael?«, fragt sie, anstatt zu antworten.

Gun presst die Lippen aufeinander.

»Warum fragst du?«

»Ich hab nur darüber nachgedacht. Wegen Verwandtschaft und so.«

»Hat Eva was gesagt?«

»Nein ... Was hätte sie sagen sollen?«

»Eva weiß nämlich gar nichts. Sie glaubt, dass sie Bescheid weiß, aber das tut sie nicht. Man sollte über niemanden urteilen, ehe man nicht mit dessen Boot gesegelt ist.«

Zainab nickt. Sie hat noch nie jemand anderen als Gun das Sprichwort mit dem Segelboot anbringen hören, aber sie versteht seine Botschaft. Sie wünschte, die Aussage des Sprichwortes würde sie beruhigen und ihr bestätigen, dass sie keine Wahl hatte. Aber vielleicht hatte sie die ja doch.

Paula streicht mit den Fingern über ihre Lippen und begegnet im Badezimmerspiegel ihrem eigenen Blick. Morgen, denkt sie. Morgen werde ich über so schwierige Worte wie Untreue und Verrat nachdenken. Dreiecksdrama, werde ich denken. Vertrauensmissbrauch. Aber heute Abend gestehe ich mir zu, ihre Spuren auf meinen Lippen zu fühlen.

Kapitel 18

Paula liegt auf ihrem Bett. Beziehungen, denkt sie genervt. Sie wusste, dass es einen Grund dafür gibt, warum sie sich davon ferngehalten hat. Noch vor ein paar Monaten war sie mit niemand anderem zusammen als ihren Partikelverben, und jetzt suchen diese sie in anklagendem Ton heim. Rumknutschen, gernhaben, anmachen, hingeben. Aufgeben.

»Wenn du umkippst, brichst du dir das Genick«, sagt sie, den Blick fest an die Zimmerdecke gerichtet.

Lelle sieht vom Rollstuhl auf, auf dessen Hinterrädern sie zu balancieren versucht.

»Das ist kein Spielzeug, Lelle«, antwortet Lelle mit übertrieben strenger Stimme, als imitiere sie jede Autoritätsperson, mit der sie je konfrontiert wurde.

Paula hört das Grinsen in ihrer Stimme. Sie muss zu Lelle sehen, um zu überprüfen, ob sie sie so flirtend anschaut, wie sie glaubt. Das tut sie. Paula lächelt widerwillig und macht eine vage Geste mit der Hand.

»Seufzst du wegen Martin oder wegen mir?«, fragt Lelle und legt sich neben sie aufs Bett.

»Wegen der Kombination. Wegen mir selbst.«

Lelle nimmt ihre Hand. Mmm, machen alle Sensoren in Paulas Fingerspitzen. Mmmm, mmm, sagen Hormone und Adrenalin. Die kümmern sich jedenfalls kein bisschen um Martin, denkt sie. Lelles Hand gleitet langsam von Paulas Arm auf ihren Bauch. Paula schluckt. »Was … wie sollen wir es denn machen? Ich kann so was nicht – ich werde verrückt.«

Lelles Hand bleibt auf Paulas Bauch liegen und verbreitet unbeschreibliche Strahlen in Paulas ganzem Körper. Als sie die Hand plötzlich wegnimmt, merkt Paula, wie stark ihr Herz eigentlich schlägt.

»Dann können wir genauso gut gleich zur Sache kommen«, beschließt Lelle und streckt sich nach ihrem Handy aus. »Hier.«

Paula runzelt die Stirn.

»Du brauchst ja vielleicht nicht alles zu erzählen«, versucht Lelle sie zu überreden. »Aber sprich mit ihm. Du hast ihm ja was mitzuteilen. Er sollte zumindest einen kleinen Wink bekommen.«

Paula ist sich nicht sicher, ob Lelle recht hat, aber sie wählt trotzdem Martins Nummer. Die Leitung ist belegt, und sie atmet erleichtert auf.

In Borås sitzt Pernilla, zweiundsechzig Jahre alt, und drückt den Telefonhörer ans Ohr, um ja kein einziges Wort zu verpassen. Martin erzählt aufgeregt von Paula, der geheimnisvollen Frau, die er kennengelernt hat. Sie ist dunkelhaarig und hat dunkle Augen und ist sehr intelligent. Er hat die Familie kennengelernt, in der sie aufgewachsen ist, ihre Pflegefamilie, es fühlt sich also so langsam nach etwas Ernstem an. Achtundzwanzig Jahre alt. Ja, und außerdem sitzt sie im Rollstuhl. Je mehr Pernilla hört, desto tiefer wird die Furche in ihrer Stirn.

»Ich fand es etwas merkwürdig, wie Jan auf sie reagiert hat, deshalb dachte ich, ich erzähle es dir am besten, bevor du sie kennenlernst.«

Pernilla schenkt sich ein Glas Cranberry-Saft ein. In solchen Situationen könnte man wirklich einen Drink gebrauchen.

»Sie sitzt also im Rollstuhl. Ist sie denn ... gelähmt? Oder was ist falsch mit ihr?«

»Falsch ist Ansichtssache«, sagt Martin. »Es ist wohl nicht zwangsläufig was falsch an einem, bloß weil man nicht gehen kann?«

»Seit wann bist du denn Politiker? Raus mit der Sprache!«

Am anderen Ende der Leitung lacht Martin nervös.

»Sie wurde ohne Beine geboren.«

Pernilla weiß nicht, was sie sagen soll. Sie legt den Hörer auf.

Es gibt nichts, das sich mit Lelles Haut vergleichen ließe. Atemlos gleitet Paula mit den Fingern über ihren Bauch, zeichnet Kreise um ihren Bauchnabel und genießt Lelles Reaktion. Sie kribbelt in Paulas Fingerspitzen und pflanzt sich in ihrem ganzen Körper fort. Martin, sagt eine vernebelte Erinnerung in einer anderen Galaxie. Lelle sieht sie mit funkelnden Augen an. Unter ihrem T-Shirt ertastet Paula den Rand des Sport-BHs, fährt mit der Hand daran entlang und streichelt langsam die Rundung von Lelles linker Brust. Sie versucht, einen Gedanken zu formulieren, aber es geht nicht. Sie kann nur ihren Händen dorthin folgen, wohin sie instinktiv wollen.

Lelle atmet zitternd ein. Paulas Blick ist dunkel und tief, ihre Berührung erzeugt eine Gänsehaut. *Sie ist ziemlich gut*, denkt Lelle für gewöhnlich, wenn sie zum ersten Mal mit jemandem Sex hat. Oder: *Sie hat die Technik, aber nicht das Gefühl*, oder: *Verdammt, Mädchen, hast du schon mal was von Variation gehört?* Jetzt denkt sie: *Paula*. Das Dunkle, Empfindliche und Sture, das rasend Intelligente und das plötzlich Schutzlose – sie ist Paula näher als jemals zuvor. Komm in mich, denkt Lelle. Rein, rein mit dir, vermische dich mit mir, lass uns miteinander verschmelzen, damit ich den ganzen Kontrast zwischen dir und mir schmecken kann. Näher, mehr. Paulas Fingerspitzen wandern unendlich langsam über ihren Körper.

Pernilla stellt die Teller vom Vortag wütend in die Geschirrspülmaschine. Es klirrt ohrenbetäubend – als sie das merkt, klappert sie extra laut herum und übertönt so für einen kurzen Moment die Gedanken, die ungebeten in ihr Bewusstsein eindringen. Als sie gerade fertig ist, entdeckt sie, dass sie vergessen hat, vorher das saubere Geschirr aus der Maschine zu räumen, und flucht. »Verdammtes Scheißgeschirr, verdammt noch mal!«, murrt sie und verpasst der Spülmaschine einen Tritt. In dieser Sekunde muss die Maschine für all das büßen, was jemals schiefgelaufen ist. Sehr bald wird Pernilla genervt sein, weil sich die Spülmaschine plötzlich nur noch so schwer schließen lässt.

Ohne Beine geboren, hallen die Worte ihres Sohnes in ihrem Chaos wider. Dunkelhaarig, achtundzwanzig Jahre alt, *Pflegefamilie*. Nach dem Fiasko mit der Spülmaschine wuselt sie planlos in der Küche hin und her und verräumt dieses und jenes, und schließlich geht sie ins Schlafzimmer und starrt mit trockenen Augen die Wand an. Als sie die Schleife unter dem kleinen Kinn zugebunden hat, hat sie die ganze Geschichte zugeknotet – sie hätte nie gedacht, dass sie auf diese Weise zurückkehren würde. Sie reibt sich die Stirn. In ihrer Magengrube bildet sich ein ordentlicher Kloß. Wenn sie Martin nicht davon erzählt, könnte sie dazu beitragen, dass etwas Fürchterliches, Ekelhaftes, und ja, etwas, das gegen das Gesetz verstößt, geschieht. Ihre Finger fahren unter der Matratze herum, als hätten sie einen eigenen Willen, aber natürlich liegt da kein heimlicher Flachmann in der Vertiefung am Fußende. Schon seit fünfundzwanzig Jahren nicht mehr. Rückfall, denkt sie, nein, nie im Leben. Aber eine Art Rückfall ist das schon, all das hier.

Als Lelle an ihren Haaren zieht und den Schritt an ihre Hüfte drückt, versteht Paula, dass sie Lelle will. Lelle nimmt ihre Hand und führt sie zwischen ihre Beine. Sie hat fast keine Geschlechtsbehaarung, denkt Paula überrascht und überlegt, ob sie sich wegen ihres eigenen Busches schämen müsste. Stattdessen lässt sie sich von einem anderen Gefühl überwältigen, von dem, das nackte Geschlecht einer anderen Frau unter ihren Fingern zu spüren.

»Du bist feucht«, stellt sie lächelnd fest.

»Ich bin geil«, verdeutlicht Lelle und knöpft Paulas Hose auf.

Noch einmal kommt die Frage über sie, ob sie sich schämen sollte. Schon vorüber, denn Lelles Finger wissen, wie sie Gedanken verschwinden lassen und Paulas gesamtes Bewusstsein auf einen einzigen Punkt konzentrieren. Es erinnert Paula daran, wie sie sich manchmal selbst berührt, aber irgendwie auch nicht. Lelles Hand neckt sie, hört plötzlich auf und fängt dann an einer anderen Stelle wieder an; sie wechselt zwischen weich und hart, schnell und unerträglich langsam. Paula stöhnt mehrmals lautlos. Ihr Hemd ist vollständig aufgeknöpft, ihre Brüste sind völlig nackt für Lelles Augen, und Lelles Hand bewegt sich auf eine Weise, die Paula nicht definieren kann. Lelle stützt sich auf ihren einen Ellbogen, ihr Sport-BH liegt auf dem Boden und ihre eine Brust drückt sich an Paulas.

»Lass es raus«, sagt Lelle plötzlich und lächelt.

»Was meinst du?«

»Ich will dich genießen hören.«

Paula errötet. Plötzlich fühlt sie sich entblößt und wie zur Schau gestellt. Die Blase, in der sie sich eben noch befand, zerplatzt. Nur das Kribbeln zwischen den Beinstümpfen ist übrig. Die Stümpfe. Sie zieht die Decke über sich und sieht Lelle unglücklich an.

Lelle ist sich sicher, dass Paula es mag. In der einen Sekunde liegt sie da und schnappt nach Luft und lässt Lelle vergessen, dass sie jemals Sex mit jemand anderem haben wollte. Im nächsten Augenblick macht sie sich steif und rollt sich in die Decke ein. Verdammt, was ist jetzt, will Lelle fragen, aber sie begreift, dass sie das lieber nicht sagen sollte.

»Was ist los?«, fragt sie, so zärtlich sie kann.

Paula schneidet eine Grimasse, die rein gar nichts erklärt. Lelle legt sich auf den Rücken und seufzt. Gerade eben lief es noch so gut, und zwischen ihren Beinen pocht etwas, das heute Abend wohl keinen weiteren Auslauf bekommen wird.

Martin sitzt da und starrt das Telefon an. Es sieht seiner Mutter nicht ähnlich, einfach aufzulegen. Plötzlich versteht er, wie es Lelle gehen muss – wie frustrierend es für sie sein muss, ihre Partnerinnen nicht der Familie vorstellen zu können, ohne dass darauf mit Schweigen und angewiderten Blicken reagiert wird. Jedenfalls wäre es so, wenn Lelle lange genug bei einer Partnerin bliebe, um sie ihrer Familie vorstellen zu wollen. Er hätte sagen sollen, dass er schwul ist, denkt er mit einer Grimasse, dann wäre seine Mama erleichtert gewesen zu hören, wie es tatsächlich ist.

»Du kannst nicht von mir erwarten, dass ich mich verhalte wie in einem Porno«, sagt Paula und klingt aggressiver, als sie vorgehabt hat.

Lelle sagt nichts. Paula nimmt ihre Hand, um den Effekt ihres Tonfalls zu mildern.

»Das hier ist neu für mich«, sagt sie. »Und dann das mit Martin, und dann hinke ich auch noch mit meiner Arbeit hinterher. Ich kann mich nicht entscheiden, ob ich Präpositionen und Adverbien unter dieselbe Kategorie fassen oder sie in der Analyse unterscheiden soll.«

Lelle wendet ihr den Kopf zu, sagt aber noch immer nichts. Paula spürt, wie die Tränen aus den Augenwinkeln hervorkriechen, und dreht sich weg.

»Es sind ja alles Partikel«, sagt sie und spürt, wie der Kloß im Hals ihre Stimme verzerrt. »Aber sie unterscheiden sich prozentual darin, wie sie sich als zusammengesetzte Partikelverben verhalten!«

Sie beginnt unkontrolliert zu schluchzen. Die Tränen fallen auf das hellgrüne Kissen und bilden einen dunkelgrünen Fleck, der immer größer wird. Lelle umarmt sie fest, Paula kann ihren Herzschlag am Rücken spüren.

»Das macht nichts«, sagt Lelle zärtlich und küsst sie in den Nacken. »Wir lassen es langsam angehen. Wir probieren es aus und schauen, wie es funktioniert.«

Paula schluchzt noch immer. Jetzt schluchzt sie außerdem über das erniedrigende Gefühl, vor jemand anderem zu weinen. Aber es ist weniger schlimm, als sie dachte.

»Wenn du merkst, dass es nicht möglich ist, Präpositionen und Adverbien zu trennen, dann kannst du sie ja einfach wieder zusammenführen. Aber du weißt ja nicht, was du davon hast, bevor du es nicht ausprobierst.«

»Nein.«

»Und es kann ... der wichtigste Teil der ganzen Analyse werden, oder?«

Paula nickt. Sie spürt Lelles nackten Körper an ihrem

Rücken, und die plötzliche Erinnerung an Lelles Brustwarze zwischen ihren Fingern lässt sie erneut ein klitzekleines Kribbeln verspüren. Ihre Hand erinnert sich an die Erregung zwischen Lelles Beinen und wie sie sich in ihr fortgepflanzt hat wie nichts anderes, das sie je erlebt hat. Sie lächelt – das Gefühl ist zurück. Es ist nicht verschwunden.

»Und diese Analyse kann zur Grundlage von etwas ganz Neuem werden«, sagt sie.

Lelle drückt ihren Arm.

»Sprechen wir immer noch über Partikelverben?«

»Worüber sollten wir sonst sprechen?«

Pernilla streicht sich unter dem Nachthemd mit der Hand über den Bauch. Es kann natürlich Zufall sein. Aber wie viele dunkelhaarige Mädchen wurden vor achtundzwanzig Jahren ohne Beine geboren und dann von ihren biologischen Eltern weggegeben? Nein, denkt Pernilla, doch, nein, doch, nein. Um einen sinnvollen Gedanken zu fassen zu kriegen, muss sie in den verdrängten Tiefen ihres Unterbewusstseins angeln. Es tut weh, genau so wie man es erwartet, wenn man in heiklen Gewässern fischt. Als sie entschieden hat, was sie tun muss, ist der Klumpen aus Panik in ihrem Magen einem anderen Klumpen gewichen, der zur einen Hälfte aus Angst und zur anderen Hälfte aus Erleichterung besteht und dafür sorgt, dass sie die ganze Nacht nicht schlafen kann.

Auch Zainab kann nicht schlafen. Mit weitgeöffneten Augen folgt sie den Blumen und Schleifen an den Wänden, die »die ultimative weiche Umrahmung des Schlafzimmers« darstellen. Der Farbverkäufer, der ihr die Borte vor fünfzehn Jahren verkaufte, hat so von den Schleifen geschwärmt, dass sie den Verdacht hatte, dass er Provision dafür bekommt.

Auf, ab, ab, auf, ab, ab. So verläuft das Muster, und die Schleifen lassen sie nichts anderes assoziieren als Tapeten und den intensiv auf sie einredenden Farbverkäufer. Weil sie nie auch nur eine Schleife um den Bauch des Kindes gebunden hat. Sie hätte ein kleines Band darumbinden sollen – als Zeichen dafür, dass es in jedem Fall jemanden gab, dem ihre Tochter etwas bedeutete. Stattdessen ist das Mädchen in einem Karton gelandet. Eingewickelt in ein Geschirrtuch. Zainab erschaudert. Sie hüllt sich fester in die Decke ein und schlingt die Arme um sich.

Kapitel 19

Seit jenem Tag, an dem Paula über eine kryptische Nachricht auf grünem Briefpapier gelacht hat, hat Rolf Svedgården von dieser Seite an ihr keinen Schimmer mehr erhascht. Sie war ihr gewohntes verschlossenes Selbst, hat mit ihrem angestrengten Lächeln, das niemals ihre Augen erreicht, gegeizt und lediglich eine Nuance weniger gelangweilt geklungen als üblich, als sie mit der Jugendkulturforscherin Ingrid Grimsby über Partikelverben im Vorstadtslang diskutiert hat. Doch als er heute an ihrer angelehnten Bürotür vorbeigeht, hört er ihr tiefes melodisches Lachen erneut. Neugierig bleibt er an der Tür stehen und tut so, als suche er in einem der Ordner, die er in der Hand hält, nach einem wichtigen Dokument. Neben seiner Theorie über die Auswirkung von Homonymen auf das Erlernen einer Sprache hegt er neuerdings auch eine Theorie darüber, dass die staubtrockene deformierte Achtundzwanzigjährige in Raum C518 eine verborgene sprudelnde Persönlichkeit und ein Privatleben voller Spannung und Leidenschaft hat.

»Doch, das sollte ich«, sagt Paula in ihrem Büro. »Aber es fällt mir zurzeit etwas schwer, mich zu konzentrieren. Was glaubst du, woran das liegen könnte?«

Ihre Stimme ist verspielt. *Verspielt*, notiert sich Professor Svedgården in seiner inneren Stoffsammlung zu Paulas geheimer Identität.

Paula lächelt angesichts von Lelles Worten, die durch den Telefonhörer perlen und sie abwechselnd wärmen und ihr eine Gänsehaut verpassen. Die Maisonne scheint durchs Fenster und färbt das halbe Büro leuchtend gelb. Paula wird rot.

»Du bist diejenige, die sexy ist«, sagt sie und muss schlucken.

Das ist wohl das erste Mal in ihrem Leben, dass sie dieses Wort gesagt hat. Aber attraktiv reicht nicht – nicht wenn sie an Lelles breites Lächeln denkt, an ihre Arme, wenn sie eng um Paulas Körper geschlungen sind oder sich vor und zurück bewegen, wenn sie das macht, was sie mit Paula macht; an ihre fantastischen runden Brüste mit Brustwarzen, die klein und hart werden, wenn man mit dem Finger Kreise um sie zeichnet. Sie hört an Lelles Stimme, dass sie mit dieser Antwort zufrieden ist.

»Aaalso«, sagt Lelle begeistert. »Was hast du gerade an?«

Paula ist erst verwirrt, merkt dann aber, dass Lelle Telefonsex parodiert.

»Nichts als einen Doktorhut«, lacht sie und fragt sich beschämt, ob sie wirklich gerade dasitzt und solche Sachen sagt.

Plötzlich entdeckt sie, dass die Tür zu ihrem Büro nicht geschlossen ist und jeder ihr äußerst unschickliches Telefonat belauschen könnte. Aber sie hat niemanden vorbeigehen hören – ihre Sorge ist also sicherlich unbegründet.

»Ich hoffe, das stimmt«, sagt Lelle. »Ich bin auf dem Weg rauf.«

»Rauf wohin?«

»Raum 518, oder?«

»*Hier* rauf? Bist du auf dem Weg hierher?«

»Wenn es klappt. Ich steige jetzt in den Aufzug. Bis gleich, Herzchen!«

Paula schnaubt frustriert über Lelles plötzlichen Einfall, sie zu besuchen und sie Herzchen zu nennen, aber der Frust geht in ein völlig unangebrachtes Gekicher über, und sie beeilt sich, ihre Frisur in Form zu bringen.

Jackpot, denkt Rolf Svedgården und zieht sich unmerklich in den Gang zurück, um dann ganz ungezwungen wieder aufzutauchen, wenn der Aufzug hält und ein Stück von Paulas geheimem Leben herausspaziert kommt. Er weiß nicht, ob er einen vollendeten Adonis oder eine asymmetrische und amputierte Mannsgestalt erwarten soll, und er kann sich auch nicht recht entscheiden, was er für angebrachter hielte. Als eine junge Studentin im Punklook aus dem Aufzug steigt, ist er genervt – müssen Studierende immer gerade dann die Fahrstühle besetzen, wenn große Enthüllungen auf dem Weg nach oben sind? Im nächsten Moment sieht er, dass die junge Frau eine rote Rose dabei hat und zielstrebig auf Raum C518 zusteuert. Er wird von der größten und wahrhaftigsten Freude eines Forschers erfüllt. Ganz klar ein Durchbruch.

»Ich fühle mich, als wäre ich beim Halbjahresgespräch in der Schule«, lächelt Lelle und übergibt ihre rote Rose.

»Und würde mich verbotenerweise bei der Lehrerin einschleimen.«

Paula lacht nervös und überlegt, wie wahrscheinlich es ist, dass jemand Lelle mit ihrer floralen Liebesbotschaft durch den Flur hat entlangkommen sehen. Dafür ist sie nicht bereit. Wenn sie darüber nachdenkt, ist sie für gar nichts bereit. »Ich kann das hier nicht«, sollte sie sagen und starr auf den Schreibtisch schauen, um Lelle nicht ansehen zu müssen. Das wäre zwar für den Augenblick etwas schwierig, aber nicht so anstrengend, wie mit dem weiterzumachen, worauf sie sich miteinander eingelassen haben.

»Ich habe an dich gedacht«, sagt sie stattdessen.

Die Worte segeln aus ihrem Mund, als hätten sie einen eigenen Willen. Paula sieht, wie sie in die Luft schweben und platzen wie Seifenblasen, nachdem sie sich richtig manifestiert haben.

»Und ich an dich«, sagt Lelle.

Lelle legt die Hand auf ihren Schreibtisch, und Paula ergreift sie, ohne darüber nachzudenken. Die Reaktion darauf macht sich unmittelbar bemerkbar – Herzklopfen, Wärme und die Erinnerung an Lelles ganzen Körper an ihrem. Paula sucht nach etwas, das sie sagen könnte, aber ihr fällt nichts ein. Es ist bestimmt eine ganze Minute lang still.

»Was sollen wir mit Martin machen?«, fragt Lelle schließlich.

Paula atmet tief ein und fixiert einen Punkt an der Zimmerdecke. Das Fragezeichen hängt noch in der Luft und vibriert herausfordernd. Was sollen wir mit Martin machen? Was? Was?

»Ich will nichts machen«, sagt sie und hört selbst, dass sie wie ein trotziges Kleinkind klingt. »Du musst was machen. Ich habe mich nicht mit Absicht in diese Situation begeben.«

Lelle verdreht die Augen.

»Verdammt, wer hat das schon? Ich habe wirklich nicht darum gebeten, mich in Martins Schnecke zu verlieben und von seiner besten Freundin zu seiner Todfeindin zu werden.«

Paula schluckt und bleibt gedanklich dabei stehen, dass Lelle »verlieben« gesagt hat.

»Äh«, sagt sie schließlich, um zumindest irgendetwas zu sagen.

»Wie viel wiegst du?«, fragt Lelle.

»Wie bitte?«

»Ich habe nämlich keine Ahnung, wie viel ein Paar Beine wiegt.«

Paula spürt Wut und Entrüstung in sich aufschäumen, genau wie beim letzten Mal, als Lelle sie an der Universität besucht hat.

»Lelle, nach manchen Dingen fragt man nicht – hast du das noch immer nicht kapiert?«

Lelle zieht eine Schnute und sieht sie an.

»Ich kapiere einfach nicht, warum das ein so verdammt sensibles Thema ist. Ich glaube, das ist ein Fimmel.«

»Das ist egal, Linnéa. Es ist einfach so. Respekt, weißt du.«

Lelle zuckt zurück, und Paula hat das Gefühl, ebenfalls zu weit gegangen zu sein. Sie weiß bloß nicht womit.

»Nenn mich nicht Linnéa«, sagt Lelle mit eisiger Stimme. »Ich heiße Lelle. Ich respektiere nur richtige, wichtige Sachen, und entschuldige, aber ich bin verdammt noch mal in keinster Weise vornehm. Das ist es, was du an mir magst, also *deal with it.*«

Lelle steht auf, und Paula will etwas sagen. *Geh nicht.*

»Hast du gehört, dass ich gesagt habe, dass ich in dich verliebt bin?«, fragt Lelle und verschwindet aus Zimmer C518.

Martin weiß eigentlich, dass es sich nicht so anfühlen sollte. Er erklärt es sich damit, dass er zum ersten Mal in seinem Leben verliebt ist, oder zum ersten Mal zumindest so richtig, und dass es beunruhigend und schwierig ist, weil es um echte Gefühle geht. Aber er weiß, dass sich eine wirkliche Partnerin öfter meldet, mehr Interesse zeigt und ihrem Freund von ihren Gefühlen erzählt. Paula hat seit drei Tagen nicht angerufen oder ihm auch nur eine SMS geschickt, und er selbst hat immer nur den Anrufbeantworter erreicht, egal ob er sie auf ihrem Handy oder bei der Arbeit angerufen hat. Eine Weile lang war er beunruhigt und wollte bei ihr zu Hause vorbeifahren und nachsehen, ob alles in Ordnung ist, aber dann war die Leitung plötzlich besetzt, als er versucht hat anzurufen, und er verstand, dass sie nur ihre Ruhe vor ihm brauchte. Er verstand es, aber weh getan hat es trotzdem, und jetzt denkt er, dass es sich nicht so anfühlen sollte. Es klingelt an der Tür, und sein Herz schlägt einen Purzelbaum. Doch, genau so soll es sich wohl anfühlen.

Die Frau, die an der Tür klingelt, ist nicht Paula. Sie hat helles strähniges Haar, das mit Haarnadeln einigermaßen befestigt ist, so dass es ihr nicht ins Gesicht fällt. Ihre Augen sind grünblau und liegen ziemlich tief in den Höhlen, wodurch die Schatten um die Augen noch tiefer aussehen, als sie es sind. Die Augenbrauen sind dunkler als die Haare auf dem Kopf, genau wie bei Martin. In der Hand hält sie eine Sporttasche. Martin braucht ein paar Sekunden, um sich zu sammeln.

»Mama«, sagt er dann und lacht überrascht. »Komm rein.«

Lelle tritt gegen jeden Mülleimer zwischen der Universität und der U-Bahnstation. Verdammte Braut!, denkt sie. »Verdammte Braut«, murmelt sie bei jedem Tritt. Manchmal hat

Paula einen richtig arroganten Zug um den Mund; manchmal ist sie so eine Despotin, dass man sie schnappen und aus dem Fenster werfen will wie jeden anderen Kotzbrocken. *Das ist egal, Linnéa.* Verdammte Braut! Lelle hat gemerkt, wie nervös Paula wurde, dass jemand ihr dunkles Geheimnis entdecken könnte – dass sie sich mit so jemandem wie Lelle trifft. Und dann sitzt sie da und tut so, als sei sie diejenige, die verletzt wurde – als müsse sie wegen ihrer verdammten Behinderung, über die man keine Witze machen durfte, mit Samthandschuhen angefasst werden. Und nennt sie Linnéa, mit Erziehungsstimme, als ob ihre zwei Jahre Altersvorsprung ihr das Recht gäben, Lelle zurechtzuweisen und zurechtzustutzen und in eine Form zu pressen, die sie für passend hält. Lelle kocht vor Wut. Sie tritt gegen die Statue am Eingang zur U-Bahn, tut sich dabei aber nur weh. In ihrer Hosentasche vibriert das Handy – sie hat eine neue Mitteilung erhalten. *Ich bin auch in dich verliebt.* Lelle lächelt, zunächst nur ein bisschen und verärgert, dann übers ganze Gesicht und dann den ganzen Weg zur U-Bahn hinunter. Verdammte Braut!

Zainab und Eva trinken Kaffee. Sie sitzen mit dem Rücken an die Außenwand der Wäscherei gelehnt, die Gesichter der Sonne zugewandt. Zainab selbst raucht nicht, aber die Kombination von Kaffeeduft und Zigarettenrauch beruhigt sie. Sie ist wie eine Verlängerung von Eva selbst. Als wüsste sie, dass Zainab ein wenig Ruhe braucht, um ihre Gedanken zu sortieren, sitzt Eva ganz still da und lässt die Zigarette langsam von allein niederbrennen. Sie lächelt der Sonne zu und streckt ihre dicken Waden. Zainab schließt die Augen. Sie sinniert, dass Geschichte ein vollbeschriebenes Blatt Papier ist, auf dem man nichts mehr ändern kann. Man kann es nur immer wieder lesen und in Panik geraten, weil es kein Tipp-Ex gibt. Oder man vergibt sich selbst und hofft darauf, dass einem vielleicht auch die anderen vergeben. Sie atmet den Zigarettenrauch ein, der ihr die ganze Zeit in die Nase zieht. Letztere Alternative ist die beängstigendere. Aber sie ist jetzt einundfünfzig Jahre alt, und es wird mit der Zeit nicht weniger angsteinflößend werden. Mit der Zeit wird sie vielleicht sogar verschwinden, die Gelegenheit, die sich so ohne Vorwarnung offenbart hat. Sie weiß eigentlich bereits, dass sie sie nicht ungenutzt verstreichen lassen wird. Das wäre, als würde sie sich hinlegen und sterben.

»Die junge Frau, die du auf der Hochzeit kennengelernt hast«, sagt sie, ohne die Augen zu öffnen.

»Mm«, antwortet Eva ruhig, als wüsste sie schon, was Zainab sagen will.

Zainab fehlen plötzlich die Worte. Sie öffnet die Augen, aber es hilft nicht.

»Ich … glaubst du …«

»Was?«

»Ich weiß nicht.«

Nachdenklich nimmt Eva einen Zug von ihrer schrumpfenden Zigarette.

»Ich kann dir dabei helfen, Kontakt zu ihr aufzunehmen.«

Zainab schnappt nach Luft. Sie spürt plötzlich, dass sie Eva liebt. Rührung steigt ihr die Kehle hoch, und ihre Stimme ist belegt, als sie antwortet. »Danke.«

Es ist offensichtlich, dass Pernilla einen besonderen Anlass für ihren Besuch hat. Erstens taucht sie für gewöhnlich nicht unangekündigt auf und selbst mit Ankündigung fast nie. Zweitens ist sie so nervös, dass Martin seine eigene Mutter kaum wiedererkennt. Plötzlich ist sie eine Kindheitserinnerung, eine andere Mama. Das Erste, was er tut, als Pernilla auf die Toilette geht, ist, das Barfach abzuschließen und die Weinflaschen im Wäschekorb zu verstecken. Er glaubt nicht, dass sie der Versuchung erliegen würde, niemals, aber irgendetwas rät ihm, auf seinen Instinkt zu hören.

»Was für ein schönes Haus!«, sagt sie und fliegt mit dem Blick über alles, was sie vom Wohnzimmer aus sehen kann.

Plötzlich begreift er, dass sie nach Paula sucht.

»Danke«, sagt er und macht eine einladende Geste in Richtung Ledersofa. »Sie ist nicht hier.«

»Wer denn?«, fragt Pernilla mit einer Stimme, die sie verrät.

»Paula – meine Freundin.«

Pernilla schluckt geräuschvoll und nickt.

»Aha«, sagt sie. »Nee, nehee. Ich wollte wirklich bloß dein neues Haus sehen. Wie lange ist es jetzt her, dass du es dir gekauft hast? Es ist fast größer, als es auf den Bildern aussah. Hübsch mit ... den Bildern. Und geräumig. Schön.«

»Möchtest du einen Tee?«

»Ja, gerne.«

Er geht in die Küche und klappert mit dem Teekocher herum, ihr Junge. Er klappert eigentlich gar nicht, es gelingt ihm, das Wasser nahezu lautlos fließen zu lassen, so wie ihm alles gelingt, was er sich vornimmt. Und wenn ihm alles glückt, dann hat sie selbst weniger versagt. Außerdem hat sie gar nicht so versagt, wenn man mal alles bedenkt – sie hat vieles durchgemacht, das einen schwächeren Menschen zerstört hätte, und sie hält sich nach wie vor wacker. Lediglich im Vergleich zu Martin fühlt sie sich manchmal wie eine Versagerin, was ziemlich ironisch ist, wo er es doch ist, der sie darin erinnert, dass sie nicht versagt hat, indem er so extrem wohlgeraten ist. Angesichts dieses Zirkelschlusses lächelt sie schief. Wie schön, dass Paula nicht in irgendeiner Ecke sitzt und sie von ihrem Rollstuhl aus beobachtet. Sie hat nicht darüber nachgedacht, dass Paula da sein könnte, ehe sie die Rampe zur Haustür hinaufging und klingelte, aber in dem Moment traf sie die Erkenntnis wie ein kräftiger Schlag gegen die Brust. Sie weiß nicht, ob sie es geschafft hätte, Paula zu begegnen.

Martin kommt mit Wurstbroten und zwei Tassen Tee zurück, in ihrem Tee ist Honig. Am besten sie kommt direkt zur Sache. Sie wird genau das sagen, weswegen sie gekommen ist, und es gibt keinen Grund, es hinauszuzögern.

»Also«, sagt sie, als er sich neben ihr auf dem Sofa niedergelassen hat. »Wie läuft es bei der Arbeit?«

Pernilla redet eine halbe Stunde lang über die Arbeit, erst über seine und dann über ihre eigene. Verantwortung, Chefsein, körperliche Arbeit, Training, klare Anweisungen, Kameradschaft, sagt sie, und die Worte stolpern so übereinander, dass er nicht verstanden hätte, was sie meint, wenn sie über dieselben Dinge nicht schon so viele Male am Telefon gesprochen hätten. Er leidet. Irgendetwas hat sie dazu bewogen, gerade heute den ganzen weiten Weg von Borås bis nach Huddinge zu fahren, und es hat höchstwahrscheinlich nichts mit seiner Arbeit als Filialleiter zu tun.

»Mama«, sagt er, so weich er kann, und unterbricht sie mitten in irgendetwas Zusammenhanglosem über Lohnunterschiede und Verantwortungsbereiche.

Sie seufzt tief und gibt noch einen Löffel Honig in ihren Tee. Er ist still und wartet.

»Als du drei Jahre alt warst, war vieles in unserem Leben turbulent.«

Martin nickt langsam und versucht zu verstehen, worum es bei all dem geht.

»Hat es irgendetwas mit Papa zu tun?«

Pernilla beißt sich auf die Lippe.

»Nein«, antwortet sie kurz. »Es ist am besten, wenn du mich erzählen lässt. Darf man hier drinnen rauchen? Das darf man wahrscheinlich nicht, was?«

»Wir können nach draußen auf die Veranda gehen. Oder du rauchst am Dunstabzug.«

Als Lelle ging, war es, als würde die halbe Paula mit ihr durch die Tür gezerrt werden. Das gefällt ihr überhaupt nicht. Sie hat einmal eine Dokumentation über einen Mann gesehen, der eine Beziehung mit einer Gummipuppe in Lebensgröße hatte, und je mehr sie sich auf Lelle einlässt, desto besser versteht sie ihn. Das kann diesen ganzen inneren Tumult nicht wert sein. Jemand klopft an ihre Tür, und sie schnappt nach Luft, als ob es wirklich Lelle sein könnte, die zurückkommt, und nicht etwa Arbeit, Grammatik oder Professoren. Svedgården steckt seinen Glatzkopf durch den Türspalt. Er sieht aus wie eine Schildkröte.

»Ich habe das Kapitel gelesen, das du bei dem Seminar im April ausgeteilt hast. Ich war damals ja nicht da, aber ich habe ein paar Gedanken dazu, wenn du sie hören möchtest.«

Paula zieht unmerklich die Augenbrauen zusammen. Der April ist schon eine Ewigkeit her – es ist erstaunlich übereifrig von Svedgården, ihren alten Text zu lesen und sich die Mühe zu machen, Ansichten dazu zu entwickeln. Aber na gut, dann kann sie sich jetzt vielleicht auf die Arbeit konzentrieren anstatt auf Lelle, deren Duft noch immer im Raum schwebt.

»Was für eine schöne Rose«, platzt Professor Svedgården freundlich lächelnd heraus und nickt in Richtung der Blume, die noch immer auf dem Schreibtisch liegt.

»Ja«, stimmt Paula zu.

Sie ist wirklich ungewöhnlich schön. Das ist keine Rose, die Lelle mal eben am Kiosk gekauft hat, erkennt Paula plötzlich und wird von einer auffälligen Nervosität erfüllt. Svedgården schweigt, fast so, als warte er darauf, dass sie etwas sagt. Das tut sie nicht.

»Aber sie muss ins Wasser«, sagt er dann. »Ich kann eine Vase besorgen, wenn du willst. Ich wollte mir sowieso ein Glas Wasser holen.«

»Danke«, sagt Paula. »Sonst kümmere ich mich selbst darum.«

»Kein Problem. Ich vermute, du hast sie eben erst von einem deiner Bewunderer bekommen?«

Er lächelt sein gutmütiges Schildkrötenlächeln, als er das sagt, und sie kann nicht die geringste Spur von Hohn in seiner Stimme entdecken. Paula spürt einen Klumpen im Magen; eine Antwort wird bloß zu weiteren Fragen führen und schließlich wird sie ein Pronomen wählen müssen und entweder *sie* sagen und Dinge enthüllen, die viel zu pervers, nein, privat sind, oder *er* und sich damit in endlose Lügen verstricken.

»Ich habe sie gerade bekommen, ja«, sagt sie und lächelt ihr steifes Lächeln. »Was hast du dir zu meinem Kapitel überlegt?«

Die Wurstbrote, die Martin gegessen hat, tun alles, um auf demselben Weg wieder hochzukommen, den sie nach unten genommen haben. Ihm dreht sich der Magen um, und er will jetzt aufwachen. Pernilla kann ihre Hände nicht stillhalten und starrt auf ihre halbleere Teetasse. Das Ledersofa war noch nie so unbequem, die Luft in seinem gut klimatisierten Reihenhaus noch nie so schwer zu atmen.

»Du verstehst also, warum ich gezwungen war herzukommen«, sagt Pernilla schließlich.

Kapitel 20

Es ist erst vier Uhr, als Zainab am nächsten Morgen aufwacht, und sie kann nicht wieder einschlafen. Sie lächelt die weiße Zimmerdecke und die Rosetten an der Wand an. Einst lag sie in einem anderen Zimmer und lächelte die Decke an, weil sie im Begriff war, in ein anderes Land zu ziehen, von dem sie nichts wusste, außer dass es christlich war und weit oben auf dem Globus lag. Es geschieht wirklich, dachte sie damals. Es geschieht wirklich, denkt sie jetzt.

»Chanda mamon door ke«, summt sie auf dem Rücken in ihrem Bett liegend, kaum hörbar und dennoch ohrenbetäubend. »Baray pakaayein ... Boor ke.«

Die Worte schneiden die Gedanken ab, die zwischen jeder Zeile hervorwuseln. Sie erinnert sich nicht an mich. Nicht an die Wiegenlieder, die ich ihr vorgesungen habe, noch bevor sie geboren wurde, auch nicht an meine Gesichtszüge, an nichts von alledem, woran ich mich so deutlich erinnere. Sie muss ein Spiegelbild von mir sein, wenn Eva sich so sicher ist. Passt ein Rollstuhl durch meine Tür? Wie sie wohl meine Wohnung und meine altmodischen Borten fände? Wann habe ich den Fußboden das letzte Mal geschrubbt?

Ich werde alte Fotos von mir als junges Mädchen heraussuchen, das gefällt ihr vielleicht. Wenn es kein Irrtum ist – wenn sie überhaupt etwas von mir wissen will – wenn Eva sie wirklich erreicht – wenn sie mich nicht hasst, vergiss diese Möglichkeit nicht, Zainab. Es ist erst halb fünf, du kannst Eva jetzt nicht anrufen und fragen, ob sie schon Kontakt zu ihrem Schwiegersohn aufgenommen hat. Um Viertel vor fünf steht Zainab auf und füllt den Putzeimer mit Wasser.

Die erste SMS kommt bereits, ehe der Wecker zum ersten Mal klingelt. Lelle liegt im Bett, die Arme um Paula geschlungen, und ihre Herzen schlagen nebeneinander. Lelle streckt einen Arm nach dem Handy aus, überlegt es sich jedoch anders und legt die Hand stattdessen in Paulas Nacken. Wenn du schläfst, bist du nicht so eingebildet, denkt sie zärtlich und entwirrt einen Knoten in Paulas Haar. Paulas Gesicht verändert sich leicht, und Lelle lächelt. Das gefällt dir. Mit leichten Fingern streichelt sie Paulas Hals und folgt den Konturen ihrer rechten Brust. Erfreut sieht sie, wie die Brustwarze reagiert und langsam hart wird – im Takt ihrer Liebkosungen, die noch nicht bis an die Brustwarzen vorgedrungen sind. Es ist schmerzlicher Genuss, die Finger innehalten zu lassen und *noch nicht* zu jenen Teilen des Körpers zu sagen, die mehr wollen. Paula öffnet die Augen und sieht sie mit unergründlichem Blick an. Lelle bewegt ihre Fingerspitzen langsam zu Paulas bereits harter Brustwarze. Paula atmet ein. In ihrem Gesicht spiegelt sich ein Wunsch – Lelle sieht ihn, obwohl er von einem Ort tief, tief in ihrem Inneren herstammt.

Langsam und als sei es die ganze Zeit schon so geplant gewesen, gleitet Lelle nach unten. Mit dem Zeigefinger teilt sie das Dickicht, atmet warme Luft aus und wirft einen Blick auf Paulas Gesicht. »Entspann dich«, will sie gerade sagen, aber Paula entspannt sich bereits. Lelle hat in ihrem Leben siebenundzwanzig Frauen geleckt. Ein guter Tipp für das Lecken von Frauen ist, das ganze Alphabet von A bis Z zu lecken, hat sie einmal in einer Zeitung gelesen und noch den ganzen Tag die Nase darüber gerümpft. Wenn man jemanden leckt, muss man jeden Millimeter jenes Körperteils untersuchen, der so viel einzigartiger ist als ein Fingerabdruck. Man muss herausfinden, was passiert, wenn man auf und ab gleitet, wo es neckisch ist und wo zu viel, und dann muss man sich genau auf der Grenze bewegen. Innehalten, wenn sie sich der Ekstase nähert, lächeln, wenn sie wimmert, ihr ganzes Bewusstsein auf den Punkt konzentrieren, an dem sich die Zunge gerade befindet – oder nicht befindet. Sie hat in ihrem Leben siebenundzwanzig Frauen geleckt, und alle waren sie unterschiedlich. Aber Paula ist speziell. Mit der Zunge erspürt sie Paulas Geheimstes, Empfindlichstes und passt sich ihren Atemzügen an, wenn sie von ruhig und entspannt zu zitternd, erwartungsvoll übergehen. Wenn sie nur nicht erstarrt, denkt Lelle. Paula erstarrt.

»Ich habe seit gestern Morgen nicht geduscht!«

Lelle unterdrückt ein Stöhnen.

»Das ist mir scheißegal«, sagt sie so überzeugend wie nur möglich. »Ich darf die heißeste Braut des ganzen Universums lecken – das ist das Einzige, was zählt.«

»Bist du sicher, dass das okay ist? Riecht es nicht?«

»Es ist mehr als okay. Ich liebe es, hier zu sein. Entspann dich und gibt dich dem Gefühl hin, dann wirst du es merken.«

»Entschuldige.«

»Entschuldige dich nicht. Denk nicht so viel nach.«

»Okay, entsch… okay.«

Es dauert zwei Minuten, bis Lelle das Spiel an dem Punkt wieder aufnehmen kann, an dem es unterbrochen wurde. Als Paula kurz vor dem ist, was sie für einen Orgasmus hält, was aber nur Teil von Lelles Plan ist, sie verrückt zu machen und in Ekstase zu versetzen, klingelt das Telefon.

»Dein Handy!«, stöhnt Paula.

»Das wird warten müssen«, murmelt Lelle und streicht mit den Händen Paulas Hüften entlang.

Das Klingeln erstirbt, die zweite SMS des Tages piept viermal, und Paula stützt sich auf den Ellbogen.

»Es tut mir leid, Lelle. Was möchtest du zum Frühstück essen?«

Lelle atmet einen Seufzer ein und ein resigniertes Lächeln aus. »Dich. Ansonsten Brot.«

Martin ist kurz davor zu zerspringen. Die Einzige auf der Welt, die das Problem verstehen, es drehen und wenden und ihn vielleicht ein bisschen beruhigen könnte, weigert sich sowohl auf SMS zu antworten, als auch ans Telefon zu gehen. Ganz sicher liegt sie noch im Bett, mit einer »Braut« im Arm, einem ihrer ekligen Snusbeutelchen neben sich auf dem Kopfkissen und Bieratem. Er weiß, wann sie ausschläft und wie sie am Vorabend feiert. Er hat die Verwüstung aus der Nähe gesehen. Jetzt erwägt er, sich in den Regionalzug zu setzen, in ihre Wohnung zu stiefeln, sie aus dem Bett zu zerren und ihr brüsk zu erklären, dass es sich um einen Notfall handelt. Stattdessen lässt er sich aufs Ledersofa sinken und öffnet eine Dose Bier, das aufgrund der Ereignisse am Vorabend zusammen mit den guten Weinen versteckt war. In Gedanken geht er das Gespräch noch einmal durch. In der Hoffnung, ein Detail verpasst zu haben – ein wesentliches Detail, das alles verändern könnte.

»Raus aus den Federn, Gemahlin!«, ruft Bror und versetzt Emma einen leichten Schlag mit dem Handtuch, das er eben noch um sich gewickelt hatte.

Emma zieht verschlafen eine Grimasse, ohne die Augen zu öffnen, und spielerisch schlägt er ein weiteres Mal zu. Sie lächelt das Lächeln, das er liebt – das Lächeln, das er teuflisch nennt.

»Wenn du mich weiter so provozierst, bist du derjenige, der den Hintern versohlt bekommt«, sagt sie mit amüsierter Stimme und wendet sich ihm träge zu.

Er steht nackt da und grinst und hält ihr das Telefon entgegen.

»Es ist deine Mama.«

Sie sperrt die Augen auf und läuft blutrot an. Am liebsten würde sie das Telefon gar nicht entgegennehmen.

»Hallo, Mama!«

Bror grinst noch immer und gibt ihr einen letzten Schlag mit dem Handtuch, ehe er nach nebenan verschwindet, um sich anzuziehen.

»Eigentlich ist es Bror, mit dem ich mal sprechen müsste«, sagt Eva, ohne durch ihren Tonfall anzudeuten, dass sie soeben belauscht hat, wie ihre frischverheiratete Tochter ihrem Mann androht, ihm den Hintern zu versohlen. »Aber ich weiß nicht, wie das Verhältnis zwischen ihm und seiner Schwester ist, also ist es vielleicht besser, wenn du ihn fragst.«

Emma hört ihrer Mutter zu und nickt hin und wieder.

»Ich werde ihn fragen«, sagt sie schließlich.

Sie legt auf, und Bror kommt zurück ins Zimmer.

»Dachte ich's mir doch, dass das leere Versprechungen waren«, sagt er mit einem spöttischen Lächeln. »Diese kleinen Hände – würden die es fertigbekommen, jemandem den Hintern zu versohlen?«

Emma sitzt nur still im Bett.

»Was ist los?«, fragt er schließlich und setzt sich neben sie. »Ist etwas passiert?«

Blitzschnell und mit funkelnden Augen dreht sie sich um und zieht ihn ins Bett hinunter.

»Nichts – außer dass mein Mann glaubt, er kann sich benehmen, wie er will!«

Beide Textnachrichten und der unbeantwortete Anruf sind von Martin. Lelle schluckt, als ihr für einen Moment bewusst wird, was sie da eigentlich treibt – einem Kumpel die Freundin zu klauen. *»Bros before hoes«* – »Bruder vor Luder«, sagt eine loyale Ghetto-Stimme in ihrem Kopf, und auch wenn sie sich selbst wohl kaum als einen »Bruder« bezeichnen würde und noch weniger Paula als »Luder«, ist da irgendwie etwas dran. Die zweite SMS ist verzweifelter als die erste – Martin verwendet sogar Großbuchstaben. Ich MUSS mit dir reden, BITTE ruf mich bald an, es geht um Paula, RUF MICH AN, sobald du das hier liest! Wenn es um Paula geht, bin ich wohl kaum die Richtige, um darüber zu sprechen, denkt Lelle und beißt sich in ihre falsche, betrügerische Lippe. Sie legt den Kopf in die Hände, während das Handydisplay mit Martins Nachricht ausgeht.

»Ich bin wirklich abgefuckt«, stöhnt sie Paula zu, die im Flur vor dem Spiegel sitzt und ihre Haare macht.

Paulas Haar ist ein einziger Knoten. Sie lächelt, als sie daran denkt, wie er zustande gekommen ist, wird aber ernst, als sie zu Lelle schielt. Sie sagt nichts darüber, wie faszinierend es eigentlich ist, dass die schwedische Grammatik sich das Partikelverb »abfucken« einverleibt hat und dass daraus mit »abgefuckt« ein neues Wort entstanden ist. Sie sagt gar nichts.

»Martin ist mein bester Kumpel. Ich würde ihm das nie, niemals antun, wenn ich dir nicht total verfallen wäre«, sagt Lelle.

Paula beschließt, sich die Haare kurzschneiden zu lassen.

»Total verfallen«, sagt Lelle, und die Süße dieser Worte verbreitet sich. »Bester Kumpel«, sagt Lelle, und Paula presst die Lippen zusammen.

»Er ist mein Freund«, sagt sie. »Ich hab es wohl übler vermasselt als du.«

Lelle tritt zu ihr an den Spiegel und wuschelt ihr mit der Hand durch die Haare, die Paula endlich in Ordnung gebracht hatte.

»Ist das hier etwas Ernstes?«, fragt Lelle. »Das, was wir hier treiben.«

Paula bekommt keinen Ton heraus.

»Ist es was Ernstes?«, wiederholt Lelle. »In dem Fall sollten wir es Martin erzählen.«

Paula kriegt kaum Luft, obwohl es überhaupt keinen Anlass dazu gibt. Sie ist es nicht gewohnt, solche Entscheidungen zu treffen. Nicht gewohnt, auf diese Weise im Fokus der Gefühle anderer zu stehen. *Schluss machen* ist das Letzte, von dem sie geglaubt hat, es jemals tun zu müssen. Sie hatte keine Ahnung, dass man es so deutlich im Bauch spüren würde.

»Ich muss zum Friseur«, sagt sie schließlich.

Paula kann er nicht anrufen. Seine Mutter kann er nicht anrufen; sie ist ohnehin schon völlig aufgewühlt. Camilla wäre überglücklich, wenn er sie anrufen würde, um zu reden, aber ihr gegenüber wäre es ihm kolossal unangenehm, von seiner Vorliebe für halbe Gliedmaßen zu erzählen und von der fürchterlichen Sache, die ihm seine Mutter vor wenigen Stunden berichtet hat. Er kann niemandem davon erzählen, der es nicht schon weiß.

»Lelle, verdammt noch mal!«, stöhnt er und erreicht zum elften Mal ihre Mailbox.

Dann setzt er sich ins Auto.

Kapitel 21

Er ist bereits drei Kilometer von Huddinge entfernt, als ihm einfällt, dass er Bier getrunken hat und nicht Auto fahren sollte. Das erscheint ihm überraschend belanglos. In seinem Kopf spielt sich das Gespräch vom Vortag immer und immer wieder ab, manchmal von Anfang bis Ende und manchmal indem sich derselbe Satz so lange wiederholt, bis Martin sich unsicher ist, wie sein Wortlaut eigentlich war. Auf beiden Seiten der Straße rauschen Telefonmasten und für den Frühling bereite Spielplätze vorbei, und dann ist er wieder zurück in der Küche mit Mama Pernilla.

»Diese Geschichte zu erzählen ist nicht leicht«, sagt Pernilla und saugt an ihrer gelben Blend-Zigarette. »Wirklich nicht. Das Nikotin macht es weder besser noch schlechter. So ein hübsches Sofa übrigens. Du hast richtig Stil, mein Junge. Und Finesse – Stil und Finesse. Ich weiß gar nicht, wo du das her hast, das muss ein Gen sein, das eine Generation übersprungen hat, so wie mit Zwillingsgeburten.«

»Ich war also drei Jahre alt«, sagt Martin. »Was ist passiert?«

»Als du zwei warst, hatte ich eine lächerliche Romanze mit einem Mann namens Charlie. Keine Ahnung, ob er tatsächlich so hieß. Während dieser Zeit war vieles chaotisch, dein Papa war völlig mit seiner Arbeit beschäftigt, und ich saß da mit meinen leergemelkten Hängetitten, das hättest du lieber nicht wissen wollen, schon klar. So war es jedenfalls. Und ich hatte schon damals ein Alkoholproblem, das hätte ich zu der Zeit niemals zugegeben, aber ich habe während der gesamten Schwangerschaft heimlich gesoffen.«

»Aber ich war doch schon auf der Welt?«

»Ich glaube, wir setzen uns wieder auf dein schickes Sofa.«

Lelles halber Küchentisch ist übersät mit Filmrezensionen auf liniertem Collegeblock-Papier. *Der Film war gut, weil er davon handelt, dass man seinen Träumen folgen und das machen soll, was man will, obwohl nicht alle wollen, dass man das macht, was man will und seinem Traum folgt*, steht darin. Und: *Der Film war total für ’n Arsch (ENTSCHULDIGE, LELLE, ABER DAS WAR ER), weil Helena Bergström darin mitgespielt hat, aber davon abgesehen war er ganz okay, aber ehrlich gesagt glaube ich, er ist eher was für Mädchen.* Auf der anderen Seite des Tisches platziert Paula ihre Kaffeetasse auf einem der Glasuntersetzer, die Lelle von der Mutter ihrer ersten Freundin bekommen und noch niemals benutzt hat.

»Es gibt ein System«, sagt Lelle entschuldigend – und charmant, wie sie hofft. »Hier liegen alle korrigierten, hier alle noch nicht korrigierten und hier all die, über deren Note ich noch nicht entschieden habe … Bei denen, die hochkant zwischen zwei Stapeln liegen, steht die Bewertung schon so halbwegs fest, und zu denen, die quer liegen, aber im gleichen Stapel, muss ich noch Kommentare schreiben.«

Paula sagt nichts. Ihr Schweigen zieht ständig wie ein Gummiband an Lelles Gedanken. *Was denkt sie?* Lelle sieht sich um. Auf der Fensterbank liegt ein Stapel ungeöffneter Post und Werbung von einer Pizzeria; auf dem Fußboden sammeln sich vertrocknete abgefallene Blätter ihrer Zimmerpflanzen. Paula würde es nie so weit kommen lassen, und sie sitzt immerhin im Rollstuhl. Lelle schluckt.

»Morgen werde ich Großputz machen«, sagt sie eifrig.

Vielleicht ein bisschen zu eifrig. Paula sieht von ihrer Kaffeetasse auf und misst sie mit ihrem Blick. Dann schaut sie wieder in ihren Kaffee hinunter.

»Ich glaube, es könnte etwas Ernstes sein«, flüstert sie.

Lelle denkt zunächst, sie habe sich verhört. Dann verbreitet sich ein Lächeln über ihr ganzes Gesicht.

»*Baby!*«, sagt sie mit Nachdruck.

Martin biegt in die Einfahrt ein, die zu Lelles Haus führt. Mit einer Hand am Lenkrad ruft er noch einmal auf ihrem Handy an, aber niemand antwortet. Wenn sie nicht zu Hause ist, wartet er so lange vor ihrer Tür, bis sie kommt, weil er jetzt gerade einen Kurzschluss hat und eine Stimme von außen braucht, die ihm sagt, dass er bloß weiterzuatmen braucht und sich das Leben dann glätten lässt wie ein zusammengeknülltes Blatt Papier. Lelles Stimme – nicht die seiner Mutter, die noch immer in seinem Kopf widerhallt.

Seine Mutter schlürft ihren erkaltenden Tee und trommelt mit den Zeigefingern an die Tasse. Das gedämpfte Geräusch von Fingerspitzen auf Porzellan.

»Charlie war Engländer, das hat er jedenfalls gesagt, und

ich wurde schwanger. Also nicht nur, weil er Engländer war, sondern weil ich vernebelt und bescheuert war. Als der Bauch anfing zu wachsen, verschwand er so schnell er konnte zurück nach England oder woher auch immer er eigentlich kam. Ich ignorierte die Sache, bis es zu spät für eine Abtreibung war, und plötzlich saß ich da und musste Uffe erklären, wie ich zu einem hellbraunen Kind gekommen war.«

Sie schnieft geräuschvoll und starrt an die Decke, wie sie es immer macht, wenn sie ihre Tränen zurückhalten will. Martin nimmt ihre Hand. Das, was er da erfährt, haut ihn beinahe um, aber er wartet noch damit, es richtig in sich aufzunehmen, bis er die ganze Geschichte gehört hat.

»Es war also meine Schuld, dass Uffe abgehauen ist«, sagt sie. »O Gott, eine Alki-Frau, die missgebildete Kinder mit anderen Vätern zeugt – wer wäre da nicht abgehauen?«

Er will sie gerade trösten und sagen, dass es die Entscheidung seines Vaters gewesen ist, die ganze Familie im Stich zu lassen, auch ihn selbst, als ihre Worte nachklingen und er hört, was er beim ersten Mal nicht gehört hat. Ein grauenvoller Verdacht überkommt ihn wie ein Blitzschlag. Sie seufzt lange und zitternd, ehe sie fortfährt.

»Sie wurde ohne Beine geboren, Martin. Ich frage mich, ob nicht ich es war, die sie weggesoffen hat. Kann das sein?«

Martin ist übel. Er hält die Hand seiner Mutter und weiß nicht, ob er sie unendlich fest drücken oder von sich schleudern will. Er will nicht, dass sie weitererzählt, will nicht, dass sie sagt, dass seine Schwester jetzt achtundzwanzig Jahre alt ist und dass sie nicht weiß, wo sie wohnt, aber dass sie irgendwo ist und hellbraune Haut und keine Beine hat.

»Du warst noch so klein«, sagt Pernilla. »Aber du mochtest sie so gerne. Wenn sie schrie, hast du ihr die Wangen

und den Bauch gestreichelt, obwohl du noch so klein warst, und manchmal hat sie dann mit dem Schreien aufgehört. Ich habe Janne gefragt, ob sich seine Familie um sie kümmern könnte, aber er hatte ja selbst schon genug um die Ohren. Er hat zwar letztlich doch ja gesagt, aber da hatte ich die Adoptionspapiere schon unterschrieben.«

Emma sitzt auf der Toilette. Sie legt den Kopf in den Nacken und sieht an die blendend weiße Decke hinauf. Keine feuchten Flecken wie in ihrem früheren Badezimmer. Kein grüner Schimmelrand um den Duschkopf. Sie lächelt. »Jetzt fangen die Flitterwochen an und hören nie mehr auf«, sagte sie zu Bror, als sie in der Hochzeitsnacht genau richtig angetrunken ins Bett krabbelten, und bisher sieht es so aus, als würde es stimmen. »Mmm«, sagt sie laut, obwohl niemand zuhört. Die Hochzeit und die Torte, die sie in letzter Minute umtauschen mussten, weil Brors Papa allergisch gegen Erdbeeren ist; ihre stolzen Eltern, die noch immer verliebt ineinander sind; alle, die getanzt haben, um die Liebe zu feiern. »Die Liiiebe«, hatte sie Bror erklärt, und er hatte den Mund auf seine weiche kontrollierte Art zu einem Lächeln verzogen. Mama hat ja heute angerufen, fällt ihr plötzlich ein. Es ging um Brors Schwester und war wichtig. Nicht vergessen, stempelt sie in ihr Gehirn, damit sie sich daran erinnert, wenn ihr Mann heute Abend nach Hause kommt. »Mein Mann«, sagt sie zum Waschbecken. Das Wort fühlt sich gut an in ihrem Mund – damit gurgelt man gerne eine Weile. »Nein, er ist nicht mein Freund, er ist mein Mann. Ja, wir sind verheiratet – wir haben gerade vor ein paar Wochen geheiratet. Nein, wir haben nicht vor, schon Kinder zu bekommen, aber ich drücke jeden Abend seine Mitesser aus, bevor wir ins Bett gehen, wenn wir jetzt intim werden wollen.« Sie lächelt erneut. Es geht ihnen wirklich gut. Also fast zu gut. Sie zuckt zusammen und tastet ihre Brust gründlich ab. Auch heute keine Knoten.

Martin hört Geräusche in Lelles Wohnung. Dann ist sie jedenfalls zu Hause, selbst wenn er vielleicht ungelegen kommt und ihr die Romanze der Woche versaut. Das hier ist wichtiger, und das wird sie verstehen. Er klingelt und fühlt sich jetzt endlich ein kleines bisschen entspannt. Lelle ist wirklich genau, was er jetzt braucht. Sie sieht seltsam aus, als sie die Tür öffnet.

»Hallo, Martin«, sagt sie.

Er weiß nicht, ob er selbst alles in einem Zerrspiegel sieht oder ob sich Lelle wirklich noch merkwürdiger benimmt als sonst, aber selbst als er versucht, rational und nüchtern zu sein, fällt ihm nicht ein einziges Treffen ein, bei dem Lelle ihn mit seinem Namen begrüßt hat.

»Hallo, Lelle«, sagt er.

Lelle steht noch immer in der Tür.

»Darf ich reinkommen?«

Lelle nickt kurz und lässt ihn wortlos in den Flur. Plötzlich meint er Paulas Duft zu riechen, aber das ist ganz sicher seiner Verwirrung geschuldet. Oder aber Lelle verwendet das gleiche Shampoo. Lelle geht in die Küche und bedeutet ihm, ihr zu folgen.

»Was verschafft mir die Ehre?«, fragt sie, und ihre Stimme klingt fast wie sonst, aber eben nicht ganz.

Oder er ist im Begriff, verrückt zu werden – das wäre jedenfalls vollkommen verständlich. In der Küche riecht es nach Kaffee, und auf dem Tisch liegt einer der Glasuntersetzer, die nur er selbst benutzt, niemals Lelle.

Martin wirkt abgestumpft, fast abwesend. Oder Lelle

selbst ist es, die die Stimmung negativ beeinflusst – es ist nicht gerade leicht, vor sich hin zu plaudern, wenn man jedes Mal, wenn man den Mund aufmacht, eine Wahl treffen muss. Sie sollte die Karten jetzt sofort auf den Tisch legen. Ey Mann, es tut mir leid, aber ich habe mich in deine Freundin verliebt und sie scheint mich auch zu mögen. Sie öffnet den Mund, ohne zu wissen, was sie sagen soll.

»Ich weiß nicht, wo ich anfangen soll«, sagt Martin. »Ich muss wirklich reden.«

Lelle macht den Mund wieder zu. Martin sieht wirklich schlimm aus. Vielleicht muss er nicht wissen, dass Paula die Wohnung vor zehn Minuten verlassen hat. Nicht gerade jetzt.

»Willst du einen Kaffee?«, fragt sie.

»Hast du ein Bier da?«

Fünfundvierzig Minuten später sitzt Lelle, die Ellenbogen auf die Tischplatte gestützt, das Kinn in den Händen, da.

»Verdammt!«, sagt sie langsam.

Martin nickt.

»Ich kriege meine Gedanken nicht sortiert«, sagt er und öffnet das vierte Bier an diesem Tag. »Ich habe etwas mit meiner eigenen Schwester angefangen …«

»*Vielleicht* deine Schwester.«

»Ich hatte Sex mit ihr, kapierst du? Ich dachte, ich müsste kotzen, als ich begriff, wie alles zusammenhängt.«

Lelle schneidet eine Grimasse.

»Jetzt beruhige dich mal«, sagt sie schließlich. »Immerhin ist sie nicht schwanger. Und geheiratet habt ihr auch nicht.«

Martin nickt und wird von der Erkenntnis getroffen, dass Ersteres keineswegs stimmen muss. Sie haben nicht verhütet – sie könnte sehr wohl schwanger sein. *Warum bloß haben sie nicht verhütet?* Scham und Schuld schlagen in riesigen Wellen über ihm zusammen. Meine eigene Schwester. Es klingt noch schlimmer, wenn er es laut sagt. Er sollte gehängt werden. Oder gesteinigt. Steinigung klingt passender.

»Und die Sache mit dem Fetisch … Denk da nicht zu viel drüber nach – es ist ein Fetisch und du stehst drauf, Punkt.«

»Was meinst du?«

»Sag nicht, dass du daran nicht gedacht hast. Du hast eine kleine Schwester, die du megagern hast, sie hat keine Beine, sie verschwindet, du wirst älter und irgendwann in der Pubertät entdeckst du, dass du auf Schnecken ohne Beine stehst …«

Martin will im Erdboden versinken. Gesteinigt werden, im Erdboden versinken und aus der Weltgeschichte verschwinden. Vielleicht ein bisschen in irgendeiner Hölle brennen, ungefähr so wie seine Wangen jetzt gerade brennen. Das, was Lelle da sagt, hatte er gedanklich bis dahin noch nicht einmal gestreift, aber jetzt ist es plötzlich, als würde sein gesamtes Leben klar, als offenbare sich sämtlicher Schmutz, und der ist schmutziger, als er je geahnt hat. Alles, was noch von der Welt übrig ist, bricht zusammen. Bloß Lelle auf einem Stuhl ist noch da.

»Verdammt noch mal …«, stöhnt er.

»Du sollst nicht grübeln, hab ich doch gerade gesagt! Was spielt es für eine Rolle, worauf du stehst, wenn du darauf stehst? Was spielt es für eine Rolle, warum du darauf stehst? Komm, wir setzen uns aufs Sofa und schauen uns irgendwas Hirntotes in der Glotze an.«

Er folgt ihr wie ein Zombie und ist angetrunken, obwohl es noch nicht mal zwei Uhr am Nachmittag ist. Lelle stellt den Fernseher an, und die Bilder einer zehn Jahre alten amerikanischen Talkshow beruhigen seinen nervösen Blick. Es fühlt sich schön an, von der sorgenfreien Plastikwelt da draußen eingenommen zu werden, aber die Scham verlässt ihn nicht, und die Angst schnürt seine Kehle immer weiter zu. Er weiß nicht, was schlimmer ist: dass er Sex mit seiner eigenen Schwester hatte oder dass er bei dem Gedanken an Frauen ohne Beine einen Ständer bekommt, weil er seine Schwester als kleines Mädchen so gerne mochte.

»Als ich jünger war, hab ich mich für meine sexuelle Neigung geschämt«, sagt Lelle und stellt den Fernseher leiser. »Das bringt einen verdammt noch mal um, wenn man nicht beschließt, es auf andere Weise zu betrachten.«

»Du hast leicht reden – deine Neigung besteht ja nicht darin, dass du geil auf deine eigene Schwester bist!«

»Ach, ich kann doch lesbisch sein, weil meine Mutter eine Frau ist. Was hältst du davon? Meine *stuck-up* prächtige verdammte Hetero-Mama – heute wäre sie nicht meine erste Wahl, aber wer weiß? Oder ich bin lesbisch, weil mein Bruder so schleimig ist. Wer zur Hölle weiß das schon? Oder es ist einfach ein unheimlicher Zufall, dass du gerade darauf stehst, oder … Ach, ich weiß auch nicht, aber ist das wirklich so wichtig? Du stehst auf sie und sie stehen vermutlich auf dich, ihr seid alle erwachsene Menschen, niemand wird verletzt, und sie haben ein Sahneschnittchen, das sie der Verwandtschaft präsentieren können. Dir ist doch klar, dass du ein Sahneschnittchen bist?«

Martin macht ein resigniertes Gesicht. Ihm ist völlig egal, ob er ein Sahneschnittchen ist oder nicht, aber Lelles Worte helfen ein bisschen.

»Ich weiß nicht, was ich Paula sagen soll«, erklärt er und starrt auf einen Punkt hinter dem Fernseher. »Aber das macht vielleicht gar nichts. Sie hat sich ohnehin schon seit Ewigkeiten nicht mehr gemeldet.«

Gegen Mitternacht liegt Martin zusammengerollt auf dem Sofa, in Lelles beste Wolldecke gehüllt. Er sieht aus wie ein Penner, denkt sie mitfühlend. Ihr wundervoller Freund auf ihrem Sofa, mit roten Augen und Bier und Scham und Angst ausdünstend.

»Es wird sich alles finden«, sagt sie und wuschelt ihm durchs Haar.

Der Klingelton eines Handys schrillt durch die Stille, und Martin öffnet die Augen. Lelle wirft einen Blick auf das Display, und ihr Magen zieht sich zusammen. *Paula*, blinkt es auf dem Bildschirm. Lelle steht ratlos mit ihrem klingelnden Telefon in der Hand da. *Bros before hoes*. Sie weist das Gespräch ab.

»Wer war das?«, fragt Martin.

»Bloß ein alter Flirt.«

Er lächelt vage.

»*Last week's news?* Du bist eine Herzensbrecherin, Lelle, hat dir das schon mal jemand gesagt?«

Sie schluckt.

»Ich geh' ins Bett. Weck mich, wenn was ist.«

»Mach ich. Du bist meine beste Freundin, Lelle. Danke, echt.«

Kapitel 22

Lelle hat sich seit mehreren Tagen nicht gemeldet. Paula hat Lelle ihr Herz und ihre Seele geöffnet und ihr erzählt, dass sie echte Gefühle für sie hegt, und Lelle stellt ihr Handy ab. So ist es eben, Paula, denkt sie, während sie Adverbien und Präpositionen auf zwei sauber voneinander getrennte Tabellen verteilt. Die aufgenommenen Cassetten und die Flure in der Universität sind wirklich, der Rest ist ein Traum und das Leben einer Anderen. Als sie an Lelles Küchentisch saß und sich selbst dazu zwang, die Worte auszusprechen, wusste sie bereits, dass es ein Fehler war. Es klopft an der Tür, und ihr Herz boxt sie ohne Vorwarnung von innen, aber es ist nicht Lelle.

»Ich hoffe, ich störe nicht«, sagt Professor Svedgården. »Ich wollte nur fragen, ob du eine Kopie der Folie, die du im Seminar verwendet hast, für den Tageslichtprojektor besitzt. Ich weiß, du hast sie ins Netz gestellt, aber ich komme nicht in das neue Datensystem.«

Paula nickt und öffnet eine Schreibtischschublade. An der Universität gibt es ständig neue Datensysteme und sie funktionieren nie. Sie reicht Svedgården die Kopie, aber er rührt sich nicht vom Fleck.

»Ist alles, wie es sein soll?«, fragt er.

»Ja«, antwortet Paula und presst ein Lächeln hervor. »Brauchst du sonst noch etwas?«

»Nein, nein, das hier ist perfekt. Danke.«

Er verlässt ihr Büro und macht die Tür halb zu. Er schließt

die Tür nie richtig, der Svedgården. »Ist alles, wie es sein soll?«, hat er gefragt, und als Paula in Gedanken antwortet, tut sie es mit Lelles Stimme: Wie zur Hölle soll es denn sein?

Emma wäscht gerade ab, als Bror von der Arbeit kommt. Sie beobachtet, wie das Auto auf den Parkplatz fährt, der aussieht wie alle anderen Parkplätze ringsum, der jedoch ihnen gehört. Es ist sein Geschirr, das sie spült – eigentlich wäre er mit dem Abwaschen dran. Aber sie weiß, dass seine Geschirrspültage mit getrockneten Essensresten und schmierigen Tellerunterseiten enden, außerdem wäscht sie gerne ab. Bror öffnet die Tür ihres gebrauchten Saab, und plötzlich fällt ihr das Telefonat mit ihrer Mutter wieder ein. Sie hat ganz vergessen, mit ihm darüber zu sprechen, und seitdem sind schon mehrere Tage vergangen. Sobald er durch die Tür kommt, wird sie ihn auf einen Stuhl setzen und ihm die Neuigkeiten erzählen. Wenn das, was ihre Mama Eva sagt, stimmt, dann ist das ein ziemlicher Hammer. Bror geht um das Auto herum und öffnet den Kofferraum. War er auf dem Heimweg einkaufen? Aus dem Auto hüpft das Süßeste, das Emma je gesehen hat, ein neun Wochen alter Jack-Russell-Welpe mit braunen Schlappohren. Sie lässt das Geschirr Geschirr sein und stößt einen Freudenschrei aus, obwohl niemand sie hören kann. Was auch immer sie Bror sagen wollte, wenn er zur Tür hereinkommt, es kann sicher warten.

»Du wirkst niedergeschlagen«, stellt Camilla fest.

Martin zieht eine Grimasse.

»Ach, du weißt schon«, sagt er, obwohl sie natürlich nicht weiß.

»Ist was mit deiner Freundin?«, fragt Camilla, und er versucht den hoffnungsvollen Tonfall in ihrer Stimme zu ignorieren.

»Unter anderem.«

Camilla legt ihm die Hand auf die Schulter.

»Ja, Beziehungsstress ist anstrengend«, sagt sie. »Sag Bescheid, wenn du darüber reden willst. Ich bin da.«

Martin sieht ihr in die Augen. Sie hat schöne Augen, vielleicht ein bisschen zu viel Mascara für seinen Geschmack, aber schön sind sie definitiv.

»Danke«, sagt er.

»Ich hab gesehen, dass wir zur selben Zeit Urlaub haben, du und ich ... Hattest du dabei irgendwelche Hintergedanken?«

Sie zwinkert ihm zu, und er weiß nicht, ob sie versucht, ihren Vorteil daraus zu ziehen, dass er angeschlagen ist, oder ob sie ihm nur das Gefühl geben will, dass alles wie immer ist, aber was sie auch im Schilde führen mag, es hilft jedenfalls ein bisschen.

»Nur wenn du vorhast, auf die Malediven zu fliegen und einen Tauchschein zu machen«, antwortet er.

Das mit den Malediven hat er sich gerade ausgedacht, aber warum nicht?

»Wenn du nicht aufpasst, werde ich genau das tun«, erwidert Camilla und hebt die Augenbrauen.

Er lächelt ein wenig, als sie sich umdreht und eine Palette Sofiero in den Laden hinausbringt. Kaum zu sehen und ziemlich bitter, aber es ist das erste Lächeln, seit seine Mutter ihm von Paula erzählt hat. Camilla ist hübsch – es kommt vor, dass die Jungs an ihrer Kasse Schlange stehen, während die anderen Kassen leer sind. Als sie aus dem Laden ins Lager zurückkommt, sieht er sie an und versucht sie sich nackt im Bett vorzustellen. Posierend, mit gespreizten Beinen, ganz entspannt, unter der Decke, auf dem Küchentisch, in der Dusche. Nichts geschieht. Sie ist zu vollständig.

»Verdammte Scheiße«, murmelt er.

Eigentlich ist er egoistisch. Paula hat sich zwar nicht gemeldet, aber er weiß, wer ihre Mutter ist, und kontaktiert sie trotzdem nicht. Paula hat ein Recht, es zu erfahren. Seine inzestuöse Perversion ist sein Problem. Er wird es Paula erzählen und dann einen Psychologen anrufen.

Lelle räumt unter dem Sofa auf. Das hat sie zuletzt vor einem halben Jahr getan, und es kann nur ein Auswuchs totaler Verwirrung sein, denkt sie und verzieht ironisch das Gesicht. Paula hat ihr am Montag eine SMS geschickt, aber als Lelle nicht geantwortet hat, hat sie keine weiteren mehr geschrieben. Man kann ihr nicht vorwerfen, dass sie anhänglich wäre. Unter dem Sofa findet Lelle ein Päckchen Kaugummi von Lina, aber keine Spur von Paula. Sie ist zu ordentlich, denkt Lelle und lächelt. Diese verdammte strenge Doktorandin – nicht mal eine alte Socke kann sie hinterlassen. Sie setzt sich aufs Sofa. Plötzlich muss sie lachen. Paula hat keine Socken, wird ihr klar – keine zu Hause in den Schubladen ihrer Kommode und keine, die sie unter anderer Leute Sofa vergessen könnte. Sie weiß nicht, was daran so lustig ist, aber sie prustet vor Lachen über ihre eigene Entrüstung angesichts der nichtvorhandenen vergessenen Strümpfe. Gleich darauf muss sie sich die Nase putzen. Verdammt, Lelle, du weinst ja.

Kapitel 23

Martin und Lelle gehen zur Universität. Schritt für Schritt, eins zwei, eins zwei. Lelle hält die Luft an, bis ihr einfällt, dass sie atmen muss, um leben zu können, dann hält sie die Luft wieder an, und so geht es die ganze Zeit. »Bitte«, hat Martin gefleht, »du bist meine beste Freundin. Bitte komm mit, ich schaffe das nicht allein, und du bist die Einzige, die alles weiß.« Lelle schluckt, ihr Hals ist wie zugeschnürt – *atmen, Lelle, atmen.* Die Einzige, die alles weiß, ist sie, damit hat Martin ja recht. Er weiß gar nicht, wie recht er hat. Sie würde lieber auf ihre eigene Beerdigung gehen, als zusammen mit ihm zur Uni. Aber hier sind sie, Seite an Seite, eins zwei, eins zwei. Mit jedem Schritt ein Stückchen näher.

Gut, dass er Lelle dabei hat. »Ich muss es ihr erzählen«, hat er sie zu überreden versucht. »Ich kann sie nicht in Ungewissheit darüber lassen, wer ihre richtige Mutter ist. Wenn du darüber nachdenkst, dann verstehst du, dass sie es wissen muss. Und du musst mitkommen, sonst schaffe ich das nicht.« Und Lelle sah geplagt aus, kein Wunder, aber schließlich gab sie nach. Jetzt geht sie mutlos, aber Sicherheit ausstrahlend neben ihm her, und er wird Paula erzählen, dass sie Geschwister sind. Dass er weiß, wer ihre Mama ist, dass Pernilla eine etwas verlorene Seele, aber im Grunde ein guter Mensch ist und dass ihr Papa vielleicht Charlie heißt. Er legt eine Hand auf Lelles Schulter und drückt sie, um sich Kraft zu holen – oder vielleicht zu geben. Lelle ist stocksteif.

Lelle ist ihr eigentlich egal, beschließt Paula, während sie das Inhaltsverzeichnis dessen aktualisiert, was ihre Doktorarbeit werden soll. Das hat sie jetzt eineinhalb Wochen lang mehrmals täglich beschlossen, und es funktioniert gut. Auf diese Weise braucht sie auch nicht über all die anstrengenden Dinge nachzudenken, die Lelle mit sich bringt – das, was sie als »lesbisch« zwangskategorisiert; das, weswegen sie entweder ihre Freundin verleugnen oder jedes Mal einen privaten CSD veranstalten müsste, wenn jemand nach ihrer Familie fragt. Es ist besser so, denkt sie und schreibt *3.2.2 Die Wortarten der Partikel* ins Inhaltsverzeichnis. Es klopft an der Tür, und da steht Lelle. Um sie herum leuchtet, vibriert es. Ich liebe dich, denkt Paula überrumpelt und entscheidet sich. Wenn es jedes Mal, wenn die Leute fragen, einer Pride-Parade bedarf, dann soll es eine Pride-Parade geben.

Es sind übrigens Lelle und Martin, die da stehen. Martin entdeckt sie erst, nachdem sie errötet ist und sich geräuspert hat. Da wird sie noch einmal rot und wünscht sich, durch alle fünf Stockwerke hindurch im Erdboden zu versinken, weil sie genau weiß, warum sie hier sind. Widerwillig bittet sie die beiden, sich zu setzen. Lelle und Martin auf den Besucherstühlen, sie auf der anderen Seite des Schreibtisches. Wie ein schützender Schild.

Martin atmet zitternd ein. Er kann es genauso gut gleich erzählen. Er schluckt und nimmt noch einmal Anlauf.

»Es tut mir so leid, Martin«, sagt Paula. »Es tut mir so fürchterlich leid. Es ist einfach passiert.«

Er sieht verwirrt auf. Weiß sie es schon? Hat sie es die ganze Zeit über gewusst? Und dann die Wortwahl. Es tut ihr leid? Neben ihm schüttelt Lelle den Kopf.

»Nein, Paula«, sagt sie, sichtlich bedrückt. »Wir sind nicht deswegen hier.«

»Oh«, sagt Paula und läuft zum dritten Mal blutrot an.

Martin blickt von Lelle zu Paula und dann wieder zu Lelle.

»Wie jetzt?«, fragt er einfältig.

»Ich habe mich in Lelle verliebt.«

Martin schaut sie stumm an.

»Ich dachte, sie hätte es dir erzählt und dass ihr deshalb hergekommen seid.«

Jetzt, wo sie einmal angefangen hat, kann sie nicht mehr aufhören.

»Ich bin in Lelle verliebt«, sagt sie noch einmal, obwohl sie sieht, wie weh ihm das tut.

Martin sieht Lelle an, die eine Grimasse schneidet und mit einem Schulterzucken signalisiert, dass es wahr ist; Paula jubelt innerlich – trotz der gedrückten Stimmung jubelt sie, weil sie es zum ersten Mal jemandem erzählt hat und die Welt nicht untergegangen ist. Lelle und sie sehen sich an, und sie kann Lelles Blick nicht deuten, aber sie sieht, dass ihre Wangen weich sind und dass sie abends in der Höhle zwischen Lelles Hals und ihren Schultern einschlafen und morgens dort aufwachen will. Lelle wendet sich Martin zu.

»Wir wussten nicht, wie wir es dir sagen sollen«, meint sie. »Es ist einfach passiert.«

Martin schluckt. »Was ... ist einfach passiert?«

»Willst du Details?«, fragt Lelle und bereut es in dem Moment, in dem die Worte aus ihrem Mund kommen.

»Fahr zur Hölle!«

»Wir haben nicht vor, uns weiterhin zu sehen«, sagt Lelle und sieht zu Paula hinüber.

Paulas Gesichtsausdruck verändert sich nicht, aber in ihren Augen sieht Lelle die Wirkung ihrer Worte. Es tut weh, bis tief in sie hinein.

»Fahr zur Hölle!«, sagt Martin wieder.

»Es war wirklich fast gar nichts bis vor kurzem. Wir wollten es dir erzählen, aber wir wussten noch nicht einmal, ob es was zu erzählen gibt.«

Sie sieht, wie Paula schluckt, als sie »fast gar nichts« sagt. Verdammt. Martin schluckt eine Sekunde später, und Lelle fällt wieder ein, warum sie eigentlich gekommen sind.

»Martin, schau mich an. Worüber bist du wütend? Darüber, dass ich nichts gesagt habe? Darüber, dass ich was mit deiner Freundin hatte? Oder mit deiner ...?«

Sie sieht das Chaos in Martins Augen und weiß, dass er die Antwort nicht kennt. Er steht auf.

»Ich hole mir ein Glas Wasser«, sagt er mit rauer Stimme.

Martin weiß, wo es Wasser gibt. Im Spülbecken stehen zwei schmutzige Tassen mit Kaffeerändern, und er spült sie automatisch ab. Lelle hätte etwas sagen können. Lelle, auf die man sich immer verlassen kann – sie hätte wirklich etwas sagen können. Paula war ein scheuer Vogel, seit er sie kennengelernt hat, aber Lelle ... *Meine Schwester*, dachte er überrascht, als sie ins Büro kamen und er nicht mehr länger in sexuellen Bahnen denken konnte, wenn es um Paula ging. *Familie, Blutsbande, gemeinsame Weihnachtsfeste*, dachte er, und trotzdem war er plötzlich maßlos eifersüchtig, als er erfuhr, dass Lelle und sie eine Art Romanze miteinander angefangen hatten. Weil ich Angst um Paula habe, denkt er jetzt, weiß jedoch, dass das nur ein Bruchteil der Wahrheit ist. Er atmet tief ein und hält die Luft an, als tauche er im Wasser unter. Die Fragen in seinem Kopf lösen einander ab, ehe sie abgeschlossen sind. Als er wieder ausatmet, kommt ihm die Antwort. Familie, Blutsbande und gemeinsame Weihnachtsfeste. Und Paula hat ein Recht, das zu erfahren.

»Er ist mein bester Freund«, sagt Lelle.

Paula sitzt regungslos da.

»Ich habe ihn bereits enttäuscht«, fährt Lelle fort. »Ich bin ... ich kann nicht beschreiben, welche Gefühle du in mir auslöst, aber es geht nicht anders. Du wirst verstehen warum.«

Paula sagt noch immer nichts. Lelle reißt sich zusammen, um sich nicht quer über den Schreibtisch zu werfen und sie fest, fest in die Arme zu schließen. Es war vermutlich ein Fehler, überhaupt irgendetwas über Gefühle zu sagen. Es wäre besser für alle gewesen, wenn sie gar nichts gesagt, Paula mit gebrochenem Herzen verlassen und sie von ihrem eben gefundenen Bruder hätte trösten lassen. Sie gehört nicht zwischen zwei Geschwister, die bereits lange genug getrennt voneinander waren. Und dennoch hat sie nicht einmal die Hälfte dessen gesagt, was sie empfindet, wie tief sie das alles berührt. Das weiß sie wohl nicht einmal selbst. Paulas Augen glänzen, marmoriert. Gleich wird sie etwas Wichtiges sagen, denkt Lelle. Irgendetwas, das alles zurechtrückt und in Ordnung bringt, etwas, das über jede noch so unüberwindbare Mauer dringt und uns alle in ein glückliches Dreiergespann verwandelt.

»Okay«, sagt Paula.

Martin setzt sich wieder auf Paulas Besucherstuhl. Er muss sich dazu zwingen. Neben ihm sitzt Lelle, von der er nicht weiß, ob er sie noch länger kennt; ihm gegenüber sitzt Paula, die erst seine Freundin war und dann zu seiner Schwester wurde und der er fürchterliche inzestuöse Neuigkeiten zu überbringen hat. Draußen vor dem Fenster gibt es möglicherweise Gras und Bäume und Autos, aber das ist keineswegs sicher. Er atmet tief ein, spürt, dass er allen Mut gesammelt hat, den er besitzt, stabilisiert alle Nerven, die man nur stabilisieren kann, jetzt oder nie. Und gerade dann klingelt das Telefon.

»Ja … Ja, das bin ich … ja … nein … ach so …«, sagt Paula.

Lelle sieht Martin an.

»Wenn du es ihr jetzt nicht erzählst, musst du zurückkommen und es später tun«, sagt sie mit gedämpfter Stimme. »Und du wirst heute Nacht nicht schlafen können. Nicht dass du das nicht sowieso nicht können wirst. Ich verstehe, wenn du mich nie wieder sehen willst.«

»Aber gerade jetzt ist Paula am wichtigsten«, antwortet Martin und nickt unmerklich.

Paula legt den Hörer auf. »Entschuldigt«, sagt sie. »Das war jemand von einer Zeitschrift für Linguistik. Die wollen, dass ich einen Artikel für sie schreibe.«

»Ist das nicht super?«, fragt Lelle.

»Ich weiß nicht«, antwortet Paula und lächelt leicht. »Es ist vor allem ein Haufen Extraarbeit.«

Für einen kurzen Moment ist die Stimmung überraschend normal.

»Ich muss dir was erzählen«, sagt Martin dann.

»Du mir auch?«

»Ja«, sagt Martin und sieht kurz zu Lelle hinüber.

Unter dem Tisch legt Lelle ihre Hand auf seine. Egal was passiert ist, er braucht eine Hand auf seiner, wenn er das hier durchstehen soll. Das Telefon klingelt erneut.

»Ja … Hallo … ja … was?«, sagt Paula.

»Ich weiß nicht, ob ich das schaffe«, flüstert Martin.

»Du schaffst absolut alles«, versichert Lelle ihm.

Paula legt den Telefonhörer auf und betrachtet sie einige Sekunden lang.

»Das war mein Adoptivbruder«, sagt sie schließlich und sieht auf. »Er hat meine Mutter gefunden.«

Kapitel 24

Es ist so gut wie Sommer, und die Kinderwagen sind jetzt ernsthaft erwacht. Sie sonnen sich auf sämtlichen Terrassen, rollen breit die Bürgersteige entlang und erinnern daran, dass es draußen warm und schön ist und nicht die Zeit, gestresst zu sein. Die ambitioniertesten Schülerinnen und Schüler der Klasse 11b klopfen bescheiden an die Tür des Lehrerzimmers und wollen wissen, wie sie notenmäßig so stehen, während die übrigen Schülerinnen und Schüler auf den nahenden Sommer hinweisen, indem sie mehr schwänzen und weniger Hausaufgaben machen. Lelle konzentriert sich auf einfache Feststellungen. Ihr Favorit ist derzeit: »In der Sonne ist es warm, im Schatten hingegen kalt.«

In Sveg sind die sommerlichen Tendenzen offensichtlich. Mehrere Kundinnen bringen leichte Sommerkleider in die Reinigung. Der Löwenzahn ignoriert die Härte des Asphalts und sprießt üppig aus den Rissen im Bürgersteig. Einmal krabbelt ein Igel über die Straße und wird von einem Schulkind beschützt, das über ihn wacht, während drei weitere Kinder mit den Armen wedeln, um die Autos zum Anhalten zu bewegen. In einer Küche mit gelben Wänden erhält Zainab einen Telefonanruf von der Tochter, von der sie nie gedacht hätte, sie je wiederzusehen.

»Hallo«, sagt sie. »Ich heiße Paula.«

»Hallo«, sagt Zainab und spürt, wir ihr Herz solche Purzelbäume schlägt, dass sie kaum ein Wort herausbringt. Sie setzt sich neben den Herd auf einen Hocker. »Ich heiße Zainab. Ich glaube, ich bin deine Mutter.«

Die junge Frau, die glaubt, sie heiße Paula, hat eine tiefe Stimme und spricht Stockholmer Dialekt. Sie reden darüber, dass sie eine Doktorarbeit schreibt und dass Zainab in einer chemischen Reinigung arbeitet. Zum Schluss sagen beide, dass sie sich sehen sollten. Als Zainab auflegt, ist sie sich nicht sicher, ob es wirklich geschehen ist. Aber ihr Herz hört erst vier Stunden später auf zu galoppieren.

Lina Miettinen ist die drei Jahre jüngere Braut, die sie kennengelernt hat, als der schlimmste Liebeskummer wegen Lelle sich gelegt hatte, so langsam leid. Es ist Sommer, sie will frei sein und keine Fragen beantworten wie ob sie im Telefonbuch einer anderen lieber »Mäuschen« oder »Mausi« heißen will. Außerdem sind es nur noch zwei Monate bis zum Stockholmer Pride.

Gun führt lange aufreibende Diskussionen mit ihrem Sohn Mikael, der nach dem Abitur erst einmal ein Jahr lang gar nichts machen will, anstatt sich für die Uni zu bewerben. »Entweder verbringe ich mein freies Jahr hier oder in Stockholm – du hast die Wahl«, sagt er, und da kapituliert sie, denn sie weiß, was Stockholm bedeutet. Innerlich hat sie das Gefühl, dass er bereits auf dem Weg fort von ihr ist. Dass er nicht der Sohn ist, den sie sich gewünscht hat, und dass er es auch nicht sein will. Stockholm ist lediglich eine konkretere Bedrohung als die, die sie nicht greifen kann. Wann hören Kinder auf, ein Teil ihrer Eltern zu sein?

Adoptiert, gibt Martin in die Suchmaske ein und klickt auf »enter«. Er liest etwas über Korea, das sich mit den Kindern versöhnen will, die einst adoptiert und ins Ausland gebracht wurden, über ein Wellensittichküken, das von Menschen aufgezogen wurde, nachdem seine Eltern es verlassen hatten, und über Leute, die nach ihren zur Adoption freigegebenen Brüdern und Schwestern suchen. *Versuch es doch mal beim Einwohnermeldeamt*, schlagen hilfsbereite Stimmen im Internet vor. *Vielleicht kann das Adoptionscenter bei so was weiterhelfen. Frag mal in der Kommune nach, in der sie geboren wurde. Das Sozialamt müsste Unterlagen dazu haben.* Er bekommt eine Gänsehaut.

Seit seine Mutter ihm von seiner Schwester erzählt hat, hatte er keinen einzigen sexuellen Gedanken. Wenn er an Frauen mit zwei Armen und zwei Beinen denkt, passiert gar nichts – nicht einmal wenn er seine Gedanken mit pornographischen Szenarien oder romantischen Abendessen aufmotzt. Wenn seine gewohnten Fantasien auftauchen, fühlt er sich maßlos schmutzig. *Kloster*, googelt er und erhält eine Käse-Reklame als Treffer. Gestern hat er eine Frau mit einer Handprothese gesehen und mit den Augen an ihr geklebt, bis ihm klar wurde, was er da tat. An Paula mag er noch nicht einmal denken, aus Angst davor, was er empfinden würde. Selbst wenn sie jetzt doch nicht seine Schwester ist. Die Erleichterung darüber kam erst viel später, einen ganzen Tag nach dem Besuch an der Universität, und er weinte sogar. *Sozialamt Borås*, gibt er in die Suchmaschine ein.

Paula rollt einen Stift zwischen ihren Fingern hin und her und wünscht sich, dass er etwas anderes wäre, etwas Beruhigendes und Tröstendes, so wie eine Hand in ihrer. Sie ist sich nicht sicher, ob sie sich wirklich gefreut hat, diese Zainab in Sveg. Wie hat sie geklungen, als Paula die Möglichkeit eines Treffens erwähnt hat? Interessiert, reserviert, gleichgültig? Lelle, schreit das Blut in ihren Adern, Lelle, hilf mir, halt mich fest, komm zurück! Sie rollt bereits seit mehreren Tagen den gleichen Stift zwischen ihren Fingern, als es an der Tür klopft.

»Möchtest du einen Kaffee?«, fragt Professor Rolf Svedgården.

Svedgården rührt mit einem Löffel in der Tasse herum, obwohl er weder Milch noch Zucker in seinem Kaffee hat.

»Du weißt ja, dass wir hier einen Pastor haben, mit dem man sprechen kann?«, sagt er.

Paula starrt ihn an.

»Aha«, sagt sie.

Er ärgert sich, das Gespräch so unbeholfen eröffnet zu haben. Seine Nachforschungen weisen auf klare lesbische Tendenzen hin, und sein erster Vorschlag ist religiöser Natur. Ein Fehltritt. Er betrachtet das starke, aber zerbrechliche Geschöpf, das ihm gegenübersitzt, und konstatiert, dass seine Neugierde so langsam durch echte Anteilnahme ersetzt wird.

»Man merkt, dass es dir nicht so gut geht. So kann es nicht weitergehen.«

Paula ist einige Sekunden lang völlig starr, und er begreift, dass er niemals durch ihre Schale dringen wird. Ihm wird auch klar, dass sie nicht zum ersten Mal jemanden verzaubert hat zu glauben, dass gerade er sie dazu bringen kann, sich zu öffnen. Vermutlich ist sie sich dessen nicht bewusst. Plötzlich schenkt sie ihm die Andeutung eines Lächelns.

»Nein, so kann es wohl nicht weitergehen.«

In Rolf jubelt etwas.

»Willst du darüber sprechen?«

»Nein.«

»Gibt es etwas, das ich tun kann?«

»Nein.«

»Gibt es etwas, das du tun kannst?«

»Vielleicht.«

»Sollen wir beschließen, dass du es tust?«

Sie sieht ihn mit ausdruckslosen Augen an, und kurz befürchtet er, dass sie ihn rausschmeißt.

»Okay.«

KAPITEL 25

Als sie Paulas Stimme hört, weiß sie sofort, dass die Antwort ja ist.

»Ich sage ja«, sagt sie und lässt Paula in ihre Wohnung.

»Ja wozu?«

»Was es auch ist, ich sage ja.«

Paula rollt in den Flur und dreht sich um.

»Willst du mit mir nach Sveg fahren und meine richtige Mama besuchen?«

»Ja.«

Zainab bügelt Tischdecken. »Ich komme am Sonntag, wenn du willst«, sagte die tiefe Stimme, die ihrer Tochter gehört. Sie war ein Babyschrei, fast nur ein Piepsen, als sie sie das letzte Mal gehört hat. Jetzt klingt sie tief wie der Tarbela-Stausee und sagt: »Ich komme am Sonntag, wenn du willst.«

Oh, ich will!, denkt Zainab und lässt eine Träne fallen. »Ja«, hat sie am Telefon geantwortet. »Das will ich – sehr gerne.« Jetzt bügelt sie eine Tischdecke nach der anderen, weil sie nicht weiß, ob ihre Tochter schwedische Sommertischdecken mit Margeriten bevorzugt oder traditionelle Tischdecken, die von dem Land erzählen, aus dem sie kommen. Die Kartoffeln für das Gratin, das sie machen wird, sind bereits in Scheiben geschnitten, obwohl es noch fünf Stunden bis zu ihrem Besuch sind.

Nördlich von Uppsala bildet der Regen lange Würmer an der Windschutzscheibe. Er klatscht auf die Straße, prasselt in großen Tropfen auf das Laub nieder, sperrt Lelle und Paula in einen rollenden Raum voller trockener Luft und Erwartungen.

»Als du das erste Mal mit mir in diesem Auto gesessen hast, hast du mich gefragt, wie ich auf die Toilette gehe«, erinnert Paula.

»Und du hast gesagt, dass Homosexualität dich so wenig interessieren würde, dass du keine einzige Frage hättest.«

»Die hatte ich auch nicht.«

»Hallo, Kurze, du bist verdammt noch mal lesbisch! Natürlich hattest du Fragen! Du warst bloß zu prüde, um sie zu stellen.«

»Ich stehe auf dich. Ich stehe auf Frauen. Das ist alles. Was geht es mich an, was andere Frauen für Erfahrungen damit haben, auf Frauen zu stehen? Die sind ja doch nicht ich. Ich habe nach wie vor keine Fragen zu Homosexualität. Findest du es übrigens passend, mich Kurze zu nennen?«

»Wieso passend, ich … oh. Scheiße. Entschuldige.«

Paula lächelt im Profil. »War das eben das erste Mal, dass du dich bei mir entschuldigt hast?«

»Das erste Mal? Spinnst du? Ich entschuldige mich permanent bei dir. Entschuldige, Paula, dass ich in deinem Büro vorbeigekommen bin und über Sex geredet habe. Entschuldige, dass ich so verdammt attraktiv bin, dass du es nicht lassen kannst, lesbisch zu sein. Entschuldige, Paula, dass ich dir auf die Füße trete. Entschuldige, dass ich ›auf die Füße treten‹ sage und einen Ausdruck mit Körperteilen verwende, die du nicht hast.«

»Du brauchst eine, die dich ein bisschen erzieht.«

»Du brauchst eine, die dich ein bisschen aufrüttelt und keine Angst hat, dass du noch weitere Körperteile verlierst oder sie mit deinem gruseligen Blick vernichtest. Ja, genau mit dem, ja.«

Paula spitzt zufrieden die Lippen und wendet ihren gruseligen Blick wieder der Straße zu.

»Deine Mutter hat dich also mit achtzehn rausgeschmissen, wenn ich das richtig verstanden habe«, sagt sie. »Kann man sagen, dass du ein sogenanntes Problemkind warst?«

»Das kann man ganz bestimmt sagen. Mama konnte das jedenfalls ziemlich gut sagen.«

»Warst du schlampig in der Schule?«

»Kreativ.«

»Du feierst gerne, magst keine Verpflichtungen.«

»Ist das eine Frage oder eine Feststellung? Warum fragst du das?«

»Ich frage mich, wie jemand wie du trotzdem auf die Idee gekommen ist, das ganze Lehramtsstudium auf sich zu nehmen und mit sechsundzwanzig Jahren als Gymnasiallehrerin für Schwedisch zu enden.«

»So jemand wie ich?«

Lelle wirft ihr einen wütenden Blick zu, und Paula lächelt mit einem Mundwinkel.

»Ein Freigeist, Lelle.«

»Ich bin nicht nur schlampig, weißt du. Ich bin nicht dumm, ich bin sogar gut in meinem Job, das weißt du, oder?«

Paula verdreht die Augen.

»Glaubst du, man muss ein tristes Dasein fristen und einen Stock im Arsch haben, um es fertigzubringen, eine Ausbildung zu absolvieren?«, fragt Lelle weiter. »Glaubst du, man braucht einen Tischkalender von der Stadtverwaltung, in den man einträgt, was man in jeder Minute des Tages tun wird, und sich notiert, dass man die Spätnachrichten nicht verpassen darf?«

»Das war *ein Mal*, Lelle, und das war, weil an dem Tag in den Spätnachrichten etwas zu den Lektorenstellen an der Universität von Göteborg kam! Zurück zum Thema.«

»Du willst also wissen, wie so eine Gammlerin wie ich es fertiggebracht hat, ein Studium zu absolvieren und einen Job zu bekommen? Es hat mich anscheinend interessiert. Ich habe anscheinend darüber nachgedacht, was ich mit meinem Leben anfangen will. Ich habe anscheinend darüber nachgedacht, wie ich darum herumkommen würde, das ganze Leben lang im Pflegedienst Ärsche abzuwischen, und da habe ich mich an meinem kleinen ungeknöpften Kragen gepackt. Es tut mir leid, wenn das schwer vorstellbar ist.«

Paula nickt kurz und fast unmerklich. Der Regen bildet Muster auf der Scheibe, die Scheibenwischer erledigen ihren Job völlig lautlos.

»Entschuldige«, sagt Paula, als sie an Månkarbo vorbeifahren.

Sie blickt kurz zu Lelle, um zu sehen, ob sie ernsthaft sauer ist.

»Ach was, ich wollte einer Braut imponieren«, sagt Lelle nach einigen Sekunden des Zögerns. »Sie hat gesagt, dass ich es nie schaffen würde, eine richtige Ausbildung zu durchlaufen und eine Stelle zu finden. Sie war hübsch. Ich war zwanzig. Ich hab mir aus reinem Trotz einen Studienführer besorgt und ein Lehramtsstudium begonnen. Sie war übrigens beschissen im Bett – ich hatte eine Woche lang wunde Stellen nach ihren verdammten harten Fingern. Aber da hatte ich bereits an der Uni angefangen und allen imponiert, die ich kannte, da war es also zu spät, um aufzuhören.«

»Ich hätte nicht wissen müssen, wie sie im Bett war, Lelle.«

»Aber das war doch ein Teil der Geschichte!«

Paula lächelt dem Regen, der auf die weißen Linien auf der Straße prasselt, resigniert zu.

»Du bist, wie du bist.«

»Zum Glück.«

Zainab ist plötzlich eingefallen, dass junge Leute gern Coca-Cola trinken. Sie hat nur noch zwei Stunden Zeit, als sie zum Supermarkt geht und zwischen einer Eineinhalb-Liter-Flasche und einer Zwei-Liter-Flasche hin und her überlegt. Sie kosten beinahe gleich viel – der Literpreis der Zwei-Liter-Flasche ist deutlich geringer. Aber vielleicht mag Paula ja überhaupt keine Cola, und selbst wenn, dann schüttet sie sicher keine zwei Liter in sich hinein. Zainab entdeckt Gun auf der anderen Seite des Limonaden-Turms und atmet auf.

»Wie viel hiervon trinkt dein Sohn?«, erkundigt sie sich und versucht, die Frage nebensächlich klingen zu lassen. »Ist der nicht um die zwanzig?«

»Doch«, sagt Gun und zieht die Augenbrauen hoch. »Er ist neunzehn, aber in unserer Familie trinkt niemand so etwas. Egal wie alt.«

Gun lächelt, als sie das sagt. Zainab lächelt zurück.

»Aber wenn man jetzt eine junge Frau zu Besuch hat?«

Sie sieht die Neugier hinter Guns Brillengläsern aufblitzen.

»Das hängt wohl davon ab, wie lange diese junge Frau vermutlich bleiben wird«, sagt sie. »Bekommst du Besuch?«

»Nur tagsüber.«

»Für gewöhnlich trinkt niemand mehr als anderthalb Liter, ohne einen Knall zu bekommen.«

Zainab lächelt. Das hat sie sich auch gedacht.

»Dann nehme ich die kleinere Flasche.«

»Wer kommt denn?«

Zainab nimmt eineinhalb Liter Coca-Cola aus dem Regal und legt sie in den Einkaufskorb.

»Eine Verwandte.«

Eine Verwandte. Die Wirklichkeit verändert ständig Form und Inhalt, je nachdem aus welcher Richtung er sie betrachtet. Manchmal tauchen wütende kleine Stimmen auf und zischen: »Wie zur Hölle konnte sie nur! Wie zur Hölle konnte Lelle nur – sie hat permanent tausend Frauen, und trotzdem muss sie mir meine wegnehmen!«, aber er bringt sie schnell zum Schweigen, wenn er an die große Bedeutung denkt, die den anderen Worten innewohnt. Eine Verwandte, sein eigen Blut. Er schaut seine Hände an, in denen es in sichtbaren Adern fließt, und er kann es nicht erklären, aber das ist etwas Besonderes. Das Internet ist ihm keine besonders große Hilfe gewesen. Er hat es sowohl auf den Homepages unterschiedlicher Ämter, als auch in seinen gewöhnlichen Internetforen versucht, *Ampulove* und *Ampdate,* aber davon wird ihm nur mulmig zumute, weil er da über seine Vorlieben nachdenken muss. Und außerdem ist da die Angst vor dem *worst case*: dass er seine Halbschwester plötzlich auf einer der Datingseiten entdeckt und von einer nicht zu bändigenden Anziehung ergriffen wird. Er öffnet sein E-Mail-Postfach und klickt auf »E-Mail verfassen«. Wenn seine Mutter die E-Mailadresse verwendet, die sie ihm gegeben hat, wird sie sich auf jeden Fall freuen zu erfahren, dass sie keine inzestuöse Unzucht verursacht hat. Die Wirklichkeit verändert sich um eine Nuance, und er spürt erneut die Erleichterung darüber, dass Paula nicht seine Schwester ist. Das ist ein Gefühl, mit dem er sich gern noch eine Weile aufhält.

Die Cola hat genau die richtige Temperatur, nachdem sie zwei Stunden im Kühlschrank gestanden hat. Exakt. Und exakt jetzt ist es drei Uhr – die Uhrzeit, die sie verabredet haben. Aber sie fährt ja den ganzen Weg von Stockholm und kann nicht auf die Minute genau vorhersehen, wann sie in Sveg ankommen wird. Und dann dauert es ja auch eine Weile, zur richtigen Adresse zu finden. Zainab hätte anbieten sollen, sie an einem Ort zu treffen, der leicht zu finden ist. Sie könnte sich zumindest an die Abzweigung stellen. Soll sie vielleicht anrufen und vorschlagen, dass sie sich an der Abzweigung oder am Supermarkt treffen? Oder wäre Paula das vielleicht unangenehm, würde sie es als Unterstellung, dass sie unpünktlich ist, auffassen? Zainab atmet tief ein und sieht sich in der Wohnung um. Wechselt die Tischdecke noch einmal, denn es ist sicher wichtiger, dass Paula sich zu Hause fühlt, als dass sie mit ihrem kulturellen Erbe überschüttet wird, von dem sie keine Ahnung hat. Jetzt ist es eine Minute nach drei. Ein dunkelgrüner Kombi biegt auf den Parkplatz vor Zainabs Fenster ein.

Kapitel 26

Ein Junge im Teenageralter springt vom Beifahrersitz und geht um das Auto herum zum Kofferraum, nein, kein Junge – eine Frau mit kurzem verstrubbeltem Haar und weiten Jeans. Oder ein Junge mit einem Frauenhintern. Als der Rollstuhl bereitsteht, steigt ihre Tochter selbstständig aus dem Auto und in den Rollstuhl. Die zwei Frauen – Zainab ist sich jetzt sicher, dass der Mensch mit den kurzen Haaren ebenfalls eine Frau ist – sehen zu den Häusern hinüber und suchen nach dem Eingang mit der Nummer 41. Zainab zieht sich unauffällig hinter die Gardine zurück.

Pling-plong, macht Zainabs Türklingel. Nicht *rrrrrr*, sondern *pling-plong*, genau wie die von Martin. Paula hört das gedämpfte *Pling* durch die Wohnungstür, dann nach einer Ewigkeit das *Plong*, und dann wird die Tür nahezu unmittelbar geöffnet.

Paula starrt geradewegs in Augen, die ihren eigenen mehr ähneln, als es möglich zu sein scheint. Ihre Mama ist klein und schmal, mit kohlrabenschwarzen Haaren, die sie zu einem einfachen Knoten hochgesteckt hat. In der Wohnung riecht es nach Kartoffeln.

»Willkommen! Kommt rein«, sagt Zainab.

Paula hat bereits am Telefon gehört, jetzt aber noch deutlicher, dass Schwedisch nicht Zainabs Muttersprache ist. Ausnahmsweise verspürt sie jedoch nicht den Impuls, die Verwendung von Partikelverben zu analysieren.

»Danke«, antwortet sie, und Lelle hilft ihr dabei, über die hohe Türschwelle zu gelangen. In der Wohnung selbst gibt es noch weitere Schwellen.

»Ja«, sagt Zainab und lacht nervös. »Ich heiße also Zainab. Willkommen – wirklich.«

Paula lächelt zurück. Wenn es ihr liegen würde, würde sie ebenso nervös lachen.

»Paula.«

Paula reicht ihr die Hand, und Zainab ergreift sie mit beiden Händen. Erst dann scheint sie Lelle zu bemerken.

»Du bist auch willkommen«, sagt sie. »Zainab heiße ich, wie gesagt.«

Paula schluckt. Sie hat ihrer Mutter gar nicht erzählt, dass sie jemanden mitbringen würde, geschweige denn, dass sie eine Liebesbeziehung mit einer Frau hat. Sie hat auch nicht vor, darüber zu sprechen, aber Lelles Agenda sieht vermutlich anders aus. Sie blickt verstohlen zu Lelle hinüber, die Zainabs Hand schüttelt.

»Linnéa«, sagt sie.

In ihrer Stimme liegt etwas, das Paula plötzlich stolz macht. Ihre Stimme, ihr Handschlag und dass sie sich mit ihrem richtigen Namen anstelle der Sandkastenvariante vorstellt. Linnéa, denkt sie. Linnéa, Lelle, Lelle, Linnéa, Lelle. Die Hand, die Zainabs Hand schüttelt, hat ihre eigene Haut berührt und Gefühle in ihr geweckt. *Es macht nichts, wenn sie es erzählt*, kommt ein ungebetener Gedanke und überrascht sie.

»Ja, ich hoffe, ihr seid hungrig, das Essen ist nämlich fertig.«

Sie kann nicht aufhören, ihre Tochter anzusehen. So perfekt, so lebendig, so erwachsen. Seit achtundzwanzig Jahren lebt sie schon, ist langsam älter, größer, klüger geworden, und während kaum einer Sekunde ist Zainab bei ihr gewesen. Aber es ist das Jetzt, das zählt, redet Zainab sich ein, um nicht anzufangen zu weinen, und genau jetzt sitzt sie Paula gegenüber. Sie schreibt an einer Doktorarbeit an der Universität von Stockholm, erzählt sie mit ihrer tiefen Stimme und isst Kartoffelgratin mit Roastbeef. »Superleckeres Gratin«, sagt ihre kurzhaarige Freundin Linnéa und spült es mit großen Mengen Coca-Cola hinunter. Erst glaubte Zainab, dass Linnéa vielleicht Paulas persönliche Assistentin sei, aber schon nach fünf Minuten hat sie begriffen, dass sie eher ziemlich gute Freundinnen sind. Das merkt man an der Art, wie sie miteinander reden und vertrauliche Blicke miteinander wechseln. Linnéa schaufelt das Essen in sich hinein und schlägt dann vor, einen Spaziergang zu machen, damit Mutter und Tochter ein bisschen Zeit für sich haben. Zainab protestiert nicht, auch wenn das der Anstand in diesem Zusammenhang vermutlich gebieten würde.

Gun muss noch einmal zum Supermarkt gehen, obwohl sie heute bereits dort war und Hackfleisch und Lasagneplatten gekauft hat. Keine Lasagne ohne Käse, und Mikael hängt vorm Computer. Sie könnte ihn zum Supermarkt jagen, aber ihn dazu zu bringen würde dauern, und außerdem geht sie gern hinaus in die Sonne und in die warme Juniluft. Vielleicht macht sie einen Umweg – vielleicht schleicht sie sich an Zainabs Wohnung vorbei und späht ein bisschen, nur ein kleines bisschen, durch ihr Fenster, um einen Blick auf die Verwandte zu werfen, von der Zainab einst behauptet hat, sie existiere nicht.

»Du willst vielleicht wissen, warum ich dich nicht behalten habe«, sagt Zainab.

Paula sieht sie an. Ja, denkt sie. Jetzt wo du es sagst. Ich bin nicht von mir aus neugierig, aber doch, ich will es wohl schon wissen.

»Aber erst muss ich dich etwas fragen«, fährt Zainab fort.

Paula weicht ihrem Blick nicht aus. Ihr Gehirn arbeitet im Hintergrund daran zu verstehen, dass sie einer Frau gegenübersitzt, die sie immer schon und doch nie gekannt hat.

»Frag mich ruhig«, sagt sie.

»Haben sie sich gut um dich gekümmert? Waren sie lieb und verständnisvoll und zuneigend? Ist es dir gutgegangen?«

Paula entdeckt plötzlich das Wasser, das sich in Zainabs Augenwinkeln sammelt, und wie sie sich auf die Lippe beißt, damit sie aufhört zu zittern. Zuneigend, hallt Zainabs unsicheres Schwedisch in ihren Ohren nach, und sie überlegt. Sie denkt daran, wie sie von einer Familie zur nächsten geschleust wurde. Wie sie sich immer wie eine Außerirdische gefühlt hat in ihrer fröhlichen Pflegefamilie, wie sie immer ermutigt, aber nie verstanden wurde. Wie sie sich gefühlt hat, als sie begriff, dass andere in ihre Familien hineingeboren und von ihrem Fleisch und Blut geliebt werden, während sie selbst weggegeben und zu einem wandernden Wohltätigkeitsprojekt gemacht wurde.

»Ja«, sagt sie. »Doch.«

Zainab nickt. Sie sehen sich schon seit mehreren Minuten in die Augen.

»Ich habe es immer bereut. Ich hätte dich behalten und Sixten hinauswerfen sollen.«

»Sixten?«

»Deinen Vater.«

Paula denkt über die Tatsache nach, dass sie einen Vater hat. Es ist ihr bis jetzt nicht in den Sinn gekommen, dass Zainab ihr den Zugang zu vielen weiteren Verwandten eröffnen könnte, die es vielleicht da draußen gibt. Vielleicht hat sie Geschwister.

»Es gibt ihn nicht mehr. Er hat sowieso nichts verstanden. Er verstand nicht, warum ich dir die Brust geben musste und warum ich dich behalten wollte. Leider. Ich hätte auf mich selbst hören und ihn machen lassen sollen, was er wollte.«

Zainabs Blick ist offen bis ganz in sie hinein. Paula kann nichts anderes darin sehen als bodenlose schwarze Zuneigung. Sie legt ihre Hand auf den Tisch, mit der Handfläche nach oben. Zainab nimmt sie dankbar.

»Aber da war ich gerade neu in Schweden. Ich kannte niemanden. Konnte die Sprache nicht. Hatte keine Arbeit, nichts. Nur eine Aufenthaltserlaubnis, die ich dank meiner Ehe mit Sixten erhalten hatte.«

»Du hattest keine Wahl.«

»Man hat immer eine Wahl. Das Leben basiert nicht auf der Theorie, dass es immer nur eine einzige Möglichkeit gibt.«

Die Worte klingen nicht spontan. Sie klingen wie etwas, das während achtundzwanzig Jahren des Analysierens formuliert wurde.

»Aber manchmal sieht man nur eine einzige«, sagt Paula.

Zainab lacht kurz auf und schnieft.

»Es war nicht so gedacht, dass du mich trösten sollst. Ich will nur, dass du Bescheid weißt.«

Paula sieht auf ihre Hände, Zainabs Hand in ihrer eigenen auf der schwedischen Tischdecke mit Margeriten.

»Woher kommen wir?«

Das Wetter in Sveg ist fantastisch. In Stockholm regnet es bestimmt noch immer, denkt Lelle zufrieden und kickt einen mittelgroßen Stein auf dem Bordstein vor sich her. Von der Stimmung in Zainabs Wohnung wird sie später einmal ihren Kindern und Enkelkindern erzählen. So dicht, dass man sie mit einer Gabel hätte essen können, so gut, dass man sie mit einem Löffel hätte essen können. Am liebsten wäre sie dort geblieben, hätte jedes Wort der Reality-Soap gehört, an der sie teilhat, aber Wiedervereinigungen sind sensible Geschichten, das weiß sie. Manchmal zu sensibel. »Du bist auch willkommen«, hat Zainab gesagt, die ihre Tochter verloren hatte, aber über das ganze Gesicht strahlte, als sie sie wiederbekam. Wenn alle Mütter so denken würden. Lelle kickt den Stein etwas härter, und er hüpft schnell auf die Straße und verschwindet in einem Gully. Das ist symbolisch, denkt Lelle und spürt, wie ihr Herz schneller schlägt. Manche Dinge sind dazu verurteilt schiefzugehen. Am Supermarkt kann man nach rechts oder nach links abbiegen oder geradeaus weitergehen. Auf der anderen Straßenseite geht ein schwarzhaariger Mann mit einem Golden Retriever an der Leine spazieren. Der Hund sträubt sich, er will stehenbleiben und an etwas im Papierkorb schnuppern. Der Mann zieht an der Leine. »Komm schon, Laila, das ist bloß ein bisschen Scheiße«, sagt er so laut, dass Lelle jedes Wort hört. Dann lacht er über seine Wortwahl. Symbolisch, denkt Lelle wieder.

»Komm schon, Lelle, das ist bloß ein bisschen Scheiße«, murmelt sie leise vor sich hin. »Alte Überbleibsel. Stehenbleiben und grübeln kommt nicht in Frage. Scheiße ist Scheiße – wie bekannt sie auch riecht.«

Sie biegt nach links ab beim Supermarkt. Atmet frische Luft in ihre Lungen, verdrängt die alte, muffige. Bald müsste sie zur Wohnung zurückkehren und sehen können, wie sich die Dinge zwischen Paula und Zainab entwickeln. Wenn es schrecklich läuft, wird sie Paula auf dem gesamten Nachhauseweg trösten.

»Komm schon, Laila, das ist bloß ein bisschen Scheiße«, sagt der Mann mit dem Hund, der mit Pia aus der Arztpraxis verheiratet ist.

Gun hört es, als sie gerade mit dem Käse in einer Tüte aus dem Supermarkt kommt, und sie lächelt. Sie hebt die Hand zu einem Winken, aber er sieht sie nicht, und sofort tut sie so, als kratze sie sich bloß am Kinn. Sie überlegt, ob sie an Zainabs Haus vorbeigehen und schauen soll, ob sie einen Schimmer von der geheimnisvollen Verwandten erhaschen kann, aber der Hunger nimmt überhand, und sie lenkt ihre Schritte stattdessen nach Hause.

Zainab wird das Sitzen auf dem harten Stuhl so langsam unbequem, aber solange Paulas Hand in ihrer liegt, hat sie nicht vor, sich auch nur einen Millimeter zu bewegen. Von jetzt an wird sie nicht mehr loslassen. Niemals.

»Habe ich Geschwister?«

Zainab schüttelt still den Kopf.

»Es gibt nur dich.«

Sie wartet einen Augenblick, um zu sehen, ob das in Paulas Bewusstsein eindringt, ob sie die Bedeutung versteht. Paula verzieht keine Miene. Zainab atmet tief ein.

»Ich werde dir erzählen, was ich gerade vor kurzem gemacht habe. Du wirst mich für verrückt halten.«

Schimmert da Interesse in Paulas Augen auf? Vielleicht.

»Ich habe all meine Tampons begraben. Weißt du, ich hatte meine … ich hatte meine letzte Menstruation bekommen und musste einsehen, dass alle Chancen vorüber waren. Meine Chancen auf ein weiteres Kind. Verstehst du?«

Paula nickt langsam.

»Ich habe sie also im Wasser begraben. Es war wie ein Ritual.«

Paula zieht schließlich den einen Mundwinkel hoch.

»Du hast einen Haufen Tampons ins Wasser gekippt?«

»In einem Karton. Wie ein Boot.«

»Du hast deine Tampons vom Stapel gelassen?«

»Ja, exakt das habe ich.«

»Weil du keine weiteren Kinder bekommen kannst?«

»Genau.«

Endlich lächelt Paula sie an.

»Du hättest sie mir geben können.«

Zainab ist gerührt. Sie legt die andere Hand auf Paulas.

»Faridah«, sagt sie. »Das bedeutet ›einzigartig‹. Das war von Geburt an dein Name.«

Jetzt will sie alles sagen. Sie will erzählen, wie es ihr an jedem einzelnen Tag gegangen ist, was sie dazu gebracht hat, über Faridah nachzudenken und darüber, wer sie ist, wie sie immer still geworden ist, sobald Kinder zur Sprache kamen, wie sie zu Gott und Allah und einer Handvoll anderer höherer Mächte dafür gebetet hat, sie zurückzubekommen. Draußen auf der Straße sieht sie das andere Mädchen angeschlendert kommen – Linnéa.

»Deine Freundin kommt zurück«, sagt sie.

Freundin, hallt Zainabs Stimme, und etwas in Paula regt sich unverhofft.

»Sie ist nicht direkt eine Freundin«, hört sie sich selbst sagen.

»Ach so?«

»Sie ist meine … Wir haben eine Beziehung.«

Zainab zieht die Augenbrauen zusammen, genau wie Paula – das weiß sie – ihre eigenen zusammenzieht, wenn sie sich besonders konzentriert.

»Eine Liebesbeziehung«, verdeutlicht sie.

Dann ist es still. Es ist still, und Paula fragt sich, warum sie es auf diese Weise macht. Von all den Gelegenheiten, bei denen sie jemandem hätte erzählen können, dass sie auf Frauen steht, wählt sie ausgerechnet diese, bei der wirklich alles auf dem Spiel steht. In ihrer Magengegend jubelt eine deplatzierte Pride-Parade, während ihr Hals von einer Prophezeiung zugeschnürt wird: Dreieinhalb Stunden waren alles, was du mit deiner Mama hattest, ehe sie dich erneut verstieß. Es ist still, bis die Türklingel läutet. Zainab lässt Paulas Hand los, um zu öffnen, und es wird leer und kalt.

»Verdammt«, sagt Paula leise und sieht mit Verachtung auf die Hand, die noch immer auf dem Tisch liegt.

In Borås liest Pernilla die E-Mail von ihrem Sohn, und erfreulicherweise war sie nicht Ursprung von Inzucht und Ursache einer zwischenmenschlichen Katastrophe. Es steht fest: Ihr Sohn hat keinen Sex mit ihrer Tochter. Was für ein verdammtes Glück. Sie lehnt sich zurück und holt eine Zigarette hervor. Als sie sie anzündet, macht sie sich klar, wie sich die Lage in den letzten Wochen verändert hat. Als sie die Zigarette ausdrückt, weiß sie, was sie zu tun hat.

Zainab macht die Tür auf, und es ist, als sehe sie Lelle zum ersten Mal. Lelle hat keine Ahnung, was sich verändert hat, aber irgendetwas in Zainabs Blick ist jetzt völlig anders.

»Schön, dass du wieder da bist«, sagt Zainab.

Lelle lächelt unsicher. Nicht nur Zainabs Blick ist verändert, auch ihre Stimme klingt anders.

»Danke«, antwortet sie.

Als Zainab zudem eine Hand auf ihren Arm legt wie ein nervöses Bekenntnis von Zuneigung, begreift sie auf einmal. *Paula hat es ihr erzählt.* Sie lächelt breit und legt die Hand auf Zainabs Schulter.

»Ich hoffe, ich störe nicht«, sagt sie.

»Nein.«

Sie gehen in die Küche, in der Paula noch immer sitzt, jetzt mit einer Kaffeetasse vor sich. Paula ist angespannt, ihr Blick sieht ruhig aus, aber Lelle hat gelernt, ihn zu deuten. Sie sieht einsam und klein aus, und ihre Hände liegen still um ihre Tasse. Lelle muss dem Impuls widerstehen, um den Tisch herumzugehen und sie in den Arm zu nehmen.

»Möchtest du einen Kaffee?«, fragt Zainab.

»Ja, gerne, danke.«

Während Zainabs Aufmerksamkeit auf den Kaffeefilter gerichtet ist, begegnet Lelle Paulas Blick. In ihm liegen Verängstigung und Trotz und Mut.

»Ich bin nicht in meinem Heimatland gewesen, seit ich nach Schweden gekommen bin«, sagt Zainab mit dem Rücken zu ihnen gewandt. »Ich glaube nicht, dass ich mich zurechtfinden würde, ich glaube, ich würde mich wie eine Touristin in meinem eigenen Land fühlen. Aber ich vermisse gewisse Sachen. Ich vermisse die Bäume und das Lachen, solche Dinge, die einem im Gedächtnis bleiben. Es ist jetzt noch sehr früh, ich habe dich gerade erst wiedergetroffen, aber ich will keine Zeit mehr verlieren, verstehst du.«

Zainab dreht sich halb um und sieht Paula an. Paula gibt ein Geräusch vager Zustimmung von sich. Lelle ist sich nicht sicher, wovon Zainab spricht.

»Also«, sagt Zainab. »Ich lade dich ein, wenn du willst, zu der Reise.«

Paula hält mit der Kaffeetasse auf halben Weg zu ihrem Mund inne. Lelle sieht erst Paula an, dann Zainab, dann wieder Paula. *Sie wird mir Paula wegnehmen*, schreit eine aufgebrachte egoistische Stimme in ihrem Inneren. *Sie will Paula für sich allein haben, sie will sie zu ihren Wurzeln zurückbringen und sie von »the Gay« heilen.* Zainab schaltet die Kaffeemaschine an und wendet sich ihnen zu.

»Du bist auch eingeladen, Linnéa.«

Kapitel 27

»Martin!«, ruft Camilla. »Telefon für dich.«

Martin sieht von der Bestellung auf, die er gerade für einen sehr anspruchsvollen und sehr launischen Kunden aktualisiert.

»Kannst du das Gespräch übernehmen?«

»So weit sind wir mit unserer Beziehung wohl noch nicht«, antwortet Camilla neckisch, und er fragt sich, ob es ihr vielleicht Spaß macht, mit ihm zu flirten, ohne dass es irgendwo hinführt. »Es ist deine Mutter.«

Martin lächelt geniert und übergibt Camilla den lästigen Kunden. Damit fertigzuwerden ist dann wohl doch einfacher als mit Pernilla Sander.

»Hallo, hier ist Martin.«

»Ich war die ganze Nacht auf und habe in alten Umzugskisten und wer weiß nicht was gesucht.«

»Ja?«

»Ich wusste, dass ich ein Kuvert hatte, verstehst du. Ich habe zuerst beide Kommoden durchsucht, dann die Kisten auf dem Speicher, sogar Svens eklige alte Gitarrentasche. Weißt du noch, wie er die Gitarrentasche anstatt eines gewöhnlichen biederen Rucksacks mit sich herumgeschleppt hat, um einen auf Künstler zu machen? Haha, weißt du noch?«

Martin wartet auf die Fortsetzung. Sie kommt innerhalb weniger Sekunden.

»Auf jeden Fall habe ich gesucht, ich bin *geklettert*, um an die hintersten Kisten zu kommen. Mitten in der Nacht, ich muss die Nachbarn wahnsinnig gestört haben, meinst du nicht auch? Und dann habe ich ihn schließlich gefunden. In einer kleinen Schachtel mit hässlichen grünen Blumen drauf – das war damals modern.«

»Was hast du gefunden?«

»Den Namen der neuen Eltern, zu denen deine Schwester kam, nachdem ich sie weggegeben hatte. Jana und Patrik Jeppson.«

Als Eva und Gun zur Arbeit kommen, ist es ein gewöhnlicher Montag. Als Zainab fünfzehn Minuten später auftaucht, ist es alles andere als ein gewöhnlicher Montag. Gun merkt das sofort, und sie sieht Eva an, dass auch sie ahnt, dass etwas geschehen ist. Aber Gun hat einen Vorsprung – sie weiß, dass Zainab gestern Besuch von einer Verwandten hatte, die vielleicht Coca-Cola getrunken hat.

»Wie war das Wochenende?«, fragt Zainab, offensichtlich kurz vor dem Platzen angesichts ihrer eigenen Neuigkeiten.

»Schön«, antwortet Eva.

»Entspannend«, antwortet Gun. »Und wie war deins?«

Zainab lächelt freudig. Plötzlich erkennt Gun, wie sie als Kind ausgesehen haben könnte. Sie zögert einen Moment, ehe sie ihre enorme Neuigkeit herauslässt.

»Ich habe meine Tochter wiederbekommen.«

Die Worte treffen Gun mit größerer Wucht, als sie erwartet hat. Sie stützt sich am Wäschetrockner ab. Eva lächelt übers ganze Gesicht. Sie geht zu Zainab und umarmt sie, lange und innig.

»Es ist wie im Märchen«, sagt Eva. »Nicht wahr?«

»Wie in *Tausendundeine Nacht*«, stimmt Zainab zu. »Bloß länger.«

Offensichtlich weiß Eva trotzdem mehr als Gun. Na ja, das ist ja nichts Neues.

»Ich war gezwungen, meine Tochter nach der Geburt zur Adoption freizugeben«, erklärt Zainab und wendet sich an Gun. »Und gestern haben wir uns wiedergetroffen – nach achtundzwanzig Jahren.«

Zainab leuchtet vor wiederentdeckter Freude, und ihre Worte hallen in Guns Ohren wider. *Ich habe meine Tochter wiederbekommen.* In ihrem Kopf tanzt eine fünfjährige Elfe, die sich eng an sie kuschelt und noch einmal die Geschichte von Frederik der Maus hören will, die alle Farben des Regenbogens sammelt. Die noch nicht auf dumme Gedanken gekommen ist. Manchmal hört jemand ganz automatisch auf, jemandes Tochter zu sein, denkt sie, und nur eine Zeitmaschine kann sie einem zurückbringen. Sie merkt, dass sie an der Reihe ist, etwas zu sagen.

»Fantastisch«, sagt sie mit einem Lächeln. »Wie im Märchen, wirklich.«

»Steht in Pakistan auf Homosexualität nicht die Todesstrafe?«

»Ich weiß es nicht. Aber pack keine Regenbogenflaggen ein.«

Lelle sitzt im Gras, Paula im Rollstuhl.

»Wie kam es, dass sie nach Schweden gezogen ist?«

»Sie hat meinen Vater kennengelernt.«

»Der Schwede war?«

»Das nehme ich mal an. Sixten, das klingt nicht direkt nach Urdu. Månsson ebenso wenig.«

Lelle sieht zu Paula hoch.

»Paula Månsson.«

Paula verzieht den Mund ein bisschen.

»Sie nannte mich Faridah.«

»Faridah Månsson«, sagt Lelle mit einem Lächeln. »Fühlt sich das nach dir an?«

Paula zuckt mit den Achseln.

»Nein.«

»Du kannst ihn ja als Zweitnamen annehmen.«

Paula schneidet eine Grimasse. Vielleicht, vielleicht auch nicht. Es ist erst ein Tag vergangen, seit sie ihre richtige Mutter getroffen hat. Ihre Beziehung ist einen Tag alt. Dennoch fühlt sich der Gedanke verlockend an, ihren Ursprung zu dem, was aus ihr geworden ist, hinzuzufügen. Das klingt wie etwas, das sie einmal irgendwo gelesen hat. Sie legt den Kopf schief.

»Darf ich mich zu dir ins Gras legen?«

Lelle lächelt breit.

»Ich dachte schon, du würdest niemals fragen.«

Der Himmel ist klarblau, und zwei wollige Wolken wandern langsam von Lelles einem Augenwinkel in den anderen.

Paulas Hand spielt mit ihrer, und ein schwacher Hauch von Paulas Parfüm zieht an ihr vorüber.

»Der Name bedeutet ›einzigartig‹«, sagt Paula.

Lelle lächelt die Wolke an, die gleich im Osten verschwinden wird. Paula kann schmollen und sich hinter Mauern verschließen, so viel sie will. Es dringt trotzdem nach außen – das, was sie versucht, in sich zu verschließen. Sie wendet sich Paula zu.

»Ich hätte keinen besseren Namen für dich finden können, und wenn ich es auch noch so sehr versucht hätte. Er bedeutet sicher auch ›schön‹. Alle Mädchennamen bedeuten immer auf die eine oder andere Weise ›schön‹ – und wenn sie es nicht tun, dann denken sich die Leute aus, dass sie es tun.«

»Tun sie das?«

»Manchmal. Ich habe das nur gesagt, um dir sagen zu können, dass du schön bist.«

»Quatsch.«

Paula wird rot. Lelle liebt es, wenn sie rot wird. Sie streichelt Paulas Wange.

»Es ist wahr – du bist unglaublich schön.«

»Und Linnéa, woher kommt der Name?«

»Du willst also das Thema wechseln. Er kommt von der Blume. Weil ich so zart und spröde bin. Zerbrechlich, würden manche sagen.«

Paula lacht.

»Zerbrechlich?«

»Zerbrechlich!«

»Wenn du das sagst. Aber der Blumenname kommt doch von Carl von Linné, und sein Name muss wohl auch irgendwo herkommen?«

»Ich weiß es nicht. Linoleum. Liniment. Und Paula, was bedeutet das?«

»Die Unbedeutende.«

Lelle schnaubt.

»Hörst du?«, fragt sie aufgebracht. »Hörst du, wie ich schnaube!«

Paula lächelt.

»Ja, das höre ich.«

Die Sonne wärmt Lelles schwarze Jeans, und Paulas Haare kitzeln an ihrer Wange. Lelle drückt ihre Hand und Paula drückt zurück. Paulas Profil ist die perfekteste Linie auf der Welt, im ganzen Universum, und Lelle ist diejenige, die ihr mit dem Blick folgen darf, so lange sie will.

»Habe ich schon gesagt, dass ich dich liebe?«

Paula öffnet die Augen.

»Nein.«

»Das tue ich jedenfalls.«

Auf einer Parkbank, nur zweihundertdreißig Meter weiter, sitzt Martin. Er hat die Ellbogen auf seine Schenkel gestützt und starrt ununterbrochen auf einen Zettel, den er mit seiner einen Hand schon fast zerrieben hat. Sein Daumen gleitet noch einmal über die Telefonnummer, die er im Internet gefunden hat. Theoretisch könnte er Jana und Patrik Jeppson jetzt sofort anrufen – sein Handy hat er in der Hosentasche. Vielleicht würde seine Schwester ans Telefon gehen. Er fragt sich, ob er ihre Stimme wiedererkennen würde. Ob seine Gene reagieren, sein Nervensystem alarmieren und gewaltige Gefühlsstürme in Gang setzen würden. Es ist eigentlich noch zu früh, um anzurufen, denkt er. Er müsste mit seiner Mutter sprechen, mit ... Ja, vielleicht nicht gerade mit Lelle. Er stößt einen tiefen Seufzer aus, und seine Gedanken wechseln erneut die Spur. Seine beste Freundin mit seiner Partnerin, das klingt wie etwas, das man im Fernsehen sieht. Andererseits, wird ihm plötzlich bewusst, war sie kurz davor, Paula aufzugeben, als sie glaubte, dass er ihr Bruder sei. Der Gedanke erleichtert ihn, je öfter er ihn wiederholt. Er hat gewusst, dass Lelle nicht gemein ist.

Jana und Patrik Jeppson sprechen ihn in schwarzer Tinte an. Er holt sein Handy aus der Hosentasche und betrachtet es. Dann die Telefonnummer, dann wieder das Handy. Im Hintergrund fließt der Asphalt mit weggeworfenem Eispapier und bleichgrünen städtischen Grashalmen zusammen, gleich einer verschwommenen Aura, die das Telefon und den kleinen linierten Zettel mit Ziffern in seiner eigenen Handschrift umgibt. Da ist die Verbindung zu dem, was fehlt. Seine Vergangenheit, sein Geheimnis, seine Zukunft, sein Blut. Seine Hände fühlen sich plötzlich so wirklich an, als er die Telefonnummer langsam eintippt. Nur um zu sehen, wie es sich anfühlen würde. Fünfzehn Sekunden lang erleuchten die Ziffern den Bildschirm, ehe sie ausgehen und er sie nur erkennen kann, wenn er mit der Hand einen Schatten auf das Handy fallen lässt. Er atmet ein paar Mal tief durch. Schließlich drückt er die Taste. *Nummer gespeichert.*

Zainab kann nicht aufhören, über ihre Tochter zu sprechen. Sie hört selbst, wie sie klingt, aber ihr Gehirn weigert sich, keine weiteren Gedanken über Paula zu produzieren, und ihr Mund macht einfach immer weiter und lässt die Worte hinausfallen.

»Sie hat das alles gut bewältigt«, sagt sie.

Vielleicht um sich selbst davon zu überzeugen, vielleicht um die anderen davon zu überzeugen.

»Sie ist Sprachwissenschaftlerin an der Universität und hat eine Wohnung in Stockholm und sie ist sehr … Sie ist klassisch. Nein, nicht klassisch, aber sie hat Klasse, das habe ich gemeint! Sie hat Klasse und Stil und Intelligenz.«

Eva lächelt fast die ganze Zeit über. Gun wiederholt hin und wieder Evas Feststellung, dass das Ganze wie im Märchen ist.

»Ist sie mit dem Flugzeug hergekommen?«, fragt Gun. »Oder mit dem Zug?«

»Sie hat ein Auto. Ein schönes großes – es ist speziell für sie angefertigt.«

Eva nickt drüben bei den Kleiderbügeln. Sie hat das Auto wohl selbst gesehen.

Gun nickt nicht, sie runzelt die Stirn.

»Was meinst du mit ›speziell für sie angefertigt‹?«

»Sie ist körperbehindert – habe ich das nicht gesagt?«

»Nein.«

Gun vergisst, den Mund zuzumachen.

Zainab lächelt.

»Sie sitzt im Rollstuhl.«

»Kam sie zusammen mit diesem Jungen?«, fragt Eva. »Martin oder so, hieß er wohl?«

Zainab zieht die Augenbrauen hoch.

»Nein, sie kam zusammen mit einem anderen Mädchen, ihrer Partnerin. Paula ist … Paula steht auf Frauen.«

Eva legt die Kleiderbügel aus der Hand. Jetzt lächelt sie noch amüsierter, wenn das überhaupt möglich ist.

»Was du nicht sagst.«

Gun windet sich. Eva weiß, warum. Die Spitzen gegen Gun sind seit ihrer einzigen großen Meinungsverschiedenheit sechs Jahre zuvor ihr Ventil.

»Wie ist das für dich?«, fragt sie Zainab und hält die Luft an, während sie auf die Antwort wartet.

»Wie soll das für mich sein? Ich bin glücklich. Ich habe meine Tochter wiederbekommen. Sie lebt, es geht ihr gut, sie liebt jemanden.«

Eva sieht Gun an. Gun dreht ihnen den Rücken zu und stützt sich auf die Arbeitsplatte.

»Das ist eine tolle Einstellung, finde ich. Richtige Eltern sehen das so«, sagt Eva.

Gun schaut aus dem Fenster.

»Man sollte niemanden verurteilen, ehe man nicht mit dessen Boot gesegelt ist«, sagt sie mit zusammengebissenen Zähnen.

Eva ist die Einzige, die es hört. Zainab hört bloß, dass sie zum ersten Mal in ihrem Leben zu den Eltern gezählt wurde.

Auf dem Weg draußen vor der Reinigung flattert ein alter Kassenzettel herum, bis er im Gras am Bürgersteig hängenbleibt. Gun lässt ihn mit ihrem Blick nicht los, obwohl er jetzt ganz still daliegt. Wenn Eva wüsste, wie weh das tut, würde sie nicht immer wieder diese kleinen giftigen Pfeile auf sie schießen, wie sie es jetzt schon seit sechs Jahren tut. Evas Tochter ist verheiratet, ihre beiden anderen Kinder sind ganz gewöhnliche normale Kinder, die ihre Eltern respektieren und auf sie hören. Wie sollte sie eine Ahnung haben? Und Zainab, ja, es ist in jedem Fall nicht ihre Schuld, dass ihre Tochter so geworden ist. Sie ist nicht achtundzwanzig Jahre lang dagewesen, um zu versuchen, ihre Tochter auf den rechten Weg zu bringen – sie muss sich für nichts schämen. Wenn sie in Guns Lage gewesen wären, würden sie sie nicht so verurteilen, wie sie es mit Sicherheit tun. Dennoch dröhnen Evas einstige Worte noch immer in ihren Ohren, obwohl seitdem mehrere Jahre vergangen sind. Es fing damit an, dass Gun versuchte, ihr zu erklären, wie es ist, wenn man entdeckt, dass das eigene Kind nicht der Mensch ist, den man seit der Geburt geliebt hat.

»Weißt du, was ein Wechselbalg ist?«, hat sie Eva gefragt.

»Alter Aberglaube«, hat Eva geantwortet. »Ein Trolljunges, das mit einem Menschenkind vertauscht wurde.«

»So kam es mir vor. Ich war ganz einfach gezwungen, eine Grenze zu ziehen. Kannst du verstehen, wie es ist, so etwas von seinem eigenen Kind zu hören?«

Diesmal sah Eva Gun mit einem Blick in die Augen, der einem Abgrund glich.

»Ich kann verstehen, wie es ist, von seinen Eltern nicht geliebt zu werden«, antwortete sie.

Gun schüttelte ernst den Kopf.

»Es geht dabei nicht um Liebe – es geht darum, zu anders zu sein. Das Außenseitertum zu wählen, anstelle der Gemeinschaft, die einem angeboten wird.«

»Ich werde dir in diesem Punkt niemals zustimmen. Es geht dabei ausschließlich um Liebe.«

Draußen reißt sich der Kassenzettel vom Gras los, wird vom Wind erfasst und fliegt in Richtung Hochhäuser davon. Gun weiß nicht, ob sie ihn festnageln oder antreiben will.

»Bist du wütend auf sie?«

Nur die Sonne hat sich bewegt, Paula und Lelle liegen noch immer am selben Platz. Paula mit dem Kopf in Lelles Schoß.

»Vielleicht. Ich habe ihr das nicht gesagt, aber mein Leben hätte leichter sein können.«

Paula schluckt hörbar. Ihr kommen die Tränen, ohne irgendeinen Anlass, und sie muss all ihre Gedankenkraft aufbringen, um sie zurückzudrängen.

»Was glaubst du, das dir gefehlt hat?«

Wieder Tränen. Lelle kann ruhig damit aufhören, Hobbypsychologin zu spielen und wieder dazu übergehen, mit Paulas Haaren zu spielen und leichte, unkomplizierte Worte von sich zu geben.

»Ach.«

Etwas weiter im Parkinneren spielen ein paar Jugendliche Kubb. Sie verbinden das Spiel mit dem Trinken von Bier, und gemäß der offensichtlich einfachen Regeln werden die ausgetrunkenen Bierdosen als neue Spielsteine integriert. Es ist nicht gerade ein leises Spiel.

»Und du?«, fragt Paula fast schon aggressiv. »Woher kommst du? Warum hast du keinen Kontakt zu deiner Familie?«

Lelle legt eine Hand auf Paulas Wange.

»Sie haben mich im Prinzip rausgeschmissen. Ich war achtzehn und habe meinem Vater erzählt, dass ich auf Frauen stehe. Am nächsten Tag haben er und Mama mich zu sich an den Küchentisch gerufen und mir erklärt, dass ich mich entscheiden müsse. Entweder würde ich mit den Dummheiten aufhören und sie nicht länger beschämen und mich wie ein normaler Mensch benehmen, oder ich solle selbst sehen, wie ich zurechtkomme.«

»Weil du … Weil du auf Frauen stehst?«

»Weil ich grüne Haare hatte, weil ich mich weigerte, zu Omas Beerdigung ein Kleid anzuziehen, weil ich lieber *Star Wars* sehen wollte als *Pretty Woman* … Ich glaube, alles hat damit angefangen, dass ich die *Addams Family* geliebt habe, im Fernsehen, du weißt schon. Meine Mutter fauchte herum, nannte sie einen Haufen irrer Freaks und drohte, ich könne was erleben, wenn ich noch weiterschaute. Ich glaube, da habe ich eingesehen, dass wir einander niemals verstehen würden. Dass ich dann auch noch auf Frauen stand, war lediglich der Tropfen, der das Fass zum Überlaufen brachte. Eine Freundin und ich sind noch in derselben Woche aus Örebro abgezogen.«

»Sie hätten dich trotzdem nicht rauswerfen dürfen. Du warst ja noch ein Kind.«

Lelle presst die Lippen zusammen, und ihre Hand hält in Paulas Nacken inne. Paula spürt, wie ihr Puls leicht steigt.

»Ich kann es auch nicht fassen«, sagt Lelle nach einer Weile. »Meine Mutter hat ständig gesagt, dass man niemanden verurteilen solle, ehe man nicht mit dessen Boot gesegelt sei, aber ich habe ihr immer geantwortet, dass man verdammt noch mal auch nicht mit seinem eigenen scheiß Segelboot herumfahren und andere verurteilen könne. Sie hat nie kapiert, was ich meinte. Sie hat überhaupt nichts kapiert. An dem Tag, als sie mich in die Küche gerufen und mir gesagt haben, ich solle normal sein oder abhauen, saß mein kleiner Bruder im Zimmer nebenan und schaute fern. Aber ich weiß, dass er jedes Wort, das sie gesagt haben, gehört hat. Wenn ich mit einem von ihnen Kontakt hätte, wäre das mein Bruder, aber er hat mittlerweile wohl auch schon eine totale Gehirnwäsche durchlaufen.«

Sie fängt wieder an, Paula zu streicheln, und bewegt ihre Finger jetzt durch ihr Haar.

»Es sollte verdammt noch mal gesetzlich verboten sein, Kinder der Norm auszusetzen.«

Paula liegt mit geschlossenen Augen da. Lelles Finger sind stumpf, die Nägel kurzgeschnitten und an diesem Tag schwarz und grün lackiert. Paula sieht sie plötzlich von außen. Lelle in kaputten Jeans und einem schwarzen T-Shirt, das den Tourneeplan einer Band bewirbt, von der Paula noch nie gehört hat. Sie selbst in Bluse und Blazer, und auf dem Weg zu einem Titel, der die Tatsache, dass sie anders ist, nie völlig kaschieren wird. Stark wird sie immer sein müssen. Stark gegenüber anderen, stark in sich selbst und mit Stärke, immer mit Stärke in ihren Augen. Die Luft ist warm, die Sonne prickelt auf Paulas Haut. Die Finger mit dem grünen und schwarzen Gymnasialzeit-Nagellack lösen ihr Haar, entfernen die Spangen, die es an seinem Platz halten, und breiten es im Gras aus.

Die schwedische Originalausgabe erschien unter
dem Titel *Udda* bei Piratförlaget, Stockholm.

Lövestam, Sara: *So wie du bist* / Roman
Aus dem Schwedischen von Julia Kielmann
ISBN 978-3-930041-92-3

1. Auflage 2014
Gestaltung und Satz: Grafikbüro Schadenberg, Berlin
Coverfoto: © Plainpicture/Leander Hopf
Druck: CPI – Clausen & Bosse, Leck